U0481563

秋水轩
尺牍详注

〔清〕许思湄　著
黄治国　注释

图书在版编目(CIP)数据

秋水轩尺牍详注 / (清) 许思湄著; 黄治国注释. -- 杭州: 浙江古籍出版社, 2023.8
(尺牍经典)
ISBN 978-7-5540-2189-7

Ⅰ.①秋… Ⅱ.①许… ②黄… Ⅲ.①书信集－中国－清代②《秋水轩尺牍》－注释 Ⅳ.①I264.99

中国版本图书馆CIP数据核字（2022）第010207号

尺牍经典
秋水轩尺牍详注
（清）许思湄 著　　黄治国 注释

出版发行	浙江古籍出版社（杭州市体育场路347号）
	电话：0571-85176986　邮编：310006
网　　址	https://zjgj.zjcbcm.com
责任编辑	伍姬颖
文字编辑	吴宇琦
封面设计	吴思璐
责任校对	吴颖胤
责任印务	楼浩凯
照　　排	浙江大千时代文化传媒有限公司
印　　刷	浙江新华印刷技术有限公司
开　　本	850mm×1168mm　1/32
印　　张	7.625
字　　数	240千字
版　　次	2023年8月第1版
印　　次	2023年8月第1次印刷
书　　号	ISBN978-7-5540-2189-7
定　　价	49.00元

如果发现印装质量问题，请与本社市场营销部联系调换。

前　言

尺牍，原本指古人书写的工具，是在约一尺见方的木板上，刻上文字，以传递讯息。"尺牍"一词最早见于《史记·扁鹊仓公列传》，里面记载了缇萦上书救父的故事。其后的太史公传赞云："缇萦通尺牍，父得以后宁。"可见当时"尺牍"即有指书信之义。后来的《汉书·游侠传》记载西汉陈遵擅书法，"与人尺牍，主皆藏去以为荣"，从中亦可见出，时人以尺牍互通音问。汉代以后，尺牍遂渐成书信的代称。

《秋水轩尺牍》是清代的尺牍名作，与袁枚的《小仓山房尺牍》、龚萼的《雪鸿轩尺牍》并称，旧时便有"尺牍中之模范"的美誉，几经刊刻，为人模仿学习，流传甚广。然而它的作者许思湄，却并非声名远播的文坛大家，而是一位名不见经传的小人物。

许思湄，字葭村，清代浙江山阴（今绍兴）人，生于乾隆中叶，卒于咸丰初年。他年少时即有才名，但家中贫寒，无以自存，于是放弃科举之途，习刑名之学，大概从二十岁左右起开始依人作幕宾，大半生辗转于河北、山西一带，所谓"风尘浪走，卅载于兹"（《贺祝方伯升云南藩台并谢惠袍套被褥》）。在其六十多岁时，觅得机会，返回江南，在家乡一带又游幕十年。虽然他从县级衙门的幕僚做起，到后来已是总督、巡抚等交相致聘，却依然饱尝了世间的冷眼与悲酸。

幕宾也即通常所说的师爷，这是一个寄人篱下、仰人鼻息的职业。不仅地位卑下，薪俸亦颇微薄。许氏称自己"砚田所入，难补漏卮"（《与左宇眉》），曾因老母去世，无力奉归，以至"慈梓孤悬"（《慰陈笠山丧子》），令其极为伤痛。他为了谋

1

取出路，曾卖房筹钱，四处告贷，捐了一个小官，但又因无钱而未能赴任，后由此债台高筑，可见生活之困苦。然而幕客的辛酸尚不止于此。为人作嫁，依人糊口，使其心中郁郁难舒；而官场中人际关系的凉薄，也令其悲叹"主情似水，客兴如秋"（《问狄小同生子否》）。随着主官的调换，幕宾亦需辗转谋馆，而这一行当本就竞争激烈，不时有失馆之忧。许氏尝云："会城人满，片席之谋，不啻十八滩前逆流而上。"（《复冯璞山谋事》）湍流之中，一叶小舟能得安稳即甚为可喜，足见幕客之不易。更有甚者，他还遭逢了丧子之痛。在其四十多岁时，长子、七子、八女、九女因出天花相继夭折，令其"百念俱灰"，竟生"披发入山"之想（《与陈笠山》）。

许氏虽位卑人微，却并不趋炎附势、因人为热，"诚不欲以铮铮者作绕指柔也"（《谢丰润县欧阳送程仪》）。其立身端正，持守有道。曾告诫侄儿"砥行植品"，检于行，忠于事，希望"以力自食"，令居高位者"礼貌加之，腹心倚之"（《示恬园侄》）。其中独立自强的精神显然可见。作为长期寄人篱下的幕客，这实在是难能可贵的。

《秋水轩尺牍》共二百二十九篇，多是幕友间的往来酬应之作，包括叙候、庆吊、劝慰、请托、辞谢、索借、允诺七个方面的内容，基本反映了作者生活的方方面面。尺牍本来即是人们联系、交流的载体，所以与日常生活与个人情感最为贴近。其所写多为真人真事，所抒多为真情实感，因而最能由此体察作者的生活状况和内心世界。《秋水轩尺牍》就真切地勾勒出一幅清代中后期底层文士的生活图景。从作者年轻时的初出茅庐、四处谋馆，到获得职位、接来家眷，再到捐官未遂、流连幕席，再到亲人丧亡、心力交瘁；乃至其间涉及与友人的各种交游情况，诸如请托谋馆、庆贺吊唁、文酒聚会、赠物承谢等等，均藉由一封封书信保留了下来，鸿来雁往间，作者的生活场景历历可见。这些书信有不少在言事之外亦承载真情。如许氏在得知捐官之例重开时，积极谋划，称"寄人篱下，诚不若自营一窟也"（《复沈漪园》）。在捐官不成之后，无奈复回盐山幕，对友人慨叹"依人糊口，远近不能自由，转不如檀板芒鞋，行歌乞食，随处皆堪一饱也"（《与家芳谷》）。虽为愤激之语，但其间的内心挣扎不难想见。再如他在《与陈笠山》一函中，备述丧子之痛，进而表露了思乡之感："惟是两鬓添丝，一身如叶，风尘牛马，究竟何为？若金阊有砚可耕，誓不作燕市飘零之客。此非徒以杏花春雨，风物堪怀；实图地近乡园，俾老病荆妻，得与爱女往还欢聚，或可解其隐痛耳。"漂泊在外，老而丧子，失去进取的动力，自然追寻乡园的庇护，这种感情流露无疑是真挚而动人的。

《秋水轩尺牍》的魅力不仅在于其所体现的真情实感以及包含的认知价值，还在于其语言的清丽和典雅。这些书信娓娓道来，并非刻意为之，但又文采斐然，韵味隽永。作者的遣词造句注意锻炼，又能做到熨贴自然。如《与余竹泉退酒》一函云："昨携青州二从事，仆人用其一而返其一，彼以为忠主也，独不解白衣送酒故事。仆陋如此，主可知矣！计惟留此黄娇，迟足下于绿肥红瘦中耳。"句中色彩字的运用，错落有致，新颖有趣；所用事典、语典，均恰到好处，使得文句在传情达意之外，尚意蕴深永，风雅可赏。同时，不少书信以骈体写就（如《复任问松》），或者骈散相间，声韵和谐，兼具整饬与灵动之美。如《谢衡水县张惠物》一函云："顷奉手翰，蒙以衡酒白菜相贻。红甲清腴，分雪圃霜畦之美；金波潋滟，胜梨花竹叶之香。既醉德于饮醇，更铭情于每饭矣。"词藻华美，对仗工稳，雅致非常，且又富有韵律感，读来琅琅上口。

应该指出的是，书中也有一些不足和糟粕。比如一些套话或典故反复使用，稍嫌空洞和滥俗。一些劝人纳妾的信札，反映出作者对于女性的工具化的认识。这些当然都是不足取的。

《秋水轩尺牍》最初是由许氏的姻亲、幕友冯璞山等人于道光十一年（1831）集资刊刻的，后来有了娄世瑞、管斯骏的注本。民国年间，新文化书社、广益书局、世界书局、启智书局等亦有刊刻出版。建国后，上海书店、湖南文艺出版社、华岳文艺出版社等也都整理出版过。此次整理，我们以清道光十一年秋水轩原刻本为底本，校正文字。同时参照建国后的版本，受到了不少启发，谨在此一并致谢。通过查阅资料，参以己见，亦纠正了一些谬误之处，充实了注释的内容，尽量使其更加通俗易懂。由于自身水平有限，错漏之处，当有不少，恳请读者批评指正。

黄治国

序 一

士君子立言有体〔一〕，足以致用，即可不朽。不必高谈性命〔二〕，侈语天人也〔三〕。杨雄《太元》《法言》〔四〕，司马相如《封禅书》〔五〕，只足欺聋盲耳。孔子云："言之无文，行之不远。"〔六〕又云："辞达而已矣。"〔七〕苏文忠公云〔八〕："人能于物了然于心，了然于手与口，而后能辞达。辞至于能达，则文不可胜用矣。"〔九〕每见前人尺牍，启事动辄不苟〔一〇〕，而亦只抒其性情、尽其物理，自成至文，不求立也。

许君葭村，幼而嗜学，抗心希古〔一一〕，不屑为应时之文〔一二〕。稍长，即日循行数墨，其儒也迂，花样随人，其得也苟。夫谓兵刑钱谷为申韩之学者〔一三〕，不知其用者也。今日之律令，岂申韩之刑名法术哉？天德王道之精〔一四〕，人心物则之极〔一五〕，康济之实用〔一六〕，舍此奚凭？乃橐笔之燕赵〔一七〕，遨游公卿间，以仁心经术施之案牍，佐当官以行仁政〔一八〕，盖四十年矣。其一搦管为数行书〔一九〕，无不本之人情，推之物理，足以引人于道〔二〇〕，而为后世立身应务之准〔二一〕，不求所为文，而文在焉。於戏！可不朽矣。今者葭村游倦，将归老田间，其乡后学与其知好〔二二〕，以素与人往来尺牍若干卷付之梓。某与葭村交廿余年，闻之欣快。诚以此，岂独为葭村传哉？志葭村之志，学葭村之学，利济无穷〔二三〕，而吾儒之道伸且广焉矣。爰以所闻立言之道以为之序〔二四〕。

时辛卯试灯夕〔二五〕，滇人欧声振书于古闽州知白斋中〔二六〕。

注释

〔一〕立言：著书立说。体：即根本，本体。与"用"相对而言。

〔二〕性命：天生的禀赋、体性、资质等。宋明理学家专意研究性命之学，因以指理学。

〔三〕天人：天理和人欲。

〔四〕《太元》：即西汉扬雄所撰《太玄经》，清代为避康熙帝玄烨讳，改称《太元经》。该书仿《周易》而作，将源于老子之道的玄作为最高范畴，解释宇宙生成和事物发展的规律。《法言》：扬雄仿《论语》体裁，采用问答形式而撰写的哲学著作，宗旨在维护儒家正统观念。

〔五〕《封禅书》：西汉司马相如所作，歌颂了汉武帝的功德，阐明了请求封禅的主张。

〔六〕言之无文，行之不远：说出的话如果没有文采，就传播不远。亦作"言之无文，行而不远"。语见《左传·襄公二十五年》。

〔七〕辞达而已矣：言辞只要把意思表达清楚就可以了。语见《论语·卫灵公》。

〔八〕苏文忠公：苏轼，谥号"文忠"。

〔九〕人能于物了然于心，了然于手与口，而后能辞达。辞至于能达，则文不可胜用矣：能使所写的事物在心里彻底明白，也能用口说和手写把事物表达清楚的，这才叫"辞达"。言辞要做到能够达意，那么文采就运用不尽了。语本苏轼《答谢民师书》："求物之妙，如系风捕影，能使是物了然于心者，盖千万人而不一遇也，而况能使了然于口与手者乎。是之谓辞达。辞至于能达，则文不可胜用矣。"

〔一〇〕启事：陈述事情。

〔一一〕抗心希古：使自己志节高尚，以古代的贤人自相期许。抗，通"亢"，高尚之意。希，期望。

〔一二〕应时：迎合时势。

〔一三〕兵刑钱谷：指军事、刑法、财政等实际行政事务。申韩之学：申，指申不害。韩，指韩非。申不害、韩非是战国时代精通刑名法术的学者，同为法家代表人物，故后世以申韩之学代表法家学说。

〔一四〕天德：上天的德性。王道：儒家以仁义治天下的主张，与霸道相对。

〔一五〕物则：事物发展的规律。

〔一六〕康济：安民济世。

〔一七〕橐笔：古代书史小吏，手持囊橐，簪笔于头，侍立于帝王大臣左右，以备随时记事。后用以比喻文士的笔墨生涯。

〔一八〕当官：担任官职。此处用为名词，指许思湄所辅助的官员。

〔一九〕搦管：执笔写作。搦，手握。

〔二〇〕道：指儒家礼义之道。

〔二一〕应务：处理事务。

〔二二〕知好：知交好友。

〔二三〕利济：帮助，惠泽。

〔二四〕爰：于是。

〔二五〕辛卯：道光十一年（1831）。试灯夕：即正月十四晚上。正月十五元宵节张灯祈求丰年，前一日准备及预演元宵节目，称为"试灯"。

〔二六〕古闰州：治所在今河北丰润。

序 二

　　盖闻太上立德，次立功，次立言〔一〕。顾无其位而德无徵〔二〕，无其权而功弗举〔三〕。"高山仰止，景行行止"〔四〕，仅得于寻常词令间，穷流溯源，聊觇梗概〔五〕，良可慨矣。吾乡许葭村先生，少负才名，群推伟器，惜家贫无以自存，因舍孔孟〔六〕、习申韩，橐笔游燕南，非素志也〔七〕。乃其秉性慈祥，持躬谨慎〔八〕，遇大疑，治大狱〔九〕，明决如神，以故四十余年，殊无虚席〔一〇〕。初则邑宰州牧〔一一〕，拥篲争迎〔一二〕，继而大吏倾心，遇隆师事〔一三〕，他若温景侨〔一四〕、那绎堂〔一五〕、方来青制府〔一六〕，章桐门长〔一七〕、松湘浦相国〔一八〕，其最著也。是数公者，德在生民，功在社稷，几于妇孺皆知，系谁之力欤？更有闻风向慕〔一九〕，卑礼厚聘〔二〇〕，而卒莫致之左右者，时则有若张兰渚〔二一〕、福久亭〔二二〕、卢厚山诸中丞〔二三〕，其名重一时，为何如者。然而先生未尝以此自多，每遇同侪后学，谦冲和睦，奖劝汲引，莫不备至，令人心悦诚服。

　　今先生急流勇退，归思浩然，凡我同人，如失矩矱〔二四〕。窃计先生德无以自见，功不能自居，非《洪范》所称"阴骘下民"者耶〔二五〕？非朱晦翁格言所称"善无人见，是谓真善"者耶〔二六〕？先生晚年连举三子〔二七〕，及今玉树成行〔二八〕，崭然见头角〔二九〕，非其阴骘之厚报欤？然则庭坚弗嗣〔三〇〕，归咎司刑，亦非确论也。连与先生相处最久，相知最深，雅不欲湮没其实，而又无所凭藉以阐扬之，尝见其往来尺牍，或自述生平，或畅言事理，维德与功有可互相发明者，是所谓不得已而思其次也。谨付梓人，公之同好，庶藉一斑以窥全豹云尔。同刊者，连与信斋谢诚孚、春晖倪世华、星五陈纬、锦塘许宗岳、香圃俞新洲、蘽陈礼、梅巢沈迴、襄亭郦钧燮、芸坡蒋登瀛也。

时道光辛卯秋七月，同里姻愚弟冯连璞山氏拜序。

注释

〔一〕太上立德，次立功，次立言：语出《左传·襄公二十四年》，意为人生最高的境界是树立德行，其次是建功立业，再次是著书立说。

〔二〕徵：证明。

〔三〕举：发起，做成。

〔四〕高山仰止，景行行止：出自《诗经·小雅·车辖》，后来指高尚的德行令人仰慕和遵循。高山，比喻崇高的道德。景行，即光明正大的行为。

〔五〕觇：察看。

〔六〕孔孟：代指儒家学说。

〔七〕素志：向来的志愿。

〔八〕持躬：对待自己。躬，自身。此谓立身处世。

〔九〕大狱：重大案件。

〔一〇〕虚席：座位为空，此指无人聘请。

〔一一〕邑宰州牧：指州郡长官。

〔一二〕拥彗：彗，扫帚。拥彗以示礼敬之意。古时迎接尊长，先洒扫庭除。

〔一三〕师事：以之为师或以师礼相待。

〔一四〕温景侨：温承惠（1755—1832），字景侨，号慎余，山西太谷人。乾隆四十二年（1777）拔贡，官至直隶总督。

〔一五〕那绎堂：那彦成（1764—1833），字韶九，号绎堂，满洲正白旗人。乾隆五十四年（1789）中进士，历任内阁学士、工部尚书、直隶总督等职，卒谥"文毅"。

〔一六〕方来青制府：方受畴（?—1822），字次耘，号来青，安徽桐城人。方观承从子。乾隆四十年（1775）由监生捐盐大使分发两淮，官至直隶总督。制府：明清两代，尊称总督为"制府"。

〔一七〕章桐门：章煦（1745—1824），字曜青，号桐门，浙江钱塘（今杭州）人。乾隆三十七年（1772）进士，官至文渊阁大学士。卒谥"文简"。

〔一八〕松湘浦：松筠（1752—1835），姓玛拉特氏，字湘浦，蒙古正蓝旗人。由翻译生员考授理藩院笔帖式，转任军机章京，官至武英殿大学士。卒谥"文清"。

〔一九〕向慕：向往仰慕。

〔二〇〕卑礼厚聘：卑礼：礼节谦恭；厚聘：聘礼丰厚。比喻聘请人员的郑重殷切。

〔二一〕张兰渚：张师诚（1762—1830），字心友，号兰渚，浙江归安（今湖州）人。乾隆五十五年（1790）进士，历任河南、江苏按察使，江西、福建、江苏等地巡抚。

〔二二〕福久亭：福绵，原名富绵，字久亭，满洲镶红旗人。官学生，嘉庆四年（1799）五月由内阁中书任军机章京，官至山西巡抚、仓场侍郎。

〔二三〕卢厚山：卢坤（1772—1835），字静之，号厚山，直隶涿州（今河北涿州）人。嘉庆四年进士，历任湖北按察使、甘肃布政使，广西、陕西、山西等地巡抚、官至两广总督。卒谥"文肃"。

〔二四〕矩矱：规矩，法度。此指效法的榜样。

〔二五〕阴骘：默默地使安定。《尚书·洪范》："惟天阴骘下民，相协厥居。"此处为默默行善之意。

〔二六〕善无人见，是谓真善：行善而不求人知，这才是真的善。语本朱柏庐《治家格言》："善欲人见，不是真善；恶恐人知，便是大恶。"并非出自朱熹（晦翁）。朱柏庐（1627—1698），原名朱用纯，字致一，号柏庐，江苏昆山人，明末清初著名理学家、教育家。

〔二七〕连举三子：连生了三个儿子。

〔二八〕玉树：如玉般的美树。南朝宋刘义庆《世说新语·言语》："谢太傅问诸子侄：'子弟亦何预人事，而正欲使其佳？'诸人莫有言者。车骑答曰：'譬如芝兰玉树，欲使其生于阶庭耳。'"后用作对别人家子侄的美称。

〔二九〕头角：比喻年少而才气出众。

〔三〇〕庭坚：即皋陶，名繇，字庭坚，相传为尧舜时人，长期担任掌管刑法的理官。

目 录

前言 ·· 1
序一 ·· 5
序二 ·· 8

一、与王沧亭 ·· 1
二、与陈凝之 ·· 2
三、与赵南湖 ·· 3
四、贺梅岭佣寿 ·· 4
五、与陈天度 ·· 5
六、复朱鹤汀 ·· 7
七、求南皮县倪写字 ··· 8
八、唁陈名山丧母 ·· 9
九、与黄封三 ·· 10
一〇、托杨樾庵谋馆 ·· 11
一一、复陈樾亭并告丧子 ··· 12
一二、与王沧亭 ·· 13
一三、复左宇眉 ·· 14
一四、复王礼园 ·· 15

一五、向玉田县李借银	16
一六、与陈菱舟	18
一七、与徐养安	19
一八、与王九峰	20
一九、还玉田县李送程仪	20
二〇、与龚甘林	21
二一、与孙香度	22
二二、劝章秋漪戒嫖	23
二三、贺陈筠青生女	24
二四、复孙午桥问人怀孕	25
二五、贺李玉峰纳妾	25
二六、复胡筠坡查信	26
二七、贺沈孟养父母双寿	27
二八、与龚未斋	27
二九、复龚未斋	29
三〇、复龚未斋换帖	32
三一、与龚未斋	33
三二、与沈一斋	34
三三、复龚未斋托谋事	35
三四、贺沈一斋得子	36
三五、与余竹泉托谋事	37
三六、复陈凝之	38
三七、与胡筠坡	39
三八、与龚未斋	39
三九、与清苑县李	40

四〇、谢沈一斋贺母寿	41
四一、向陈笠山索信	41
四二、谢清苑县李贺母寿并请追失银	42
四三、与沈一斋	43
四四、贺沈猗园接眷	43
四五、送邓三兄回里	44
四六、复邵南湖	45
四七、复友买玉	45
四八、谢龚未斋贺母寿	46
四九、与陈樾亭	47
五〇、慰良乡丘友被水	48
五一、应李德膺借银	48
五二、贺孙香育入幕	49
五三、复陈凝之	50
五四、贺复陈菱舟得河工差	51
五五、贺左宇眉纳妾	52
五六、复友托谋事	53
五七、与周又唐	53
五八、与黄封三	54
五九、劝陈筊亭勿出门	56
六〇、谢沧州诸友并索鱼	56
六一、谢沧州刺史周	57
六二、复陈宪章	58
六三、与单德栽	59
六四、戏复陈笠山新婚出门	60

六五、复丁玉焘	60
六六、与袁精之王傲之	61
六七、谢陈赞勋	62
六八、戏陈笠山娶妻	63
六九、贺沈一斋沈猗园得子	63
七〇、贺沈猗园得女	64
七一、贺黄舜音纳妾	65
七二、托沧州诸友照应友人	65
七三、复谢秀三	66
七四、复沧州诸友	67
七五、复钱绳兹	67
七六、托郑莘田代友谋事	68
七七、复陈笠山	69
七八、贺沈一斋得官	70
七九、诫友勿欺人	70
八〇、慰阮昔侯丧女	71
八一、唁李蔼堂丧母	71
八二、与黄封三还银缓期	72
八三、复沈猗园	73
八四、向顺德司马李借银	74
八五、向陆缄之借银	75
八六、托郑莘田代友谋事	75
八七、谢顺德司马李借银	76
八八、谢沧州诸友送蟹	77
八九、向陈含辉借银	78

九〇、唁傅维章丧祖母及妻	78
九一、代答密云县张借银	79
九二、与龚未斋	80
九三、与左宇眉	80
九四、谢杨翊明惠润笔	81
九五、复荐长随	82
九六、唁沈一斋丧母	82
九七、复陈宪章	83
九八、与章又梁	84
九九、谢胡峙斋转寄家信	88
一〇〇、问陈笠山生子	89
一〇一、托周松涛索画	90
一〇二、托胡峙斋转寄家信	90
一〇三、托顺德司马李荐友	91
一〇四、复王儆之	93
一〇五、复庆云少尉项	93
一〇六、劝陈诚新缓归	94
一〇七、复沈孟养	95
一〇八、谢邵南湖	96
一〇九、贺署正定太守李并荐友	97
一一〇、慰天津太守李被议	98
一一一、贺天津太守李休官	99
一一二、戏陈笠山纳妾	100
一一三、戏殷瑶圃负约	100
一一四、戏胡商彝归里	101

一一五、贺蒋镜涵会试	101
一一六、谢沧州刺史周惠物	102
一一七、复胡商彝	103
一一八、贺陈笠山纳妾并托荐友	103
一一九、谢张位金惠梨	104
一二〇、与邓馨圃	105
一二一、复龚未斋托寄诗	106
一二二、复周松涛	107
一二三、与龚未斋	108
一二四、还陈友徐银	109
一二五、戏告沧州诸友	109
一二六、与章又梁	110
一二七、又托谋事	111
一二八、慰北城兵马司邓丧兄	112
一二九、谢朱松溪借银	113
一三〇、与章又梁	114
一三一、与家芳谷	115
一三二、谢陈松亭雇车并托延医	116
一三三、代友致龚未斋告苦	117
一三四、谢龚未斋	119
一三五、酒醉与刘纫斋	120
一三六、解龚未斋为人谋馆疑	120
一三七、答龚未斋索信	122
一三八、复沈力堂	123
一三九、请陈松亭代照应慈梓	124

一四〇、答盐山县沈辞事……………………… 125

一四一、向沧州刺史周索酒……………………… 126

一四二、代复盐山县沈失窃……………………… 126

一四三、邀孙位三饮酒……………………… 127

一四四、慰陈笠山丧子……………………… 128

一四五、慰龚未斋丧妾并答迟慰……………………… 130

一四六、应沈聿新借银……………………… 132

一四七、向沧州刺史周借米……………………… 133

一四八、复沈一斋陈笠山为女作伐……………………… 133

一四九、贺杨椿庄妾生女……………………… 135

一五〇、复沈裵亭代改禀稿……………………… 136

一五一、复沈一斋为女定聘……………………… 136

一五二、与沧州刺史周……………………… 137

一五三、与周刺史辩办命案……………………… 138

一五四、答沧州刺史周……………………… 141

一五五、复陈笠山……………………… 141

一五六、谢沈猗园惠酒……………………… 143

一五七、劝陈浩如回里……………………… 143

一五八、复黄黻堂秦云阶订盟……………………… 144

一五九、与迁安县王荐友……………………… 145

一六〇、却周松涛称呼……………………… 146

一六一、复牛云洋……………………… 147

一六二、谢张翼堂惠扇……………………… 148

一六三、谢献县冯惠物并慰被火……………………… 149

一六四、复牛云洋……………………… 150

一六五、答郦勤亭璧谢节敬	151
一六六、复冯璞山托谋事	152
一六七、复永清二尹何	153
一六八、慰袁引之被谤	154
一六九、谢献县冯惠物	155
一七〇、贺天津县丁到任	156
一七一、复永清二尹何地方被水	157
一七二、代托章凤岐向友索赌债	158
一七三、托仇笔山卖酒	159
一七四、托阮复斋照应友	160
一七五、与余竹泉退酒	161
一七六、劝牛云洋纳妾并代亡友告帮	162
一七七、托滦州刺史吴卖笔	164
一七八、谢通州诸友	164
一七九、复刘少白	165
一八〇、辞保定太守吴聘	166
一八一、与陈笠山	167
一八二、辞保定吴太守聘	169
一八三、谢友惠火盆	170
一八四、复宋柱川纳妾	171
一八五、复任问松	171
一八六、附任问松原札	172
一八七、复冯璞山谋事	174
一八八、向内翰祝索字	174
一八九、复杨沂斋劝纳妾	175

一九〇、与原任清河道吴	176
一九一、与李月潭	177
一九二、贺狄小同六十寿	178
一九三、谢衡水县张惠物	180
一九四、托原任清河道吴谋事	180
一九五、复冯璞山纳妾	181
一九六、再答冯璞山无钱纳妾	182
一九七、贺祝廉访升广西按察使	183
一九八、谢任问松惠帖	184
一九九、问狄小同生子否	185
二〇〇、复江西陈百泉	186
二〇一、复景庶庵	188
二〇二、谢宋柱川惠酥糖	189
二〇三、慰某世兄丧父	191
二〇四、贺祝方伯升云南藩台并谢惠袍套被褥	192
二〇五、谢云南祝方伯惠飞鼠褂普儿茶	194
二〇六、复候补京堂祝	196
二〇七、谢永平太守秦招入幕	198
二〇八、向深州刺史张索诗	199
二〇九、谢深州刺史张赠诗	199
二一〇、谢张南奏惠帽檐	200
二一一、与致什太仆祝	201
二一二、托沈孟养为婿谋事	203
二一三、谢山西方伯王招入幕	204
二一四、复任问松到山西就馆	205

二一五、致在直同乡官友募捐资贴团拜经费……………… 206
二一六、复方秋槎……………………………………………… 207
二一七、贺河南粮道李生子…………………………………… 208
二一八、慰河南粮道李丧母…………………………………… 209
二一九、贺方秋槎明府将得缺并复荐仆……………………… 210
二二〇、复贺饶阳县查午节…………………………………… 211
二二一、谢满城县陈惠鸭鸡酒笋……………………………… 212
二二二、与章雨岩……………………………………………… 213
二二三、与税关司马邵………………………………………… 214
二二四、谢满城县陈惠食物…………………………………… 214
二二五、辞谢冯璞山诸友拟刻信稿…………………………… 215
二二六、辞冯二槐回里………………………………………… 216
二二七、谢丰润县欧送程仪…………………………………… 218
二二八、辞易州刺史陆费回里………………………………… 219
二二九、示侄恬园……………………………………………… 220

一、与王沧亭

　　弟向获缔交于季方，因得闻元方之贤〔一〕，思一见为快。昨于会城邂逅遇之〔二〕，觉大兄之才华器宇〔三〕，更有胜于所闻者。正恨相见之晚，不期越宿分衿〔四〕，又恨相违之速矣〔五〕。

　　别后初四日抵津门〔六〕，初十日诣平舒〔七〕，月未一圆，地经两易。风尘仆仆，无非耘人之田〔八〕，自怜亦堪自笑。

　　比值同人归里〔九〕，馆中惟我独居；加以清磬红鱼〔一〇〕，直是修行古刹。而西风黄叶〔一一〕，洄溯时殷〔一二〕，双鲤之颁〔一三〕，定不我弃。尊体复元否？嫁务纷劳〔一四〕，诸宜珍摄〔一五〕。因风寄意，不尽所怀。

注释

　　〔一〕缔交：结交。元方季方：东汉陈寔有子陈纪字元方、陈谌字季方，均有贤名。元方之子长文与季方之子孝先各论其父功德，争之不能决，问于陈寔。寔曰："元方难为兄，季方难为弟。"意谓两人难分高下。事见《世说新语·德行》。后以"难兄难弟"或"元方季方"称颂兄弟皆贤。

　　〔二〕会城：省城。邂逅：指不期而遇或者偶然相遇。

　　〔三〕大兄：对朋辈的敬称。器宇：指仪表，气概。

　　〔四〕越宿：过了一夜。分衿（jīn）：别离。衿，衣的前幅，衣襟。

　　〔五〕相违：离开，离别。

　　〔六〕津门：地名，即今天津市。

　　〔七〕平舒：地名，即今河北省廊坊市大城县。

　　〔八〕耘人之田：耘，除草。语见《孟子·尽心下》："人病舍其田而芸人之田。"此处指为人做事。

〔九〕比值：近来遇到。比，近日，近来。值，遇到，碰上。同人：旧时称在同一单位共事者或同一行业中人。

〔一〇〕清磬红鱼：此处用以比喻独居之清寂如在寺院。清磬，寺院中诵经用的钵形打击乐器，其声清越。红鱼，即木鱼，僧人诵经礼佛时扣之以调音节。

〔一一〕西风黄叶：比喻深秋时节。

〔一二〕洄溯：逆流而上，引申为回顾。殷：深，深切。

〔一三〕双鲤：一底一盖。把书信夹在里面的鱼形木板，指代书信。汉乐府《饮马长城窟行》："客从远方来，遗我双鲤鱼。呼儿烹鲤鱼，中有尺素书。"颁，发布，此处引申为寄来。

〔一四〕嫁务：为人作嫁的诸多事务。唐秦韬玉《贫女》："苦恨年年压金线，为他人作嫁衣裳。"

〔一五〕珍摄：犹保重。

尺牍提称语

提称语位于称谓之后，是用来提高称谓的语词，也就是对受信人进行尊敬抬举的意思。有的提称语除提高称谓之外，还有请受信人察阅此信的意思。

二、与陈凝之

别后驹光如驶〔一〕，鱼雁鲜通〔二〕。三晋云山〔三〕，徒劳瞻企〔四〕。孟冬既望〔五〕，从沈孟养处寄奉手书〔六〕，不啻五年前风雨对床之快〔七〕。第以吾兄之才之品，早拟颖脱遂囊〔八〕，何尚郁郁居此？芙蓉出匣〔九〕，会当有时，祈耐心处之。

弟自壬子夏五〔一〇〕，由辽西而至柝津〔一一〕。今春赋闲四月。旋以旧友沈聿新招赴平舒，相助为理。频年浪迹，到处因人，正不知上林多少树〔一二〕，何缘独借一枝耳。

注释

〔一〕驹光：指短暂的光阴。《庄子·知北游》："人生天地之间，若白驹之过隙，忽然而已。"后世以白驹过隙比喻时光过得飞快。

〔二〕鱼雁：代指书信。鱼，见第一篇注〔一三〕。古有以雁传书。后因以"鱼雁"代称书信。

〔三〕三晋：战国时赵、韩、魏三国的合称。赵氏、韩氏、魏氏原为晋国大夫，战国初，分晋各立为国，故称为三晋。后以"三晋"为山西省的别称。

〔四〕瞻企：盼望。

〔五〕孟冬既望：指农历十月十六。

〔六〕寄奉：一种敬辞，即通过邮递奉呈。手书：这里指亲笔写的书信。

〔七〕不啻（chì）：无异于，如同。风雨对床：指兄弟或亲友久别重逢，共处一室倾心交谈的欢乐之情。

〔八〕颖脱遂囊：犹言脱颖而出，即锥芒全部脱出。比喻有才能的人得到机会，即能全部显现出来。颖，锥芒。用毛遂的典故，见《史记·平原君虞卿列传》。

〔九〕芙蓉：宝剑名。

〔一〇〕壬子：当指乾隆五十七年（1792）。夏五：农历夏五月。

〔一一〕辽西：古郡名。辖境约当河北秦皇岛至辽宁锦州一带。此处所指当在直隶永平府（今河北秦皇岛）。析津：地名，今天津地区。

〔一二〕上林：古宫苑名，后泛指帝王的苑囿。唐李义府《咏鸟》："上林多少树，不借一枝栖。""上林"句本此。

三、与赵南湖

久不见碧梧翠竹之姿〔一〕，每于月白风清，辄深神往。且以足下久不入直为疑〔二〕。近得阮昔侯札，知驾游山左〔三〕，种莲楚丘者已非一日〔四〕。青萍结绿〔五〕，到处争售，所固然也。

令弟才华意气，满谓嵇山独鹤，足以振采鸡群〔六〕；何期牙琴一摧〔七〕，墓草已宿〔八〕，令人感慨系之。

弟初客辽西，旋游津淀。今春复有平舒之役。年年压线〔九〕，依旧帮佣，良由村女蛾眉〔一〇〕，难为时赏耳。

注释

〔一〕碧梧翠竹：比喻美好的才德或英俊的仪态。

〔二〕入直：亦作"入值"，指官员入宫值班供职。

〔三〕山左：即山东省，因在太行山之东，故称。

〔四〕种莲楚丘：意谓在曹县作幕宾。《南史·庾杲之传》载，王俭为卫将军，用庾杲之为长史。安陆侯萧缅与俭书曰："盛府元僚，实难其选。庾景行泛渌水，依芙蓉，何其丽也。"时人以入俭府为莲花池。后用莲幕为幕府的美称。种莲即为游幕之意。楚丘，今山东曹县。

〔五〕青萍：宝剑名。结绿：美玉名。

〔六〕嵇山独鹤，振采鸡群：取"鹤立鸡群"之意，指人的才能或仪表卓然出众。嵇山，山名，相传三国魏嵇康居此，其子嵇绍始入洛阳，人称其"卓卓如野鹤之在鸡群"。

〔七〕牙琴：传说春秋时伯牙善弹琴。这里借指名琴。

〔八〕墓草已宿：借指人已死去很久。宿，隔年的。宿草，指墓地上隔年的草，用为悼念亡友之辞。《礼记·檀弓上》："朋友之墓，有宿草而不哭焉。"

〔九〕压线：见第一篇注〔一四〕。

〔一〇〕村女蛾眉：意谓乡村姑娘的姿色，借指自己的才能平凡。

四、贺梅岭佣寿

小春十日〔一〕，为足下悬弧令旦〔二〕。回忆去年，歌征《金缕》〔三〕，酒泛红螺〔四〕，诸同人济济盈盈〔五〕，如集蓬壶仙侣^{〔六〕}。今以关山远隔^{〔七〕}，未克趋陪^{〔八〕}，惟有遥颂九如^{〔九〕}，临风拜手耳^{〔一〇〕}。

注释

〔一〕小春：指夏历十月。宋陈元靓《岁时广记》卷三七引《初学记》："冬月之阳，万物归之。以其温暖如春，故谓之小春，亦云小阳春。"

〔二〕悬弧：弧，指木弓。古代风俗尚武，家中生男，则于门左挂弓一张，后因称生男为悬弧。语本《礼记·内则》："子生，男子设弧于门左，女子设帨于门右。"令旦：吉日。

〔三〕《金缕》：曲调《金缕曲》、《金缕衣》的省称。

〔四〕红螺：软体动物名。壳薄而红，可制为酒杯。因用作酒杯或酒的代称。

〔五〕同人：见第一篇注〔九〕。济济盈盈：犹言人多。

〔六〕蓬壶：即蓬莱，古代传说中的海中仙山。

〔七〕关山远隔：犹言距离遥远。关山，关隘山岭。

〔八〕克：能够。

〔九〕九如：《诗·小雅·天保》为祝颂人君之词，因连用九个"如"字，后因以"九如"为祝寿之词。

〔一〇〕拜手：亦称"拜首"，古代男子跪拜礼的一种。跪后两手相拱，俯头至手。

五、与陈天度

汾乡硕望^{〔一〕}，久切心仪^{〔二〕}。顷自永郡寄诵诲言，快同亲炙^{〔三〕}。承示弃书读律，窃以吾丈机云才藻^{〔四〕}，燕许文章^{〔五〕}，鲲化鹏游^{〔六〕}，得时则驾，何遽无心青紫^{〔七〕}，转作抱椟依人计耶^{〔八〕}？

湄浪迹六年，自惭驽下^{〔九〕}，不能作昂昂千里之驹。屈指辛亥之冬〔一〇〕，就食辽西，去夏至津门，今春晋省，阅四月始就平舒。数年来馆不过副席，俸不过百金，内而顾家，外而应世，探我行囊，惟有清风明月耳。

读所寄舅氏书，责以捐职之命〔一一〕，迟迟未报，咎何能辞。念自家道中落，承舅氏逾格矜怜〔一二〕，蛇雀有知〔一三〕，岂敢忘德？所以迟之又久者，限于力非盲于心也。一秩清衔〔一四〕，矢报有日〔一五〕，尚祈吾丈婉曲言之，俾不至开罪尊亲。幸甚！幸甚！

注释

〔一〕枌乡：家乡，故乡。枌，枌榆、枌邑，指汉高祖故里。后泛指故乡。硕望：重望，高名。

〔二〕久切心仪：内心向往已久。心仪，内心倾向。

〔三〕亲炙：谓直接受教育熏陶。

〔四〕机云：西晋文学家陆机、陆云两兄弟的并称。才藻，才华文采。

〔五〕燕许：唐玄宗时名臣燕国公张说、许国公苏颋的并称。两人皆以文章显世，时号"燕许大手笔"。

〔六〕鲲化鹏游：比喻有才能的人，必定会大有作为。鲲鹏语本《庄子·逍遥游》。

〔七〕青紫：本为古时公卿绶带之色。因借指高官显爵。

〔八〕抱牍：抱持案牍。谓办理公文。

〔九〕驽下：谓资质驽钝，才能低下，这里是自谦的说法。

〔一〇〕辛亥：指乾隆五十六年（1791）。

〔一一〕捐职：捐钱得官。

〔一二〕逾格：犹破格。矜怜：怜悯。

〔一三〕蛇雀有知：指大蛇衔明珠、黄雀衔白环报恩的故事。隋侯出行见大蛇被伤中断，以药封之，蛇乃能行，岁余，蛇衔明珠以报之，谓之隋侯珠、明月珠。杨宝幼时见一黄雀为鸱枭所搏，坠于树下，救之。后有黄衣童子以白环四枚相报，并云当使其子孙洁白，位登三公，有如此环。后以"蛇雀之报"为报恩的典故。

〔一四〕秩：官员的职位或品级。清衔：清闲的职位。

〔一五〕矢：发誓。

膝下：子女致父母的信，多以"父母亲大人膝下"起首。人幼时常依于父母膝旁，家书中用"膝下"，既表敬重，又体现出对父母的亲爱、眷依之情。

六、复朱鹤汀

手书遥贲〔一〕，知足下适患河鱼之疾〔二〕，造化小儿〔三〕，何不仁乃尔！近日定占勿药矣〔四〕。

弟贫也非病。客自家乡来者，道波臣为虐〔五〕，年谷不登〔六〕。旅人无以自存，又重以南顾忧，如何！如何！

足下作归省计否〔七〕？新凉入序〔八〕，寄语加餐〔九〕。

注释

〔一〕遥贲（bì）：远道来临。贲，文饰，装饰。语出《诗·小雅·白驹》："皎皎白驹，贲然来思。"谓来者有所盛饰。后用作光临之意。

〔二〕河鱼之疾：指腹泻。鱼烂先自腹内始，故有腹疾者，以河鱼为喻。

〔三〕造化小儿：对司命之神的戏称，借指命运、苍天。

〔四〕勿药：不用服药而病愈，祝病人早日康复的话。

〔五〕波臣为虐：洪水灾患。波臣，古人设想江海的水族也有君臣，其被统治的臣隶称为"波臣"。后亦称被水淹死者为"波臣"。此处引申为水神。

〔六〕年谷不登：收成很差的年份，荒年。登，成熟，完成。

〔七〕归省：指回家探望父母。

〔八〕新凉入序：天气转凉。新凉，指初秋凉爽的天气。序，季节，时节。

〔九〕寄语加餐：意谓请多保重身体。加餐，劝慰之辞，指多进饮食，保重身体。

七、求南皮县倪写字

人日拇战屡北〔一〕，而阁下得心应手，洒脱不凡，始知仙吏自有真也。

别后时作碧天云树之想〔二〕，奈以作嫁故，不获趋瞻琴鹤〔三〕，重整酒兵〔四〕，怅结何似！法书联幅〔五〕，便望掷下。弟虽赠乏笼鹅〔六〕，而大君子一诺千金，当不吝《黄庭》一卷也〔七〕。

注释

〔一〕人日：旧俗以农历正月初七为人日。拇战：即猜拳，酒令的一种。累：连续，屡次。北：失败。

〔二〕碧天云树：语出杜甫《春日怀李白》："渭北春天树，江东日暮云。"此处指思念友人。

〔三〕琴鹤：宋代赵抃为成都转运使，随身仅有一琴一鹤。后人以此表示清高、廉洁，亦有"廉吏"之意。此处用以美称对方。

〔四〕酒兵：《南史·陈暄传》："酒犹兵也，兵可千日而不用，不可一日而不备，酒可千日而不饮，不可一饮而不醉。"以兵能克敌，酒能浇愁，故将二者放在一起。后因谓酒为"酒兵"。

〔五〕法书：名家的书法范本，亦用以称美。

〔六〕笼鹅：以笼置鹅。指王羲之以字换鹅事，见《晋书·王羲之传》。

〔七〕《黄庭》：指《黄庭经》，道教的经典著作。这里以之代指所求之字。

八、唁陈名山丧母

西风落叶[一],正念故人。忽素简远来[二],惊知伯母大人仙逝,殊深感悼!

吾兄孝思纯笃[三],必以乍违色养[四],为百身莫赎之愆[五]。然伯母音容虽邈,懿范犹存[六];况乎生尽其欢,没尽其礼,于子职无少缺憾[七],亦可稍释皋鱼之痛矣[八]。

弟以关河修阻,未获亲奉刍香[九],薄具楮仪[一〇],聊申奠醊[一一],不足当徐生一束也。

九峰综理元城幕务[一二],十年淬砺[一三],颖脱一朝[一四],以兄至戚投之,谅无不允。如弟碌碌,恐难恃为声援耳[一五]。

注释

〔一〕西风落叶:形容秋天的景象。多比喻人或事物已趋衰落。

〔二〕素简:指报丧的信件。简,竹简,书信。

〔三〕孝思:孝亲之思。纯笃:纯朴笃实。

〔四〕色养:典出《论语·为政》,指人子和颜悦色奉养父母或承顺父母颜色。

〔五〕百身莫赎之愆:指罪孽深重,一身虽百死亦不能补偿。愆,罪过,过失。

〔六〕懿范:专用以赞美妇女的好品德。

〔七〕子职:儿子对父母应尽的职责。

〔八〕皋鱼:《韩诗外传》卷九载孔子见皋鱼哭于道旁,与之言。皋鱼说:"树欲静而风不止,子欲养而亲不待也,往而不可得见者亲也。"后用皋鱼之痛作为人子不及养亲的典故,亦称"风树之悲"。

〔九〕刍香:指生刍,一种鲜草。《后汉书·徐稚传》记徐稚吊郭林宗母丧,置生刍一束而去。后因以生刍指代吊祭的礼物。

〔一〇〕楮（chǔ）仪：即纸仪，葬礼上所用的纸钱供品。因楮树皮可造纸，故"楮"也作为"纸"的代称。

〔一一〕奠醊（zhuì）：祭奠，祭祀时以酒酹地。

〔一二〕元城：地名，在今河北省大名县一带。

〔一三〕淬砺：淬火和磨砺以使刀剑坚利，比喻刻苦磨练。

〔一四〕颖脱：见第二篇注〔八〕。

〔一五〕声援：遥作支援。

九、与黄封三

一番风信〔一〕，几度花飞，瞥眼春光，增人离索〔二〕。老表兄遨游塞外，得令郎随侍莲帷〔三〕，晨昏分筹笔之劳〔四〕，诗礼习趋庭之训〔五〕；而贤乔梓应时介福〔六〕，尤无事鄙人赘颂也。

弟因人成事，局促如辕下驹〔七〕。刻思绝靮而驰〔八〕，又无可为昂首长鸣之地。兄固弟之伯乐也，苟不以驽劣而策之前焉，则千里康庄，腾骧有自矣〔九〕。鞭长可及〔一〇〕，望之望之！

注释

〔一〕风信：应花期而来的风，即花信风。自小寒至谷雨，凡四月，共八个节气，一百二十日，每五日一候，计二十四候，每候应以一种花的信风。

〔二〕离索：形容萧瑟之相，即萧索。

〔三〕莲帷：指幕府。

〔四〕筹笔：运笔筹划。此处以筹笔之劳指幕务。

〔五〕趋庭：语本《论语·季氏》，谓子承父教。

〔六〕乔梓：《尚书大传》记商子之言"乔者，父道也"、"梓者，子道也"，后因以"乔梓"比喻父子。介福：大福。

〔七〕辕下驹：指车辕下不惯驾车的幼马，亦比喻少见世面、器局不大的人。此处用以自谦。

〔八〕刻：形容程度深。靷（yǐn）：引车前行的皮带。
〔九〕腾骧：飞腾，奔腾。引申为地位上升，宦途得意。
〔一〇〕鞭长可及：此处喻指能力够得上。

一〇、托杨樾庵谋馆

春鸿绝影〔一〕，芳讯稀通。顷晤香度，始知塞上青油〔二〕，已安徐榻〔三〕。前以一饼金函致省寓〔四〕，度在文斾启行之后〔五〕，祈急取之毋失。此间瓜代有期〔六〕，行将解馆〔七〕，恃足下高居首要，一推一挽〔八〕，不复属望他人矣。

注释

〔一〕春鸿绝影：犹言书信不通。鸿，大雁，代指书信。
〔二〕青油：青油涂饰的帐幕，借指将帅的幕府。
〔三〕徐榻：东汉陈蕃为太守，不接宾客，唯为徐稚备一榻，徐去则榻悬。见《后汉书·徐稚传》。
〔四〕饼金：饼状的金块。
〔五〕文斾（pèi）：有文采的旌旗，用为仪仗。引申为称对方的敬词，犹尊驾、大驾。
〔六〕瓜代：《左传·庄公八年》："齐侯使连称、管至父戍葵丘。瓜时而往，曰：'及瓜而代。'"谓到明年瓜熟时派人接替。后称官吏任职期满由他人接替为"瓜代"。
〔七〕解馆：旧时谓书塾停办或塾师解聘。
〔八〕推挽：前拉后推，使物体前进。此处引申为引荐。

一一、复陈樾亭并告丧子

兄馆永宁时〔一〕，正弟溷迹〔二〕津门，一通鱼素。此后驾游山左，我滞云中〔三〕，驿使难逢，陇梅莫寄〔四〕。昨手书远及，乃知焦桐逸响〔五〕，到处赏音。盖素所挟持者〔六〕，原自加人一等也。未识年来囊箧如何，三径其就荒矣〔七〕，得毋听子规而情动乎〔八〕？

弟自甲午夏杪，移砚会川〔九〕，以积累故，迄未少有储蓄。近得家言，知小儿夭殒，天涯只影，似续萦怀〔一〇〕。回忆出门时之呱呱在抱者，其何能以太上忘之〔一一〕！重九后，本拟束装归里，因居停维絷甚坚〔一二〕，勉待岁阑〔一三〕，再定行止。或明春接眷北上，免作苦行头陀，未卜苍苍者〔一四〕，其见许否耶？

注释

〔一〕永宁：地名，在今北京市延庆县。
〔二〕溷迹：即混迹。
〔三〕云中：地名，今山西省大同市。
〔四〕陇梅：陆凯与范晔相善，自江南寄梅花一枝给范晔，赠诗曰："折花逢驿使，寄与陇头人。江南无所有，聊赠一枝春。"后常以此典表达对故人的思念。
〔五〕焦桐：琴的代称。《后汉书·蔡邕传》记有人用桐烧火做饭，蔡邕听火烈之声，知为良木，因制为琴，其尾犹焦。
〔六〕素所挟持者：指胸中所蓄之才。
〔七〕三径：王莽专权时，兖州刺史蒋诩辞官回乡，于院中辟三径，唯与求仲、羊仲来往。后因以"三径"指归隐者的家园。此处以"三径"代指对方家乡田园。
〔八〕子规：鸟名，又名杜宇、杜鹃。相传为古蜀王杜宇之魂所化。古人常用以表思乡盼归之情。

〔九〕移砚：古代文人久事文墨，以砚当田，为谋生之资，所以移砚指转徙谋生之地。会川：地名。一说在今四川会理县，一说在今甘肃渭源县。

〔一〇〕似续：继承，继续。《诗·小雅·斯干》："似续妣祖，筑室百堵。"毛传："似，嗣也。"又指后嗣。

〔一一〕太上：称修养最高的人或圣人，古人认为他们可以忘记喜怒哀乐之情，所谓"太上忘情"。

〔一二〕居停：指居住处的主人。也用来称幕主。维絷（zhí）：拴缚，谓留客。

〔一三〕岁阑：岁暮，一年将尽的时候。

〔一四〕苍苍：指天。

一二、与王沧亭

癸秋获亲芝宇〔一〕，适有平舒之行，匆匆赋别。旋投尺素于清丰幕次〔二〕，得陈炜光札，乃知抱恙南返，心窃系之。

顷晤徐君养安，道文旆由邗江而之山左〔三〕。平山风月〔四〕，与齐甸莺花〔五〕，自必尽收吟箧。而出干将于吴匣〔六〕，售太璞于荆山〔七〕，尤可为兄操券也〔八〕。

弟去国八年〔九〕，萍踪远托〔一〇〕，白云亲舍〔一一〕，魂梦为劳。只以鸡肋縻人〔一二〕，遽难割弃。惟有日诵"举头望明月，低头思故乡"之句已耳。

注释

〔一〕芝宇：《新唐书·元德秀传》："房琯每见德秀，叹息曰：'见紫芝眉宇，使人名利之心都尽。'"德秀字紫芝。后遂以"芝宇"为眉宇的美称，常用来称赞对方的容颜或神采。

〔二〕清丰：地名，今河南省清丰县。

〔三〕邗江：地名，今江苏省扬州市邗江区。
〔四〕平山：即平山堂，北宋欧阳修始建，扬州市内风景名胜。
〔五〕齐甸：指山东地区。山东古为齐国，后常用"齐"代指山东。甸，区域，流域。
〔六〕干将：古宝剑名。传为吴王阖闾命干将所铸造。
〔七〕太璞：楚人卞和得玉璞于荆山，曾前后三次献于楚王。"太璞"句本此。璞，未雕琢的玉。
〔八〕操券：意味事成有把握。券，契约的凭据。
〔九〕去国：此处指离开家乡。
〔一〇〕萍踪：浮萍的踪迹。常比喻行踪飘泊无定。
〔一一〕白云亲舍：《旧唐书·狄仁杰传》记狄仁杰登太行山，南望见白云孤飞，说："吾亲所居，在此云下。"后因以"白云亲舍"为思念亲人的典故。
〔一二〕鸡肋：鸡的肋骨。比喻无多大意味但又不忍舍弃的事物。用杨修的典故，见《三国志·魏志·武帝纪》。

一三、复左宇眉

闰春邂逅之遭，出诸望外。"乍见翻疑梦，相悲各问年。"〔一〕此情殆有似之！时以馆事相催，不获畅叙为恨。首夏复偕居停晋省〔二〕，而兄已发潞河之棹〔三〕。重午归来〔四〕，展诵手翰〔五〕，意气勤勤恳恳；而述当前之境遇，溯畴昔之余欢〔六〕，益令人感怀无已。

吾兄多文积学，久拟为木天粉署中人〔七〕，牛后之依，固不如鸡口之为得也〔八〕。若论近时馆况，比比皆然，一片青毡〔九〕，可久则久，惟足下审时而善处之。

弟奔走有年矣，家慈垂暮，日切依闾〔一〇〕。乃以季子囊空〔一一〕，欲归不得。当时豪兴，多于冗场愁境日渐消磨〔一二〕。

寄呈近作四首，应亦讶其颓唐耳。

注释

〔一〕乍见翻疑梦，相悲各问年：唐司空曙《云阳馆与韩绅宿别》诗中句子。

〔二〕首夏：始夏，初夏。指农历四月。

〔三〕潞河：即白河，在今北京通州。

〔四〕重午：端午。

〔五〕手翰：亲笔信。

〔六〕畴昔：往日，从前。

〔七〕木天：原指宏敞高大的木结构建筑物，后用以指代翰林院。粉署：汉代尚书省以胡粉涂壁，故后世称尚书省为"粉署"，又称"粉省"。

〔八〕鸡口牛后：语本《战国策·韩策一》："宁为鸡口，无为牛后。"意谓与其在大的地方居于末端，受人挟制，不如在小的地方处在前列，独当一面。

〔九〕青毡：《晋书·王献之传》记小偷入室窃物，王献之说青毡是自家旧物，可留下。后以"青毡"泛指仕宦人家的传世之物或旧业。此处引申指清寒贫困的生活。

〔一〇〕家慈：对人称自己的母亲。依闾：母亲靠着门框盼望子女归来。闾，古代里巷的大门。

〔一一〕季子囊空：苏秦（字季子）十次上书游说秦王也没有成功，资用耗尽，潦倒归家。此处借苏秦之典以自喻。

〔一二〕冗场：繁杂的事务与忙乱的场合。

一四、复王礼园

草草尊罍〔一〕，正惭简略，乃辱致书言谢，益厚吾颜矣。

闻足下"三宿而后出昼"〔二〕，《金缕》红牙〔三〕，流连不置。何故春光一线，竟不漏泄人间耶？

尊照命题极雅，"分明一样凌寒骨，人比梅花韵更多"。附《满庭芳》一阕[四]，幸为拍正[五]。朱提已收[六]，但何亟亟乃尔[七]！

注释

〔一〕草草尊罍（léi）：这是自谦的说法，意谓时间仓促招待不周。尊罍，酒杯。

〔二〕三宿而后出昼：典出《孟子·公孙丑下》，孟子离开齐国时，歇了三宿才出昼邑。此处用以指长久地流连。

〔三〕《金缕》：见第四篇注〔三〕。红牙：檀木做的拍板，用来调节乐曲的节奏。

〔四〕《满庭芳》：词牌名。

〔五〕拍正：古人依照乐谱的音律节拍来写词，称倚声填词。此处拍正指修改词作。

〔六〕朱提：山名，在今云南省昭通县境。该地盛产白银，后世用以作银的代称。

〔七〕亟亟：急迫，急忙。

一五、向玉田县李借银

阁下风清载鹤[一]，化洽鸣琴[二]，几于无口不碑[三]，无腹不鼓[四]。皆由经术素所蕴负，施为本于挚诚。故民以蒙庥[五]，而政声四达也。

弟自启篆后[六]，随居停至郡至省。甫于望后归来[七]，鹿鹿尘踪[八]，竟不知柳眼花须[九]，已过清明百五[一〇]。年华如驶，每念家慈垂暮，童乏应门[一一]，未尝不切切于怀，冀效板舆之奉[一二]；以十年垂橐[一三]，迎养无资，徒有心旌一片耳[一四]。阁下意气如云，弟所深佩，或不惜西江之水[一五]，一借润焉，则他乡游子，不致怅隔慈晖〔一六〕；而前度刘郎〔一七〕，兼得重谐仙侣，其拜赐为何如耶！

注释

〔一〕风清载鹤：意谓为官清廉。鹤，见第七篇注〔三〕。

〔二〕化洽：教化浸润。鸣琴：《吕氏春秋·察贤》："宓子贱治单父，弹鸣琴，身不下堂而单父治。"后因用"鸣琴"称颂地方官政事清简，无为而治。

〔三〕无口不碑：没有人不称赞。口碑，指口头的颂扬。

〔四〕无腹不鼓：没有人不得饱暖。鼓腹，鼓起肚子，谓饱食。

〔五〕蒙庥：蒙受荫庇。庥，本意谓树荫，引申为庇护之意。

〔六〕启篆：开始任职。

〔七〕望：古称旧历每月十五日。

〔八〕鹿鹿尘踪：忙忙碌碌，奔走风尘之中。鹿鹿，通"碌碌"。

〔九〕柳眼：早春柳树萌芽，如人之眼，故称。花须，指花蕊。

〔一〇〕百五：寒食节，在冬至后的第一百零五天，故名。

〔一一〕童乏应门：谓家中没有童仆照应。

〔一二〕板舆：古代一种代步工具，由人扛抬，多为老年人乘坐。潘岳《闲居赋》有句云"太夫人乃御板舆"，后因以代指官吏在任迎养父母。

〔一三〕垂橐：垂着袋子，谓囊中空空。

〔一四〕心旌：心神，神思。此句谓空有一片孝心。

〔一五〕西江之水：《庄子·外物》记庄子向监河侯贷粟，监河侯说等自己拿到封地的税金，可以借给庄子三百金。庄子说："我来的路上碰到一条困在车辙里的鲋鱼向我求助，希望我给它一点水活命。我对它说自己将引西江之水救它，鲋鱼回答我说还不如早点到卖鱼干的市场找它。"西江之水，比喻周济别人的财物。

〔一六〕慈晖：代指自己的母亲。

〔一七〕前度刘郎：相传东汉刘晨、阮肇入天台山采药，遇仙女相邀。还家后，子孙已历七世。后又重到天台。后借指去而复来的人。

阁下：敬称高级官员。"古者三公开阁，郡守比古之侯伯，亦有阁。所以世之书题有阁下之称。"（唐·赵璘《因话录》）

一六、与陈菱舟

不通尺素者匝岁[一]，彼此于一斋书内，附致拳拳[二]。嗣令叔往返会川，备审近状。并得与令弟盘桓数日，既叨竹林之雅[三]，复亲棣萼之辉[四]，缘缔三生[五]，人逢千里，是亦友声所难得者矣[六]。

弟挟策而来[七]，初不作久安之计。近看世路，折节风稀[八]，王前士前[九]，持之有定，彼亦望而自却，因姑与之周旋，非真以强项公作耐久朋也[一〇]。

注释

〔一〕匝岁：满一年。匝，一周，一圈。

〔二〕拳拳：诚挚，恳切。

〔三〕竹林：魏晋间，嵇康、阮籍、山涛、向秀、刘伶、王戎及阮咸七人，常集会游览于竹林之下，肆意酣畅，世谓"竹林七贤"。其中阮籍、阮咸为叔侄，此处竹林之雅应是以竹林二阮美称叔侄的相聚。

〔四〕棣萼：语出《诗·小雅·常棣》，后因以"棣萼"喻兄弟。

〔五〕三生：佛家所谓前生、今生、来生。诗文中常用作前因宿缘之意。

〔六〕友声：友朋的应答之声。此谓朋友。

〔七〕挟策：携带书本。

〔八〕折节：屈己下人。常用于居上位者礼敬处下位者。

〔九〕王前士前：用颜斶的典故，见《战国策·齐策四》。此典表达了士人不为权贵折腰的独立精神。

〔一〇〕强项公：指东汉洛阳令董宣。湖阳公主家奴杀人，董宣以罪杀之。光武帝要董宣叩头谢罪，强按其头，董宣两手据地，不肯叩头。见《后汉书·酷吏列传》。耐久朋：谓友谊坚固持久的朋友。《旧唐书·魏玄同传》："玄同素与裴炎结交，能保终始，时人呼为'耐久朋'。"

一七、与徐养安

闻足下之名久矣,平时相慕切,而相遇终疏。不意清和之首〔一〕,得于会城客邸遇之。伏见大兄春云意气〔二〕,秋月丰裁〔三〕,不啻鸡鹜群中,矫然一鹤〔四〕,益令人心折无似。旋以蒲轮适馆〔五〕,分手匆匆。而弟自重午归来,日与管城子共晨夕〔六〕,劳状概可想见。足下目无全牛,奏刀立解〔七〕。当此轻衫团扇,一榻清闲,知不与笨伯同其役役也〔八〕。

注释

〔一〕清和:天气清明和暖,又用为农历四月的俗称。一说指农历二月。
〔二〕春云意气:形容对方意志及气概如同春云般广大高厚。
〔三〕秋月丰裁:形容对方风度神采如同秋月般清朗高爽。
〔四〕鸡鹜群中,矫然一鹤:见第三篇注〔六〕。
〔五〕蒲轮:指用蒲草裹轮的车子,转动时震动较小。古时常用以封禅或迎接贤士。此处只取其"车"之意。
〔六〕管城子:笔的别称。出自韩愈《毛颖传》:"毛颖者……封诸管城,号管城子。"
〔七〕目无全牛,奏刀立解:用《庄子·养生主》庖丁解牛之典。形容技艺纯熟,亦形容办事精明熟练。
〔八〕役役:劳苦不息貌。

一八、与王九峰

　　嵇生懒慢〔一〕，鱼素久暌。而梦雨离云〔二〕，未尝不时时在抱也。雪窗无事，近履何如〔三〕？便希一音寄慰。

　　弟八年旅食〔四〕，鸡肋虚縻。秋间母病子殇，正作南归之举，适得家报，因知慈竹平安〔五〕，遂尔中止。惟念一枝秀茁，幻若昙花〔六〕，他日言旋，牵衣谁问〔七〕？未免心为之酸耳。

注释

　　〔一〕嵇生懒慢：嵇康《与山巨源绝交书》："性复疏懒，筋驽肉缓。"懒慢，懒惰。
　　〔二〕梦雨离云：以雨、云指代别后所历时光。
　　〔三〕近履：近来的行踪，即近况。
　　〔四〕旅食：客居，寄食。指飘泊在外的生活。
　　〔五〕慈竹：竹子的一种。丛生，新竹旧竹密结，高低相倚，若老少相依，亦称子母竹。故以之喻慈母。
　　〔六〕昙花：开花短时即谢。后借以形容事物转瞬即逝。这里指其已殇之子。
　　〔七〕牵衣谁问：化用杜牧《归家》："稚子牵衣问，归来何太迟。"此处借以抒发丧子之痛。

一九、还玉田县李送程仪〔一〕

　　秋间猝有南旋之举，阁下锡之兼金〔二〕，壮其行色〔三〕，以弟庸陋，猥荷挚怀。屡分鹤俸之余〔四〕，益切蛇珠之感〔五〕。比得家报，欣知老母康强，是以半棹孤篷，欲行又止。馈贶之雅，不敢拜登[六]，谨俟便羽东来[七]，奉以归赵[八]。而阁下之稠情古谊，已与潭水俱深矣[九]。

注释

〔一〕玉田县：今属河北唐山市。程仪：送给出门旅行者的路费或礼物。

〔二〕锡：赐予。兼金：数量不小的钱财。兼，两倍或两倍以上。

〔三〕行色：行旅之人的气派、出行的情状。

〔四〕鹤俸：幕府的官俸。后亦泛指俸禄。

〔五〕蛇珠之感：见第五篇注〔一三〕。

〔六〕拜登：敬词，谓接受赐赠。

〔七〕便羽：托人顺便捎来的书信。

〔八〕归赵：比喻把原物归还主人。用"完璧归赵"的典故，见《史记·廉颇蔺相如列传》。

〔九〕潭水俱深：化用李白《赠汪伦》诗："桃花潭水深千尺，不及汪伦送我情。"

二〇、与龚甘林

菊秋天假之缘，会逢其适。承足下爱我谆挚，欢若平生。古人倾盖之交[一]，当不是过。别后归来，席尚未暖[二]，以清查事，脂车入省[三]，长至前三日返馆[四]，板桥茅店[五]，日仆仆于朔风寒雪中。依人况味，可想而知。岁杪作旋省计否？如有同心，则握手言欢，近在屠苏入饮时矣[六]。

注释

〔一〕倾盖之交：路上相逢停车，两车主人交谈，车盖靠在一起。谓初次相逢或订交。

〔二〕席尚未暖：谓席子未及坐暖即离去，形容忙于奔走。语出《淮南子·修务训》："孔子无黔突，墨子无暖席。"

〔三〕脂车：油涂车轴，以利运转。借指驾车出行。

〔四〕长至：指冬至。自冬至起日渐长，故称。

〔五〕板桥茅店：代指旅途景况。语本唐温庭筠《商山早行》："鸡声茅店月，人迹板桥霜。"

〔六〕屠苏：药酒名。古代风俗，农历正月初一，自幼及长依次饮屠苏酒，以祛病避寒。

二一、与孙香度

客腊封篆〔一〕，记与足下把酒言欢；今春返自都门，又剪南轩之烛〔二〕。流光如驶，瞬息一年。翘首江云，企怀奚似〔三〕！每致一斋书，必承垂询，深感注存〔四〕。乃以笔末为佣〔五〕，冗懒相半，遂致南鸿呖呖〔六〕，一纸未伸。歉甚！歉甚！

足下安砚濮阳〔七〕，噪声油幄〔八〕。行见大江南北，誉美红叶；更喜地近乡园，又与菱舟一方共事。福人福地，何造物之位置独厚也〔九〕。

弟今岁晋省者三，晋郡者六，因人成事，何敢言劳。讵秋间母病子殇〔一〇〕，事多拂逆，急拟治装南返，而空囊羞涩，素手难归。昨得家报，知老母安全，是以听罢子规，又停征棹。然而白头有老，黄口无儿〔一一〕，千里乡云，倍增缕缕矣〔一二〕。春初所失，追如其数。黄鹤去而复返〔一三〕，知我贫也〔一四〕。承念附及，不备不庄〔一五〕。

注释

〔一〕封篆：封印，指停止办公。篆，印章。

〔二〕剪南轩之烛：比喻友人相见，聚会谈心。语本唐李商隐《夜雨寄北》："何当共剪西窗烛，却话巴山夜雨时。"

〔三〕企怀：盼望怀念。

〔四〕注存：关注问候。

〔五〕笔耒：以笔作耒，形容笔耕。

〔六〕呖呖：鸟鸣之声。

〔七〕濮阳：县名，在今河南省东北部。

〔八〕油幄：涂油的帐幕，这里指幕府。

〔九〕位置：布置，安排。

〔一〇〕讵：岂，怎。

〔一一〕黄口：本意谓雏鸟的嘴，后借指儿童。

〔一二〕缕缕：连续不断之意，此处谓情意不尽。

〔一三〕黄鹤去而复返：唐崔颢《黄鹤楼》："黄鹤一去不复返，白云千载空悠悠。"此反用其意，喻追回所失。

〔一四〕知我贫也：语见《史记·管晏列传》：管仲曰："鲍叔不以我为贪，知我贫也。"

〔一五〕不庄：书信结尾处用的谦词，犹言"不恭"。

二二、劝章秋漪戒嫖

重门间阻，尺素鲜通。顷知驾就安平〔一〕，从此拔帜而上〔二〕，即可自树旗鼓，烟花逐队〔三〕，切宜慎之。盖幕次不同寓次，出入跬步〔四〕，有碍关防〔五〕；况灯炮酒尽之余〔六〕，一觉扬州〔七〕，思之亦甚无味耳。

伯母寄到寒衣，藉便付去。游子身上，慈母手中〔八〕，当时时念及也。

注释

〔一〕安平：县名，在今河北省衡水市。

〔二〕拔帜：《史记·淮阴侯列传》记韩信让士兵带着赤帜从小路接近赵军，说"赵见我走，必空壁逐我，若疾入赵壁，拔赵帜立汉赤帜"。后用"拔帜"作取胜或取代之意。

〔三〕烟花：指妓女。逐队：随队而行。众多之意。

〔四〕跬步：半步，跨一脚。引申为小节。

〔五〕关防：驻兵防守的关隘。引申为规章制度。

〔六〕灯炮（yǐ）酒尽：谓欢宴终了。炮，灯烛熄灭。

〔七〕一觉扬州：谓梦里繁华，觉后空虚。语本唐杜牧《遣怀》："十年一觉扬州梦，赢得青楼薄幸名。"

〔八〕游子身上，慈母手中：化用唐孟郊《游子吟》："慈母手中线，游子身上衣。"

二三、贺陈筠青生女

昨得手书，以弟夫人弄瓦而不弄璋〔一〕，其辞若有憾焉。不知二五构精〔二〕，伉俪同功，是谁之过？凰而为是怏怏耶？况雏凤之降，即以开幺凤之先；谢氏乌衣〔三〕，不可无林下风以济其美〔四〕，正不必谓梦月之不如梦日也〔五〕。

注释

〔一〕弄瓦：指生女。弄璋：指生男。《诗·小雅·斯干》："乃生男子……载弄之璋。""乃生女子……载弄之瓦。"璋为玉制的礼器，瓦为陶制的纺砖。后因称生男为"弄璋"，生女曰"弄瓦"。

〔二〕二五构精：指阴阳交合。二五，阴阳与五行。构精，两性交合。

〔三〕谢氏乌衣：东晋时谢安家族兴旺，子弟多贤，居住于南京乌衣巷。

〔四〕林下风：《世说新语·贤媛》："王夫人（谢道韫）神情散朗，故有林下风气。"后用以形容女子风度闲逸。

〔五〕梦月：比喻生女。梦日：比喻生男。

二四、复孙午桥问人怀孕

同梦数月[一]，正惭不能为人。来书以笠山言，无而为有，诚过听已[二]。养叔虽善射[三]，或者俟之异日耳。

注释

〔一〕同梦：同床共寝。
〔二〕过听：错误地听取。
〔三〕养叔：春秋时楚国大夫养由基，善射。

足下：古代最初用为下对上的敬称，后来书信中多用于同辈之间。如司马迁《报任安书》首句云："太史公牛马走司马迁再拜言少卿足下。"
麾下：敬对军队将帅。

二五、贺李玉峰纳妾

金台之游[一]，久不赴约。昨晤令弟，谓足下已赋小星[二]。想见豆蔻初开[三]，春风得意。第恐河东君未必"我见犹怜"[四]，则龙丘居士难免贻笑髯翁耳[五]。

注释

〔一〕金台：古时北京的别称。
〔二〕小星：《诗·召南》篇名。其序云："小星，惠及下也。夫人无妒忌之行，惠及贱妾。"后因以"小星"为妾的代称。

〔三〕豆蔻：比喻少女。

〔四〕河东君：指凶悍的妻子。宋洪迈《容斋三笔·陈季常》："陈慥字季常……自称龙丘先生……其妻柳氏绝凶妒，故东坡有诗云：'龙丘居士亦可怜，谈空说有夜不眠。忽闻河东狮子吼，拄杖落手心茫然。'"我见犹怜：形容女子之娇美。《世说新语·贤媛》载桓温平蜀，以李势女为妾。其妻知，拔刀欲斫之。见李在窗梳头，姿貌端丽，徐徐结发，神色闲正，辞甚凄惋。于是掷刀抱之曰："阿子，我见汝犹怜，何况老奴！"

〔五〕龙丘居士：指陈慥。髯翁：指苏轼。

二六、复胡筠坡查信

朵云垂贲〔一〕，而祥符一函〔二〕，求之不得。遗我双鲤〔三〕，仅获一鳞，不知浮沉何处〔四〕？祈详查之。

注释

〔一〕朵云：《新唐书·韦陟传》："常以五采笺为书记，使侍妾主之……陟唯署名，自谓所书'陟'字若五朵云。时人慕之，号郇公五云体。"后遂以"朵云"为对别人书信的敬称。

〔二〕祥符：即祥符县，今河南省开封市祥符区。

〔三〕双鲤：见第一篇注〔一三〕。

〔四〕浮沉：指书信未寄达。《世说新语·任诞》："殷洪乔作豫章郡太守。临去，都下人因寄百计函书。既至石头，悉掷水中，因祝曰：'沉者自沉，浮者自浮，殷洪乔不能作致书邮！'"

二七、贺沈孟养父母双寿

足下以椿萱并庆〔一〕,整策而南。弟谊属知交,分同犹子〔二〕,虽萍踪远托,不获随莱子之衣〔三〕;而芹献殊殷〔四〕,窃愿进安生之枣〔五〕。谨将菲意,惟冀鉴存。

注释

〔一〕椿萱:《庄子·逍遥游》谓大椿长寿,后世因以椿称父。《诗·卫风·伯兮》:"焉得谖草,言树之背。"谖草,萱草。后世因以萱称母。椿、萱连用,代称父母。

〔二〕犹子:谓如同儿子。

〔三〕莱子之衣:孝养双亲之典。老莱子为春秋末年楚国隐士。相传事亲尽孝,尝身着五色彩衣,卧地为小儿啼以娱母。

〔四〕芹献:即献芹,进呈自己的礼物或建议的谦辞。

〔五〕安生之枣:仙人之食,此处用以指代寿礼。《史记·封禅书》记李少君游海上,"见安期生食巨枣,大如瓜"。安期生为传说中的仙人。

二八、与龚未斋

吾党倾心丰采,几如士仰荆州〔一〕。平时向往有心,而天缘不假,奉教无从。今春因蔼堂而得见先生,即荷忘年投分〔二〕,垂爱逾常。频饫郇氏之厨〔三〕,屡醉公瑾之醴〔四〕,铭心若篆〔五〕,留齿犹芬。兼以蔼堂之将入省也,而假以一廛〔六〕,安其片席,绸缪委曲〔七〕,无微不周。先生之爱人以德,更于此想见一斑矣。濒行雨丝风片[八]，春到清明，不知路上行人，几问杏花村酒[九]。想此日琴装已卸，坐东阁而对残梅，雅兴当复不浅也[一〇]。

弟以鸠心之拙[一一]，谬作螳臂之当[一二]，橐笔素餐[一三]，正如南郭先生齐门滥食[一四]，应不免为当道所嗤。惟望玉律之颁，藉获金针之度[一五]，则此感岂有既耶？

阮昔侯于廿一日赴磁州[一六]。破题儿第一夜[一七]，钟情如先生，当亦为之黯然也。

注释

〔一〕士仰荆州：唐代韩朝宗曾任荆州长史，好识拔后进，深获时人推重。李白《与韩荆州书》有"生不愿封万户侯，但愿一识韩荆州"语。

〔二〕投分：意气相投。

〔三〕郇氏之厨：唐代韦陟，袭封郇国公。性侈纵，穷治馔羞，厨中多美味佳肴。后因以称膳食精美的人家。

〔四〕公瑾之醴：公瑾，周瑜字。醴，甜酒。程普以年长屡次凌侮周瑜，瑜折节相容，普叹服，尝曰："与周公瑾交，若饮醇醪，不觉自醉。"

〔五〕铭心若篆：谓铭感在心。铭，记载，镂刻。篆，用篆体字书写铭刻。

〔六〕一廛（chán）：古时一夫所居之地。后泛指一块土地或一处居所。

〔七〕绸缪：情意殷切。委曲：殷勤周至。

〔八〕雨丝风片：形容细雨微风。

〔九〕几问杏花村酒：化用唐杜牧《清明》："借问酒家何处有，牧童遥指杏花村。"

〔一〇〕"坐东阁"句：化用唐杜甫诗"东阁官梅动诗兴"句意。

〔一一〕鸠心之拙：《禽经》："鸠拙而安。"张华注引《方言》云："蜀谓之拙鸟，不善营巢，取鸟巢居之，虽拙而安处也。"后用以自称性拙。

〔一二〕螳臂之当：即螳臂当车。《韩诗外传》卷八记齐庄公出猎，有螳螂举足将搏其轮。后以"螳臂当车"比喻自不量力。此处亦用以自谦。

〔一三〕橐笔：古代书史小吏，手持橐囊，簪笔于头，侍立于帝王大臣左右，以备随时记事，称作持橐簪笔，简称"橐笔"。后亦以指文士的笔墨耕耘。素餐：无功受禄，不劳而食。

〔一四〕齐门滥食：即滥竽充数之典。见《韩非子·内储说上》。

〔一五〕金针之度：意谓把某种诀窍、方法传授给别人。

〔一六〕磁州：地名，今河北省邯郸市磁县。

〔一七〕破题儿：比喻事情的开端或第一次。

二九、复龚未斋

一枝甫寄，双鲤频颁。正切停云〔一〕，捧朵云而心慰；欣联今雨，同旧雨之情殷〔二〕。适来二字平安，喜叶金闺之卜〔三〕；何异万金郑重〔四〕，敢迟竹报之投〔五〕？且也雅什如珠〔六〕，香艳远超班宋〔七〕；高情似水，色空悟彻邯郸〔八〕。虽细雨清明，红杏少村家之酿；而春风寒食，黄粱成客子之吟。此尤达士旷怀，抑亦雅人深致。勉酬郢曲〔九〕，乞运宋斤〔一〇〕。应知哲匠之旁观〔一一〕，难免小巫之气尽〔一二〕。

至于凄凉客邸，原同寂寞禅关。如先生之百里而遥，尚庆团圞于岁序；若贱子之十年不返，空怜漂泊于天涯。所以王粲依刘，登楼有感〔一三〕；纵使孟尝爱客，弹铗仍歌〔一四〕。然绿泛蓉池〔一五〕，庾景行之芳声独茂；青开莲榻，徐孺子之高躅可风〔一六〕。况乎品重琳琅，才工月露〔一七〕。仰而企之，已非一日；树而立者，诚足千秋。主善为师〔一八〕，宜在立雪坐风之侣〔一九〕；予生也晚，敢附乘车戴笠之盟〔二〇〕？

弟读书读律，窃愧无成；自西自东，徒劳何补。倚闾有白头之老，谁修定省于晨昏〔二一〕；争梨失黄口之儿〔二二〕，空听笑啼于梦寐。加以陌头柳色〔二三〕，丝丝牵少妇之愁；因而枝上鹃声，夜夜起王孙之感。无如一囊秋水，顾影生寒；徒使万缕春云，登高雪涕。爰思完聚，极意经营，凭寄南金〔二四〕，冀共鹿车之挽〔二五〕；迎来北辙，用申乌哺之私〔二六〕。计维红褪荷衣，剑当再合〔二七〕；迟则黄飘桂子，镜见重圆。然而燕垒新营，已竭噙泥之苦；倘更鹣枝失寄，何堪无米之炊。情固出于权宜，事实嗤其孟浪〔二八〕。先生载将佳丽，久为泛宅之游〔二九〕；同此琴书〔三〇〕，别有治生之乐〔三一〕。幸指迷之有自，知前事之可师〔三二〕。乞予良箴，不我遐弃。

注释

〔一〕停云：谓思亲友。晋陶潜《停云》自序称"停云，思亲友也"。

〔二〕今雨旧雨：杜甫《秋述》："常时车马之客，旧，雨来；今，雨不来。"谓过去宾客遇雨也来，而今遇雨却不来了。后以"旧雨"作为老友的代称，"今雨"指新朋。

〔三〕金闱：指金马门，学士待诏之处。叶，通"协"。

〔四〕万金郑重：指家书。杜甫《春望》："烽火连三月，家书抵万金。"

〔五〕竹报：即竹报平安。唐段成式《酉阳杂俎续集·支植下》："北都惟童子寺有竹一窠，才长数尺，相传其寺纲维，每日报竹平安。"后以"竹报平安"指平安家书。

〔六〕雅什：对别人文翰的敬称。

〔七〕香艳：指文辞华美艳丽。班，东汉班固。宋，战国时楚人宋玉。二人均为辞赋大家。

〔八〕色空：佛教语。谓物质的形相及其虚幻的本性。邯郸：即"黄粱一梦"之典，见唐沈既济《枕中记》。

〔九〕郢（yǐng）曲：郢，春秋时楚国都城。宋玉《对楚王问》记有客歌于郢，始而《下里》《巴人》，后而《阳春》《白雪》。后以"郢曲"泛指乐曲。此处用以谦称自己的文辞。

〔一〇〕宋斤：宋国的斧子，以古时宋地能产精良斧子，故称。此处以之借称对文辞的修改删削。

〔一一〕哲匠：谓高明的大家巨匠。

〔一二〕小巫气尽：《三国志·吴书·张纮传》裴松之注引《吴书》："纮见陈琳作《武库赋》《应机论》，与琳书深叹美之。琳答曰：'……今景兴在此，足下与子布在彼，所谓小巫见大巫，神气尽矣。'"比喻相形见绌。

〔一三〕王粲登楼：东汉王粲（字仲宣）避乱荆州，作《登楼赋》，抒发了思乡之情与怀才不遇的忧伤。后因以指文人的思乡之情或怀才不遇之悲。

〔一四〕弹铗：战国时齐国孟尝君爱才好客，门下有门客三千，中有一人名冯谖，尝三次弹铗而歌，曰："长铗归来乎！食无鱼。""长铗归来乎！出无车。""长铗归来乎！无以为家。"孟尝君均满足了他的要求。后以"弹铗"指处境窘困，有所干求。铗，剑把。

〔一五〕绿泛蓉池：见第三篇注〔四〕。

〔一六〕"青开莲榻"句：用徐稚的典故，见第一〇篇注〔三〕。

〔一七〕月露：比喻词藻华美。

〔一八〕主善为师：语出《尚书·咸有一德》："德无常师，主善为师。"谓德行没有一定的标准，主要以"善"为指导。

〔一九〕立雪：北宋杨时、游酢往见其师程颐。值其正瞑目久坐，杨、游二人侍立雪中，不觉雪已盈尺。后以此为尊师笃学之典。见《宋史·杨时传》。坐风：如坐在春风中，比喻受到教化，如沐春风。宋朱熹《伊洛渊源录》："朱公掞见明道于汝州，逾月而归。语人曰：'光庭在春风中坐了一月。'"

〔二〇〕乘车戴笠：古时越人性淳厚，与人定交，祝词曰："卿虽乘车我戴笠，后日相逢下车揖。我虽步行卿乘马，后日相逢卿当下。"意即不以贵贱而使交情有所变易。

〔二一〕晨昏定省：《礼记·曲礼上》："凡为人子之礼，冬温而夏凊，昏定而晨省。"因称子女早晚向亲长问安为"定省"。后泛指探望问候父母或亲长。

〔二二〕争梨：即孔融让梨之典。

〔二三〕陌头柳色：语见唐王昌龄《闺怨》："闺中少妇不知愁，春日凝妆上翠楼。忽见陌头杨柳色，悔教夫婿觅封侯。"

〔二四〕南金：南方出产的铜。后亦借指贵重之物。

〔二五〕鹿车之挽：《后汉书·鲍宣妻传》："与宣共挽鹿车，归乡里。"鹿车，古代的一种小车。此处意谓归乡团聚。

〔二六〕乌哺：旧称乌鸟能反哺其母，故以喻人子奉养其亲。

〔二七〕剑当再合：比喻夫妻重聚。《晋书·张华传》载：张华望丰城有剑气，乃以雷焕为丰城令，焕掘得双剑，一自佩，一与华。后华遇害，其剑飞入襄城水中。焕死后，焕子持剑经延平津，剑从腰间跃出堕水，但见化为二龙而没。

〔二八〕孟浪：鲁莽，冒昧。

〔二九〕泛宅：指以船为家，浪迹江湖。

〔三〇〕琴书：弹琴、写字，代指文人雅士的闲逸生活。

〔三一〕治生：谋生。

〔三二〕前事之可师：即"前事不忘，后事之师"。指以前的经验教训，可以作今后行事的借鉴。

三〇、复龚未斋换帖

昔人谓："得刘公一纸书，贤于十部从事。"〔一〕读报章，字字情珠，行行意锦，一枝见寄，胜读十年书矣，岂直十部从事哉？惟过承奖许，以燕石而荆璞目之〔二〕，且感且惭！尤荷忘年之订，而于蔼堂书内三致意焉。将《诗》所谓"蔼蔼吉人"〔三〕，《易》所谓"谦谦君子"，非兄其谁与归？既承许列雁行〔四〕，弟又焉敢自外？豫氛不靖，黄河间之，此地尚无风鹤之恐〔五〕，勿以为念。蔼堂为吴桥钱明府所聘〔六〕，文君新寡，又适长卿〔七〕，作合有缘，不须待字矣〔八〕。

注释

〔一〕"昔人谓"句：《晋书·刘弘传》："弘每有兴废，手书守相，丁宁款密，所以人皆感悦，争赴之，咸曰：'得刘公一纸书，贤于十部从事。'"从事为州刺史的僚属。刘弘任荆州刺史，下辖十郡，故有十部从事。

〔二〕燕石：《太平御览》卷五一引《阙子》记宋之愚人得燕石，以为大宝。客见而笑之，说与瓦砖一样。后以"燕石"喻不足珍贵之物。

〔三〕蔼蔼：盛多貌。《诗·大雅·卷阿》："蔼蔼王多吉士。"也用作美称男子有威仪。

〔四〕雁行：同列之意。

〔五〕风鹤之恐：即风声鹤唳之典。东晋时，秦苻坚率大军伐晋，为谢玄击溃，残兵闻风声鹤鸣而恐，以为追兵将至。见《晋书·谢玄传》。此处指惧怕战争，惊惶失措。

〔六〕吴桥：今河北省沧州市吴桥县。明府：古时对郡守或县令的尊称。

〔七〕"文君"句：用卓文君嫁司马相如的典故，见《史记·司马相如列传》。此处借用指主人与幕宾的遇合。

〔八〕待字：古时女子通常在出嫁前才由父母取字。后称女子待嫁为"待字"。

三一、与龚未斋

手书叠至，谓四月鸳池〔一〕，梦兰可卜〔二〕。弟非神乎技者，方自笑其鸠拙，安所得珠而藏之椟耶〔三〕？

昔侯夫人逾月而娩，以其时考之，宜为震之长男；而得巽之长女〔四〕，良由当局者自失其期，遂令旁观者难神其算也。

令侄馆事〔五〕，屡谋屡失，降而就副，未免大才小用；静以待之，自有碧梧千尺耳〔六〕。

寓函往复，何足云劳。而仁人用心，祝以多子，则兄之善颂善祷，积福尤宏，不更当老蚌生珠耶〔七〕？

注释

〔一〕鸳池：鸳鸯在池，比喻夫妻同居。
〔二〕梦兰：《左传·宣公三年》载郑文公的姬妾燕姞梦见天使送兰花给自己，后生穆公，名兰。后因称妇人怀孕为"梦兰"。
〔三〕得珠：比喻得子。
〔四〕震男巽女：语本《易·说卦》："震一索而得男，故谓之长男。巽一索而得女，故谓之长女。"
〔五〕馆事：就馆之事，谓到主人家授徒或作幕僚。
〔六〕碧梧千尺：绿色的梧桐树，凤凰栖息之所。杜甫《秋兴八首》之八："香稻啄馀鹦鹉粒，碧梧栖老凤凰枝。"此处借以比喻高级的职位。
〔七〕老蚌生珠：喻人有贤子。亦称颂人老而得子。汉孔融《与韦端书》称赞韦端的两个儿子，谓："不意双珠，近出老蚌。"

三二、与沈一斋

日以绸缪家室，未雨劳心〔一〕。来书谓我筹计裕如，此犹岸畔闲人，看春水行船，如坐天上，而抑知舟中人之支持甚苦也。蜗居虽已成交，大半贷诸戚友。牵萝补屋〔二〕，殊费周章。且白米红盐，一无筹备。当此水穷山尽，不禁壮士床头之慨〔三〕。幸居停为我代谋，少可展布〔四〕，否则几类羝羊矣〔五〕。

五嫂临月〔六〕，定育长庚〔七〕。弟虽远隔数程，未获听啼声于小凤〔八〕；而素知积善，要可卜充闾于祥麟也〔九〕。

注释

〔一〕绸缪未雨：语本《诗·豳风·鸱鸮》："迨天之未阴雨，彻彼桑土，绸缪牖户。"谓天还未下雨就要把巢缠缚结实。比喻事先做好准备。

〔二〕牵萝补屋：语本唐杜甫《佳人》："牵萝补茅屋。"谓牵拉萝藤补房子的漏洞。后以"牵萝补屋"形容生活困难或勉强应付。

〔三〕壮士床头：形容为钱财所困的窘迫之境。唐张籍《行路难》："君不见床头黄金尽，壮士无颜色。"

〔四〕展布：平铺开，引申为宽展，宽裕。

〔五〕羝羊：语本《周易·大壮》："羝羊触藩，羸其角。不能退，不能遂。"谓羝羊的角缠在篱笆上，进退维谷。此处借指这种处境。

〔六〕临月：怀孕足月，将产。

〔七〕育长庚：比喻生子。长庚，即太白星、金星。

〔八〕小凤啼声：称美别人子孙才华卓异。

〔九〕充闾：光大门庭。又常用作贺人生子。祥麟：旧时常称美别人家所生小孩为"麒麟儿"。

三三、复龚未斋托谋事

小春之札〔一〕，缺然久不报〔二〕，正以为歉。而手书续贲，反若忘其为疏。即此见忘形挚好，不沾沾于数行酬答也〔三〕。

令阮在瀛〔四〕，所以暂安短驭者〔五〕，原为后图。今鹊未离巢，而鸠先图占，吾道非欤，可为致慨！弟虽星星荧焰〔六〕，分照为难〔七〕。设令推毂有缘〔八〕，则曹丘一席〔九〕，不敢辞耳。

注释

〔一〕小春：见第四篇注〔一〕。

〔二〕缺然：拖延。

〔三〕沾沾：拘泥，拘执。

〔四〕令阮：称人之侄。参见第一六篇注〔三〕。瀛：即今河北省沧州市河间市，古时别名瀛洲。

〔五〕短驭：长才短驭，犹言大才小用。

〔六〕荧焰：微小的光焰。
〔七〕分照：分其光焰，比喻照顾。
〔八〕推毂（gǔ）：推动车子。引申为举荐。
〔九〕曹丘：即汉代曹丘生，季布因曹丘生的颂扬而享有盛名。事见《史记·季布栾布列传》。后因以"曹丘"或"曹丘生"作为荐引、称扬者的代称。

三四、贺沈一斋得子

时入清和，日盼喜信。昨朵云飞下，瑞色缤纷，知为五嫂育麟之兆，开函快读，果如所期。他年或为荀氏之龙〔一〕，或作薛家之凤〔二〕，胥于此卜之矣〔三〕。贺贺！

注释

〔一〕荀氏之龙：东汉荀淑八子，并有才名，时人谓之"八龙"。见《后汉书·荀淑传》。后以称扬人家子弟或弟兄。
〔二〕薛家之凤：唐薛元敬与薛收、薛德音齐名，时人谓之"河东三凤"。见《旧唐书·薛元敬传》。
〔三〕胥：全，都。

垂鉴、赐鉴、钧鉴、尊鉴、台鉴：鉴，即古代镜子，有审察的意思。用作书信提称语，是请阅看的客气说法。垂，含居高临下之义。赐，上给予下叫做赐。钧，古以钧陶喻国政，后称官宦多冠以钧字。垂鉴、赐鉴、钧鉴，多用于对上、致年高德韶者的信中。尊鉴，可用于尊长，也可用于平辈。台鉴适用较广，"台"有"高"义，对熟识或不熟识的尊长、平辈，皆可使用。

三五、与余竹泉托谋事

不通音问者数月矣。足下徜徉于津沽之间〔一〕，采菊花宫〔二〕，看帆柳墅，公余逸致，罄无不宜〔三〕。而樽浮竹叶之香〔四〕，字写梅花之帖〔五〕，此尤入幕之高士，抑亦出世之散仙也。

弟溷迹金台，忽忽已逾半载，月初贱眷北上，诸费绸缪，双鲤久疏，职是之故。承嘱令表弟馆事，时时在抱，冀得一当，以报台命〔六〕。无如有心插柳〔七〕，偏不成林，致令抱空而返。然梗楠杞梓〔八〕，到处见珍，亦不必楚材楚用也〔九〕。

注释

〔一〕津沽：即天津。
〔二〕采菊：晋陶渊明《饮酒》："采菊东篱下，悠然见南山。"此用以指悠然自得。
〔三〕罄无不宜：没有一件事是不合心意的。罄，全，尽。
〔四〕樽浮竹叶之香：谓饮酒。竹叶，即竹叶青酒，后亦泛称美酒。
〔五〕字写梅花之帖：谓习字。元代书法家赵孟頫有书帖《再和杨公济梅花十绝》，文辞优美，书法秀丽。
〔六〕台命：对他人嘱托的敬称。
〔七〕无如：无奈。
〔八〕梗楠：黄梗木与楠木，皆大木，借指栋梁之才。杞梓：杞和梓，皆良材，借指优秀人才。《墨子·公输》："荆有长松文梓梗楠豫章。"
〔九〕楚材楚用：用楚材晋用之典。《左传·襄公二十六年》记令尹子木问声子："晋大夫与楚孰贤？"声子说："晋卿不如楚，其大夫则贤，皆卿材也。如杞梓、皮革，自楚往也。虽楚有材，晋实用之。"

三六、复陈凝之

别以久而情深，时值秋而感集。客窗凉月，动念故人，适奉手书，快同觌面〔一〕。足下学深养到，久当不胫而驰，兹果名重青油，为三晋群僚争相罗致〔二〕，可胜忭慰〔三〕。

弟为清苑李明府延理发审〔四〕，一枝甫托，欲归未能。因于秋初，接眷北上，僦居会城之倒座观音堂前〔五〕。他时若到金台，幸一过访，以话别来风雨之思。康乐云："引领冀良觌。"〔六〕此意殊深切矣。

令弟才华品学，卓尔不群，将来绿水红蕖〔七〕，定与元方媲美〔八〕，不仅蜀得其龙也〔九〕。

注释

〔一〕觌（dí）面：见面，当面。
〔二〕罗致：用网捕捉鸟类。后多喻延揽人才。
〔三〕忭：高兴。
〔四〕清苑：今河北省保定市所辖清苑县。发审：谓上司衙门里审问的案件，发给下属代审。
〔五〕僦居：租屋居住。倒座：旧时建筑大厅皆坐北朝南，有时为方便出入，朝北的一边也打开，装上门窗，称为"倒座"，因此坐南朝北的建筑也称为"倒座"。
〔六〕康乐：南朝宋谢灵运袭封康乐公，世称谢康乐。引领冀良觌：谓翘首企盼一次美好的会面。语出谢灵运《南楼中望所迟客》。
〔七〕绿水红蕖：见第三篇注〔四〕。红蕖，红荷花。
〔八〕元方：见第一篇注〔一〕。
〔九〕蜀得其龙：语出《世说新语·品藻》："诸葛瑾弟亮及从弟诞，并有盛名，各在一国，于时以为蜀得其龙，吴得其虎，魏得其狗。"

三七、与胡筠坡

前诣尊斋,为时过早,梅花纸帐[一],得毋有惊清梦耶?孙友馆事,已倩居停面订[二],不烦更作曹丘矣。

注释

〔一〕梅花纸帐:旧时一种卧具。在卧床四角撑柱,上横顶罩,卧床三面以细白纸蒙护,帐内柱上悬挂锡瓶,内插梅枝。

〔二〕倩:请。

三八、与龚未斋

岁云暮矣,文旆定已言旋。"一年一度一归来",此语适堪奉赠。弟以李大尹即转司马[一],无须入幕之宾[二]。适盐山邓明府致信相招[三],风雪一肩,仆仆走数百里外,不获以辛盘卯酒[四],博室家团聚之欢。嫁线劳人,言之可慨!此地濒海而居,白沙红草,一望弥漫,惟有独拥寒毡,卧听满城爆竹声耳。

注释

〔一〕大尹:称府县行政长官。司马:古代职官名称。在清代等同于同知,为州、府长官的副职。

〔二〕入幕之宾:用郗超的典故,《世说新语·雅量》记桓温与郗超议事毕,其夜同宿,第二天早上桓温召集谢安、王坦之议事,郗超犹在帐内,乃暗自在帐内与桓温说话。谢安说:"郗生可谓入幕宾也。"后用"幕宾"指官府参谋顾问人员。此处指官府中协助处理文案等事务的幕僚。

〔三〕盐山：县名，隶属河北省沧州市。

〔四〕辛盘：旧俗正月初一要以葱、蒜、韭、蓼蒿、芥五种辛菜做成菜肴，置盘中供食，取迎新之意，谓之"五辛盘"。卯酒：早晨喝的酒。

三九、与清苑县李

湄以菲材，滥分莲实〔一〕，承阁下垂青格外，礼遇有加。年来频叨惠于西江，每滋惭于南郭，感情矢报，日切于中。只以聚散靡常，又作移巢之燕，卷帘人远，能不依依？而揆诸进退之机，实有不当恋栈者〔二〕，此意惟阁下为能相谅耳。临行走别，适值公冗，缕缕寸私，未能面谢。兹于十二日到馆，侧身西望，渺隔云天，惟日祝阁下凫舄高骞〔三〕，鹭阶叠晋〔四〕。则虽暂违琴阁〔五〕，而广厦之庇〔六〕，正自无穷也。

注释

〔一〕莲实：见第三篇注〔四〕。此指自己以游幕为生。

〔二〕恋栈：语出《晋书·宣帝纪》："驽马恋栈豆，必不能用也。"后以恋栈谓贪恋禄位，不肯离去。栈，马棚。

〔三〕凫舄高骞：相传东汉王乔为叶县令，有仙术，以舄化双凫乘之赴京。后"凫舄"用以指仙人之履，也作为县令的典实。舄，鞋子。骞，飞起。此处"凫舄高骞"指其从县令位置上高升。

〔四〕鹭阶：鹭，即鹭，行止有序。阶，官阶。古代百官列朝有序，因以鹭相类比。

〔五〕琴阁：《吕氏春秋·察贤》："宓子贱治单父，弹鸣琴，身不下堂而单父治。"后遂称州、府、县署为琴堂，亦称琴阁。

〔六〕广厦之庇：语出杜甫《茅屋为秋风所破歌》："安得广厦千万间，大庇天下寒士俱欢颜。"

四〇、谢沈一斋贺母寿

得报书,知前寄湖颖[一],已荷存销。知己相关,有求必应,令人感泐无似[二]。

家慈之寿,以弟依人碌碌,不克稍博显扬,为寸草春晖之报。乃荷吉词远贲,且感且惭。兹拟月初晋省,如足下有事会垣[三],可于中途联靮[四]。若效巨卿之登堂拜母[五],则不敢请也。

注释

〔一〕湖颖:湖州的毛笔。颖,毛笔,以湖州产者为佳。
〔二〕感泐:犹言铭感。泐,通"勒",铭刻之意。
〔三〕会垣:省城。
〔四〕联靮(dí):结伴同行。靮,马缰绳。
〔五〕巨卿之登堂拜母:东汉范式字巨卿,重友情,讲信义。与张劭为友,告归,约二年后当过拜尊亲。是日,张家备鸡黍。范果至,升堂拜张母,欢饮而别。见《后汉书·范式传》。

四一、向陈笠山索信

红籓初启[一],适馆者皆著鞭就道矣[二]。舍侄安州之荐[三],迄无音耗,岂非咄咄怪事[四]?切斋定仍其旧,傍人门户,易地皆然,可以久则久,未始非时中之道也[五]。闻霁堂有丰润之订[六],不知干旄束帛[七],何日相招?弟僻处海隅[八],

见闻多梗,足下非嵇中散一流〔九〕,胡不以翩翩华札,惠及远人耶?

注释

〔一〕红籀(zhòu)初启:红色的印章开始启用,意谓开始办公。籀,大篆,印章多用篆文,故以之代指印。

〔二〕著鞭:比喻开始着手进行某事。语出《晋书·刘琨传》:"吾枕戈待旦,志枭逆虏,常恐祖生先吾著鞭。"

〔三〕安州:古县名,今河北省保定市安新县。

〔四〕咄(duō)咄怪事:形容令人惊讶的怪事。咄咄,感叹声,表示感慨或惊讶。

〔五〕时中:即儒家所谓中庸之道。行事应不偏不倚,过与不及皆不可。

〔六〕丰润:县名,隶属今河北省唐山市。

〔七〕干旌束帛:指聘礼。干旌,旌旗的一种。《诗·鄘风·干旄》:"孑孑干旄,在浚之城。"为招贤之辞。束帛,捆为一束的五匹帛,古代用为聘问、馈赠的礼物。

〔八〕海隅:海角,海边。指僻远之地。

〔九〕嵇中散:魏晋名士嵇康,曾官中散大夫,故称。尝力拒司马氏的礼聘。

四二、谢清苑县李贺母寿并请追失银

月前晋谒琴堂,饱饫郁馈。家慈寿日,尤荷锦词璀璨,珍品骈罗。拜赐之余,叨荣曷既!

别后餐风宿雨,几歌行路之难〔一〕。而芳草斜阳,又来孤馆。自叹春光九十,不属劳人也。

家兄游直十年,齿积非易。且有他友寄存之项,似难以塞翁失马譬之。阁下棠荫所庇〔二〕,百里蒙庥,定不使寒士锱铢〔三〕，终归乌有。连城返赵〔四〕，不能不仰望于神明之宰矣。

注释

〔一〕行路难：古乐府名。内容多写世路艰辛或别离伤悲。

〔二〕棠荫：比喻官吏的德政。典出《史记·燕召公世家》："召公巡行乡邑，有棠树，决狱政事其下……召公卒，而民人思召公之政，怀棠树不敢伐。"

〔三〕锱铢（zī zhū）：锱和铢均为古代衡制中的重量单位，此处代指钱币。

〔四〕连城返赵：完璧归赵之典，见《史记·廉颇蔺相如列传》。连城，指连城之璧。

四三、与沈一斋

在省晤令舅氏，道及足下华居已定。顷知猗园眷亦将到。"绿杨分作两家春"〔一〕，从可不虑孤立矣。

注释

〔一〕绿杨分作两家春：意谓绿杨春色分到两家。语出唐白居易《欲与元八卜邻，先有是赠》："明月好同三径夜，绿杨宜作两家春。"

四四、贺沈猗园接眷

顷闻接眷抵馆，想锦堂瑞霭〔一〕，双佛偕临。从此南国白云〔二〕，无劳企望。而齐眉人至〔三〕，更不知旧画春山〔四〕，新添几许矣。异日登堂,再图申贺。

注释

〔一〕瑞霭:吉祥的云气。
〔二〕南国白云:用狄仁杰的典故。见第一二篇注〔一一〕。
〔三〕齐眉人:用"举案齐眉"之典,指妻子。
〔四〕旧画春山:以闺房恩爱之举,形容夫妻感情之好。春山,春日山色黛青,以之喻妇人姣好的眉毛。

四五、送邓三兄回里

流连官阁,极一时言笑之欢。不意迅赋骊歌〔一〕,遽分衿袂,望春明之烟树,结遥想于伊人〔二〕。别时杯水之将,聊申折柳〔三〕,手书言谢,益觉抱惭。

荣旋近矣,当此短亭黄叶,曲岸丹枫,一路秋光,足供清赏。而家庭之豫顺〔四〕,亲故之交欢,更自有其乐融融者。结企之余〔五〕,尤深翘羡。

弟自别后,一无营心,惟叶子戏学如不及〔六〕,惜未与足下对垒为缺然耳〔七〕。

注释

〔一〕骊歌:古代告别的歌。本逸《诗》篇名,名《骊驹》。
〔二〕伊人:此人,这个人。指意中所指的人。《诗·秦风·蒹葭》:"所谓伊人,在水一方。"
〔三〕折柳:指送别。长安有灞桥,古人送别常于桥边折柳相赠,故称。
〔四〕豫顺:安乐和顺。
〔五〕结企:结想企望。

〔六〕叶子戏：古代一种以叶子格为用具的博戏。
〔七〕缺然：不足，遗憾。

四六、复邵南湖

　　巧日得手书〔一〕，乃六月初二日发者。询之典签〔二〕，始知夹入故纸中，已非一日。虽迟之又久，犹幸其不作洪乔也〔三〕。

　　六兄品纯学粹，当道倾心〔四〕，自应有此遭际。而宾榻有红叶之艳，朋簪联旧雨之欢〔五〕，此尤濒海故人，所闻而钦羡者也。

　　日来一雨成秋，客绪自多佳胜。弟置身荒僻，伏枥如常〔六〕。前月幸举一丁〔七〕，差强人意耳。

注释

　　〔一〕巧日：农历七月初七。旧俗妇女此夜在庭院向织女星乞巧，故名。
　　〔二〕典签：旧时掌管文书的小吏。后引申称传达、签送文牍者。
　　〔三〕洪乔：犹言书信遗失。见第二六篇注〔四〕。
　　〔四〕当道：执政者，掌权者。
　　〔五〕朋簪：朋辈。
　　〔六〕伏枥：马伏在槽上，指受人驯养。
　　〔七〕举一丁：生一子。

四七、复友买玉

　　手示椟有美玉，待价而沽。乃值予手拮据〔一〕，无以为计，徒使穷波斯低回不置也〔二〕。

注释

〔一〕拮据：比喻经济窘迫。
〔二〕波斯：国名，即今伊朗。古时认为波斯是海外出产珍宝的地方，此处指善识宝者。低回不置：流连，徘徊不去。

四八、谢龚未斋贺母寿

花朝日蒲轮适馆〔一〕，弟为母氏称觞〔二〕，不获走送。驹光一瞬，已值三秋〔三〕，想见酒赋琴歌，定与黄花并逸，可为健羡。

家慈诞辰，得荷鸿章宠赉〔四〕，顿使萱室生辉。而且金母木公〔五〕，同临寿宇，交梨火枣〔六〕，罗列仙珍，铭谢何可言喻！

别后停云在望，落月增怀〔七〕。只以时政綦严，未敢以通候尺书〔八〕，轻付邮羽。而疏懒之嘲，要亦难以尽解也。

弟羁身僻壤，几同海外之人。差喜主人风月衿期〔九〕，得以一觞一咏〔一〇〕，破此岑寂。前月望日，内人幸举一子，他日之为龙为犬，未可预期。不过抱弄有人，博得家慈含饴一笑耳〔一一〕。

注释

〔一〕花朝日：即花朝节。旧俗以农历二月十五日为"百花生日"，故称此日为"花朝节"。
〔二〕称觞：举杯祝酒，表示祝寿。
〔三〕三秋：秋季的第三个月，即农历九月。
〔四〕赉（lài）：赐予。
〔五〕金母：仙人名，即西王母。木公：仙人名，即东王公。二者常并举。这里用以指龚未斋夫妇同至。

〔六〕交梨火枣：道教所称的仙果。

〔七〕落月：语本杜甫《梦李白》："落月满屋梁，犹疑照颜色。"后用以指对友人的思念，常与"停云"并举。

〔八〕通候：互相问候。

〔九〕风月衿期：襟怀风雅。

〔一〇〕一觞一咏：指饮酒赋诗。觞，酒杯。咏，吟咏。

〔一一〕含饴一笑：即含饴弄孙，含着糖逗弄小孙子。

四九、与陈樾亭

素心旧雨〔一〕，七载睽离。不获如天上双星，一年一聚。读陶令停云之赋〔二〕，少陵落月之诗〔三〕，不禁感慨系之。

弟游直十年矣，天涯浪迹，顾影自怜。而家慈年迈，望孙尤切。兹幸荷月中浣〔四〕，得举一子。老人藉此开颜，想知己亦为色喜也。

此地僻处海澨〔五〕，羁人难免萧骚〔六〕。喜居停降心相从〔七〕，案牍而外，斗叶联吟，差解岑寂。惟距省稍远，时觉寸心飞越耳。

沈孟养以椿萱垂老，归谋近席。不复作北游计。炜光令侄久不得信，尊处音问无间否？

注释

〔一〕素心：心地纯净。晋陶潜《移居》："闻多素心人，乐与数晨夕。"

〔二〕停云之赋：即陶潜《停云》，见第二九篇注〔一〕。

〔三〕落月之诗：指杜甫《梦李白》，见第四八篇注〔七〕。

〔四〕荷月：指农历六月。六月荷花盛开，故称。中浣：唐制，官吏十日一休沐，取其清明之意，谓"浣"。后因以指称每月上旬为"上浣"，中旬为"中浣"，下旬为"下浣"。

〔五〕澨（shì）：水滨。

〔六〕羁人：飘泊在外者。萧骚：寂寞无聊。

〔七〕降心：屈抑心气。

五〇、慰良乡丘友被水[一]

猝闻中都水溢[二]，深以为念。得手书，知足下履险如夷，始信河伯有灵，自为吉人默相也[三]。他日之载赓多福，正未可量，小有耗折，不足介怀[四]。

注释

〔一〕良乡：地名，今属北京市房山区。

〔二〕中都：京都。

〔三〕吉人默相：谓好人自有天助。

〔四〕介怀：介意。

五一、应李德膺借银

寄身海角，意兴无聊，以故至好之前，久疏问候。手书告急，谊不容辞。乃自贱眷北上，酬应增繁，笔税砚租[一]，难供卮漏[二]；而居停适以凑解粮赋，又在悉索摒挡之余。因作微生乞邻计[三]，札致八家兄照数汇付，不知其能否凑手耳[四]。

至仆十年漂泊，幸举一子，非敢妄冀克家[五]，不过膝下有人，俾六十萱慈，含饴一笑，岂曰"有子万事足"哉[六]？

注释

〔一〕笔税砚租：文人通过笔墨所得菲薄资财。
〔二〕卮漏：漏的酒杯。
〔三〕微生乞邻：语出《论语·公冶长》："孰谓微生高直？或乞醯焉，乞诸其邻而与之。"谓求助于邻人。微生，微生高，孔子弟子，春秋鲁人，亦称尾生高。
〔四〕凑手：指财物充裕，使用方便。
〔五〕克家：继承家业。
〔六〕有子万事足：谓有子之后，别无他求。语见宋苏轼《借前韵贺子由生第四孙斗老》："无官一身轻，有子万事足。"

五二、贺孙香育入幕

关头执手〔一〕，桥上送行，欲别依依，此情如昨。而雁行一散，阶蓂六周〔二〕。"人生不相见，动如参与商。"〔三〕三复斯言，不胜怅惘！

五月杪，由静海寄到手书〔四〕，知驾抵彭城〔五〕，先诣丰邑〔六〕。足下新硎所试〔七〕，游刃有余，贤主嘉宾，自当泊合。而仆所尤快者，以盈盈带水〔八〕，一苇可杭〔九〕，定省不致疏阔。且与令兄及菱舟，各开幕府，鼎峙称雄〔一〇〕。班生此行，无异登仙矣〔一一〕。丰既暂局，此时谅赴砀山〔一二〕。江南名胜甲天下，为问燕子楼头〔一三〕，云龙山畔〔一四〕，犹有当年陈迹否？

仆浪客燕南，不能作市上壶公〔一五〕，缩地而览江山之胜〔一六〕。或者假缘异日，亦得飘然而来，一醉锦天绣地中耳。

注释

〔一〕执手：握手，拉手，指送别。

〔二〕阶荚：瑞草名，夹阶而生，故名。《竹书纪年》记此草"月朔始生一荚，月半而生十五荚，十六日以后日落一荚，及晦而尽，月小则一荚焦而不落"。荚荚一周，即一个月。

〔三〕"人生不相见"句：出自唐杜甫《赠卫八处士》。参，参星。商，商星。参星在西，商星在东，此出彼没，永不相见。

〔四〕静海：天津市静海县。

〔五〕彭城：今江苏徐州。

〔六〕丰邑：今江苏省徐州市丰县，丰邑是丰县的古称。

〔七〕新硎（xíng）：指新磨的刀。硎，磨刀石。

〔八〕盈盈：谓水清澈。带水：形容水流不宽，如衣带。

〔九〕一苇可杭：出自《诗经·卫风·河广》："谁谓河广，一苇杭之。"用一片芦苇作船即可通过。比喻可轻易到达。

〔一〇〕鼎峙：如鼎足并峙。

〔一一〕"班生此行"句：《新唐书·倪若水传》载班景倩入为大理少卿，倪若水饯行，对身边的人说："班公是行若登仙，吾恨不得为驺仆。"后用以称人高升。

〔一二〕砀山：今安徽省宿州市砀山县。原属徐州管辖。

〔一三〕燕子楼：位于徐州，是唐朝贞元年间，武宁节度使张愔为其爱妾关盼盼所建的一座小楼。

〔一四〕云龙山：位于徐州境内，相传刘备曾藏于此山，山中总有祥云一片，其势如龙。

〔一五〕壶公：传说中的仙人。据说费长房从其学仙。

〔一六〕缩地：传说中化远为近的神仙之术。

五三、复陈凝之

去冬携砚出省，久不通尺素于左右。望日得所惠书，感承存注，转益歉怀。

令弟阅历有年，正可及锋而试〔一〕，招之使往，不特红开王俭之帷〔二〕，亦且绿暖姜肱之被〔三〕。从此停云在望，令人遥企二难[四]，倍殷驰溯矣[五]。

弟以眷累，颇形襟肘[六]。闰六月间，内人幸举一男，他日剪灯促膝时[七]，或能携梨枣而牵长者之裾，当亦同为欣慰者耳。

注释

〔一〕及锋而试：形容用人或用物应正当其时。

〔二〕王俭之帷：见第三篇注〔四〕。

〔三〕姜肱之被：喻兄弟友爱。《后汉书·姜肱传》："肱与二弟仲海、季江，俱以孝行著闻。其友爱天至，常共卧起。"

〔四〕二难：见第一篇注〔一〕。

〔五〕驰溯：思慕。

〔六〕襟肘：即"捉襟见肘"。整一下衣襟就现出了肘子，形容衣衫褴褛，处境困难。引申为顾此失彼。

〔七〕促膝：两人相对而坐，膝盖靠近，形容亲密交谈。

五四、贺复陈菱舟得河工差

东南半壁，为通漕利民计，莫如治河。圣天子宵旰勤求[一]，出千百万金钱，延揽群英诏使疏凿。足下乘时而起，挟其所长，以宣劳于虹堤凫堰之间[二]，计日瓠子功成[三]，桃花涨息[四]，朝廷策勋行赏[五]，定自加人一等。窃念处三千之列[六]，而其才其略，可以脱颖而出者，非足下而谁？落拓如弟，闻之不胜愉快。将来锦鞯北上[七]，以一笠拜故人于马前[八]，尚肯追念旧游，不惜朝鞭一绕[九]，同醉峭帆亭下否[一〇]？

注释

〔一〕宵旰：即"宵衣旰食"之省。天不亮就穿衣起身，天黑了才吃饭，用以形容帝王勤政。

〔二〕宣劳：效劳。虹堤鼋堰：虹、鼋为堤、堰的修饰语，意谓如虹之堤，如鼋之堰。

〔三〕瓠子：堤坝名，在今河南濮阳境内。汉元封二年，武帝发卒数万人，堵黄河瓠子决口，并亲临工地，作《瓠子歌》二章悼之，卒塞瓠子。见《史记·河渠书》。此处以之代治河事。

〔四〕桃花涨：即春汛。仲春时江河潮水暴涨，正值桃花盛开，故谓之桃花浪，又称桃花汛。

〔五〕策勋：记功。策，策书，用作动词，谓写在策书之上。

〔六〕三千：代指门客。《史记》记战国四公子皆喜养士，门下号称有食客三千，故以三千代称门客。

〔七〕鞯（jiān）：马鞍的衬垫。

〔八〕一笠：见第二九篇注〔一九〕。

〔九〕朝鞭一绕：春秋时期晋国大夫士会，因事奔秦，为秦所用。晋人患秦之用士会，诱士会返晋。计得逞，士会欲行，秦大夫绕朝赠之以策，曰："子无谓秦无人，吾谋适不用也。"策，即马鞭。此处仅用以指停下马来。

〔一〇〕峭帆亭：在河北省青县。

五五、贺左宇眉纳妾

闻足下新纳专房〔一〕，值此绣帏凉月，正好睡稳鸳鸯。而杨柳蛮腰，樱桃樊口〔二〕，自必大如所愿。风便略寄数行，不仅志喜，且卜宜男也〔三〕。

注释

〔一〕专房：专宠。唐陈鸿《长恨歌传》："行同室，宴专席，寝专房。"此处用以代指小妾。

〔二〕杨柳蛮腰，樱桃樊口：唐孟棨《本事诗》载，白居易有二妾：一曰樊素，善歌；一曰小蛮，善舞。白居易曾有诗云："樱桃樊素口，杨柳小蛮腰。"

〔三〕宜男：祝颂多子之辞。

五六、复友托谋事

足下席珍已久〔一〕，曹丘之任，弟何敢辞？惟愧无北海之交游〔二〕，鲜季路之然诺〔三〕，恐鄙言不足重耳。容缓图以报。

注释

〔一〕席珍：席上的珍宝，比喻身怀材德，待人聘用。

〔二〕北海之交游：汉末孔融为北海相，交游广泛，曾云："坐上客恒满，尊中酒不空。"见《后汉书·孔融传》。

〔三〕季路之然诺：季路即子路，孔子弟子，勇敢果断，信守诺言。《论语·颜渊》："子路无宿诺。"宿诺，未及时兑现的诺言。

礼鉴：给居丧者信，用"礼鉴"。如李公朴遇害后，周恩来等致其夫人唁函，即称"张曼筠女士礼鉴"。

五七、与周又唐

司曹判袂〔一〕，不意送燕迎鸿〔二〕，于兹七度。以鸾栖未卜〔三〕，鱼素难投，徒深落月停云之想。昨晤胡令亲，始知下榻蒲城[四]，主宾胶漆[五]。值此秋风落帽[六]，载酒题糕[七]，当不减孟参军龙山高致也。

弟碌碌依人，几更砚席。去春为清苑李明府延理发审，置身于酬应之场，日形纷扰。岁阑以盐山邓明府招致，遂来海上。虽幸一毡未冷，而家立相如之壁[八]，囊虚季子之金[九]，载咏北门，依然终窭[一〇]，正不知送穷何策耳。

注释

〔一〕司曹：官署的泛称。判袂：分别。

〔二〕送燕迎鸿：代指时光流驶。鸿雁和燕子均为候鸟，前者秋来春去，后者秋去春来。

〔三〕鸾栖：鸾鸟所栖，比喻友人所居之处。

〔四〕蒲城：县名，今陕西省永济市。

〔五〕胶漆：形容情意投合，亲密无间。

〔六〕落帽：孟嘉为桓温参军，桓温九月九日宴众僚于龙山，孟嘉帽子被风吹落，没有察觉。事见《晋书·孟嘉传》。后因以"落帽"作为重九登高的典故。

〔七〕题糕：指唐刘禹锡重阳题诗不敢用"糕"字的故事，见宋邵博《邵氏闻见后录》。后遂以"题糕"作为重阳题诗的典故。

〔八〕家立相如之壁：谓一贫如洗。《汉书·司马相如传》："文君夜亡奔相如，相如与驰归成都，家徒四壁立。"

〔九〕囊虚季子之金：见第一三篇注〔一一〕。

〔一〇〕终窭（jù）：语见《诗·邶风·北门》："终窭且贫，莫知我艰。"窭，贫穷得无法备礼物，泛指贫穷。后以"终窭"谓境遇艰难。

五八、与黄封三

出门惘惘[一]，作离别可怜之状。向以为辞家则然，昨与吾兄别，此情正复尔尔〔二〕。盖相爱切者，不觉相离之难也。

行后杜林遇雪，茅店停车〔三〕，至二十二日始抵馆舍。一路冻云残日，触目增怀。

老表兄决计南归，长行在迩。二十年食奔衣走〔四〕，今得稍蓄余囊，息肩乡里〔五〕，于以开五亩之宅，树十亩之桑〔六〕，朱履青衫，悠然自适。此暮年之乐境，实吾道所难期。

弟自武林奉教〔七〕，即承异目相看〔八〕。值文旆北来，提之挈之，以有今日。虽获穹苍之佑，藉安佣鬻之身，而千里蓬飘，一家萍寄，盲人瞎马〔九〕，前路难凭。不知何时揽辔言旋〔一〇〕，得追陪于稽山镜水间也〔一一〕。

注释

〔一〕悯悯：伤感，失意。
〔二〕尔尔：如此。
〔三〕茅店：用茅草盖成的旅舍。
〔四〕食奔衣走：为谋衣食四处奔走，形容谋生之艰。
〔五〕息肩：卸下担子，谓归老。
〔六〕开五亩之宅，树十亩之桑：谓田园乡居生活。语本《孟子·梁惠王上》："五亩之宅，树之以桑，五十者可以衣帛矣。"
〔七〕武林：浙江省杭州市的别称。
〔八〕异目相看：另眼相看。
〔九〕盲人瞎马：瞎子骑着瞎马。此处用以比喻前路迷茫，无所凭借。
〔一〇〕揽辔（pèi）言旋：挽住马缰，使返回。此处接上文盲人瞎马之意，谓回头。
〔一一〕稽山：会稽山。镜水：鉴湖。均为浙江绍兴名胜。

五九、劝陈箧亭勿出门

以局外而参局中之事,自知不中肯綮^{〔一〕}。足下俯纳刍说^{〔二〕},竟止西行,或亦愚人一得也^{〔三〕}。缓急时有耳^{〔四〕},所须又无多金,返馆后措应勿念。

注释

〔一〕肯綮:筋骨结合之处。比喻事物关键之处。
〔二〕刍说:刍论。意为浅薄的见解,用以自谦。
〔三〕愚人一得:自谦之辞。《史记·淮阴侯列传》:"智者千虑,必有一失;愚者千虑,必有一得。"
〔四〕缓急:偏义复词,即急的意思。这里指需要相助的事。

六〇、谢沧州诸友并索鱼

曩过莲斋^{〔一〕},备承款洽^{〔二〕}。酒来南国,胜黄娇红友之甘^{〔三〕};馔出东厨^{〔四〕},悉鲈脍莼羹之美^{〔五〕}。故园风味,式食庶几^{〔六〕},饱德铭心^{〔七〕},感深一饭^{〔八〕}。归程取道风化店^{〔九〕},未克再登蓉幄,重扰郇厨,想亦朵颐之福^{〔一〇〕},可一而不可再也。

顷有濠梁之兴^{〔一一〕},犹忆碧磁盆中,锦鳞泼泼^{〔一二〕},如蒙分惠^{〔一三〕},不啻双鲤之遗矣。

注释

〔一〕曩:从前。莲斋:指幕府。见第三篇注〔四〕。

〔二〕款洽：亲密，亲切。此指亲切接待。

〔三〕黄娇：酒的别称。金元好问《中州集·段继昌》："有以钱遗之者，必尽送酒家名酒，曰黄娇。"红友：酒的别称。南宋罗大经《鹤林玉露》："常州宜兴县有黄土村，东坡南迁北归，尝与单秀才步田至其地，地主携酒来饷，曰：'此红友也。'"

〔四〕东厨：即厨房。古制，厨房在正房之东，故称。

〔五〕鲈脍莼羹：用张翰的典故。《世说新语·识鉴》记张翰在洛阳"思吴中菰菜羹、鲈鱼脍，曰：'人生贵得适意尔，何能羁宦数千里以要名爵！'遂命驾便归"。鲈，鲈鱼。脍，细切的鱼肉。莼羹，莼菜作的羹。

〔六〕式食庶几：犹言吃起来和它差不多。语出《诗·小雅·车舝》。

〔七〕饱德：饱受恩德。语本《诗·大雅·既醉》："既醉以酒，既饱以德。"

〔八〕一饭：用韩信受漂母一饭之恩的典故。见《史记·淮阴侯列传》。

〔九〕风化店：地名，今河北省沧州市沧县风化店乡。

〔一○〕朵颐之福：口福。朵颐，鼓腮嚼动。

〔一一〕濠梁之兴：养鱼之兴。《庄子·秋水》记庄子与惠施游于濠水之上，见鱼儿出游从容，因有鱼乐否之辩论。

〔一二〕泼泼：鱼甩尾声。

〔一三〕分惠：分得好处或利益。此处为希望友人惠赐锦鳞之意。

六一、谢沧州刺史周

道出花阴〔一〕，载聆琴韵〔二〕。承阁下殷情挚谊，竟日款留。醉北海之清樽〔三〕，香分绿酿；仿西园之雅集〔四〕，饼啖红绫〔五〕。至今犹津津齿颊间也。

别后初四日到郡，初十日回盐。因由风化店行走，不及再到槐厅〔六〕，面申谢悃。歉甚，歉甚。

注释

〔一〕花阴：即花县。晋潘岳为河阳令，满县遍种桃花，人称"河阳一县花"。后遂以"花县"为县治的美称。这里是用以指代对方治下之境。

〔二〕琴韵：见第一五篇注〔二〕。

〔三〕北海之清樽：见第五六篇注〔二〕。

〔四〕西园之雅集：泛指文人的聚会。宋代李公麟绘有《西园雅集图》，反映苏轼、米芾、黄庭坚等在驸马都尉王诜之西园举行集会的情状。

〔五〕饼啖红绫：古代一种珍贵的饼饵，以红绫裹之，名红绫饼餤。

〔六〕槐厅：唐宋时学士院中的厅名。宋沈括《梦溪笔谈·故事一》："学士院第三厅学士阁子，当前有一巨槐，素号槐厅。旧传居此阁者，多至入相。"此处代指官署。

六二、复陈宪章

九十春光〔一〕，转眼绿肥红瘦〔二〕。素心人远〔三〕，良会何时？足下重到乐城〔四〕，驾轻就熟，惟试青萍于寸铁〔五〕，未免用违其长。弟伏枥如故。而当此半帘花雨，孤馆无聊，听好鸟于枝头〔六〕，殊觉怀人之滋切耳。

注释

〔一〕九十：谓一季，九十日。

〔二〕绿肥红瘦：绿叶茂盛，红花凋残。指春渐去，夏将来。语见宋李清照《如梦令》："知否？知否？应是绿肥红瘦。"

〔三〕素心人：心地纯洁之人。此处指知心好友。晋陶潜《移居》二首其一："闻多素心人，乐与数晨夕。"

〔四〕乐城：今河北沧州市献县。

〔五〕青萍：见第三篇注〔五〕。

〔六〕听好鸟于枝头：此句化用《诗经·小雅·伐木》："伐木丁丁，鸟鸣嘤嘤。出自幽谷，迁于乔木。嘤其鸣矣，求其友声。"以鸟鸣为求友之声。

六三、与单德栽

曩在保阳〔一〕，得识荆于四家兄寓次。时弟尘装甫卸，未获通款曲〔二〕，接殷勤之余欢。洎二兄种莲山左〔三〕，弟仍伏枥燕南，天各一方，莫通问讯。家兄每道二兄为今人中古人，想见德行道谊，取重一时，未尝不慨焉慕之，而以不获缔交为恨。兹闻幕开南翼〔四〕，其地有子游之弦歌〔五〕，与蒙庄之渔钓〔六〕，公余寻胜，逸兴遄飞〔七〕，履祉之佳，自符心颂。三家兄字观水者，顷由新城移砚清泉〔八〕，属在幕下，乞以余光分照及之〔九〕。至祷〔一〇〕！至感！

注释

〔一〕保阳：地名，今河北省保定市。

〔二〕款曲：衷情。

〔三〕洎：自从。种莲山左：谓在山东一带做幕僚。

〔四〕南翼：地名，古时山东省东昌府的别称，今属聊城市。

〔五〕子游之弦歌：《论语·阳货》记孔子学生子游任武城宰，以弦歌为教民之具。

〔六〕蒙庄之渔钓：蒙庄，即庄子，相传为宋国蒙人。渔钓，见第六〇篇注〔一一〕。

〔七〕逸兴遄飞：超逸的兴致勃发飞扬。语出唐王勃《滕王阁序》："遥襟俯畅，逸兴遄飞。"

〔八〕新城：县名，今山东省淄博市桓台县。清泉：县名，今山东省聊城市冠县。

〔九〕余光分照：请求照顾之辞。语本《史记·樗里子甘茂列传》："臣闻贫人女与富人女会绩，贫人女曰：'我无以买烛，而子之烛光幸有余，子可分我余光，无损子明而得一斯便焉。'"

〔一〇〕至祷：表示恳切的请求或希望。

六四、戏复陈笠山新婚出门

甫入东床〔一〕，又嗟南浦〔二〕，此行殊难为怀矣。江左之行〔三〕，仆早知不果。今重以大阮之言〔四〕，而又牵于细君之爱〔五〕，心猿一片〔六〕，少安毋躁，何如？

注释

〔一〕东床：用王羲之坦腹东床的典故，见《世说新语·雅量》。后称别人的女婿为"令坦"或"东床"。

〔二〕南浦：南面的水滨，常称送别之地。

〔三〕江左：即江东，长江下游以东地区。因自江北来看，江东居左，江西居右，故称。

〔四〕大阮：美称对方叔父。魏晋间阮籍、阮咸叔侄均列名"竹林七贤"，合称"大小阮"。

〔五〕细君：妻子的别称。

〔六〕心猿：形容心境躁动不安，如同跳跃着的猿猴。

六五、复丁玉焘

茅店谈心之后，忽忽自冬而春。新正过谒尊斋〔一〕，知为文宴招留〔二〕，无缘握手。自看上元灯火〔三〕，弟即驱车出省门矣〔四〕。正以瀛洲楼畔，吾与亭边，时增秋水伊人之想〔五〕，而手书适至，不啻"清风来故人"也〔六〕。

浴兰节近〔七〕，作客者非无家室之思，无如笼鸟依人〔八〕，每多牵萦。三春虚掷，重午空来〔九〕，艾绿蒲香，惟有引觞独醉耳。

注释

〔一〕新正：农历新年正月。
〔二〕文宴：文士宴集。
〔三〕上元：即上元节，农历正月十五日。
〔四〕省门：指省治。
〔五〕秋水伊人：喻想念亲友。见第四五篇注〔二〕。
〔六〕清风来故人：唐杜牧《早秋》诗句。
〔七〕浴兰节：即端午节。古人于此日沐浴兰草之汤以驱邪，故称。
〔八〕笼鸟依人：犹言为人做事，身不由己。
〔九〕重午：即重五，端午节。

六六、与袁精之王傲之

春去堂堂〔一〕，今年花事尽矣〔二〕。客中了无佳趣，惟前到津门，既获旧雨重逢，又得青云新契〔三〕，此乐有不能言喻者。

别后至会川，明府多情，停车一日。复与猗园辈欢然道故，快何如之！归来兀坐斗室中〔四〕，又作闭关老衲矣〔五〕。听彼好鸟，不禁怅然。

注释

〔一〕堂堂：公然之意。唐薛能《春日使府寓怀》："青春背我堂堂去，白发欺人故故生。"

〔二〕花事：关于花的游乐赏玩之事。

〔三〕青云：代指青云之士，谓名高位尊者。此处仅为对仗之语，泛指朋友。

〔四〕兀坐：独自坐着。斗室：斗大的房子，形容居所之狭小。

〔五〕闭关：僧人闭门修练，不接外事。老衲：出家人谦称。出家人穿的衣服由别人不用的布块缝成，称为衲。

六七、谢陈赞勋

遵海而居者两载〔一〕，昨到津门，竟似盆鱼纵壑〔二〕，眼界为之一开。尤荷挚爱，饮之食之，公瑾醇醪〔三〕，令人心醉矣。

初十日返馆，客窗倚徙〔四〕，听绿树阴中黄鹂唤友，辄神往于月沽镜淀间〔五〕，正不知何时再游胜地也。

闻丁观察不病而逝〔六〕，"人生若朝露"〔七〕，足为增慨。新任友延何人〔八〕？风便以示。

注释

〔一〕遵海：依着海边。

〔二〕盆鱼纵壑：盆养之鱼，跃进山沟。谓脱离束缚，得到自由。

〔三〕公瑾醇醪：见第二八篇注〔四〕。

〔四〕倚徙：徘徊，逡巡。

〔五〕月沽镜淀：指天津。沽，沽河。淀，淀河。均在天津。

〔六〕观察：官名，清代对道员的尊称。

〔七〕人生若朝露：人生短促，譬如早晨的露水，日出即消融。语出晋潘岳《内顾诗》："独悲安所慕，人生若朝露。"

〔八〕新任友：新聘的幕友。

六八、戏陈笠山娶妻

前书以弟夫人麻而且肥,若有不足于心者。殊不知麻姑为天上之仙〔一〕,健妇乃女中之隽〔二〕。然则麻与肥不足为病,适足为喜,何以此咎蹇修哉〔三〕?吾恐阃内者正以足下为不如城北徐公耳〔四〕。

注释

〔一〕麻姑:传说中的女仙人,貌美,可掷米成珠。
〔二〕健妇乃女中之隽:古乐府《陇西行》:"健妇持门户,胜一大丈夫。"
〔三〕蹇修:传说中伏羲氏之臣,古贤者。后代指媒人。《楚辞·离骚》:"解佩纕以结言兮,吾令蹇修以为理。"理,即媒也。
〔四〕阃(kǔn)内:指妻室。阃,古代妇女居住的内室。城北徐公:代指美男子。《战国策·齐策一》:"城北徐公,齐国之美丽者也。"

六九、贺沈一斋沈猗园得子

朵云垂贶,知吾嫂诞育长庚,坎再索而得男,神乎技矣。然威凤祥麟,挺生必偶〔一〕,弟夫人弄璋之喜,当必接踵而来。可惜汤饼两开〔二〕,不得躬与其盛,为缺然耳。另柬已收,永以为好〔三〕,敬闻命矣。

注释

〔一〕挺生：挺拔生长，谓杰出。

〔二〕汤饼：水煮的面食。此处指汤饼宴，即小孩出生后第三天或满月举行的宴会。

〔三〕永以为好：永远相好。语出《诗·卫风·木瓜》。

道席、讲席、教席、撰席、著席、史席：席，席位。道席，多用为学生对师长的尊称。讲席、教席，也是对从事教育、讲学者的敬称，但用于平辈间，写信人与受信人不必有师生关系。撰席、著席、史席，都用作对文士的敬称，文人间也常互用。撰，即著述。史，指有著作传世垂史。

七〇、贺沈猗园得女

力回奉手示〔一〕，知弟夫人育得新雏，盖阙如也〔二〕。而足下以为神乎其技，不能不心折一斋。岂知生子好，生女亦好，帨之设何必不如弧之悬也〔三〕。"休嫌一片瓦，珍重亦千金。"戏言当贺，以博一粲〔四〕。至仆半通之绾〔五〕，未始无心，然缘木而求〔六〕，正恐鱼在于沼，未必落信天翁之口耳〔七〕。

注释

〔一〕力：出卖劳力者，此指受雇送信者。

〔二〕盖阙如也：语见《论语·子路》。此谓缺憾，遗憾，指生女。

〔三〕帨之设：帨，手帕。古代生女则设帨于门之右，故称生女为"设帨"。参见第四篇注〔二〕。

〔四〕一粲：一笑。

〔五〕半通：即半印。汉制，丞相、列侯至令丞，都用正方形的大印。小官如管仓库、园林的，只能用大官印的一半，印呈长方形。

〔六〕缘木而求：即缘木求鱼，爬上树去捉鱼。比喻劳而无功。

〔七〕信天翁：一种水鸟，食鱼。

七一、贺黄舜音纳妾

塞外云深，倩鸿乏便，缺音问者一载余矣。去秋在省，得与尊翁数数过从，备稔近概。顷晤灿亭，道足下抱衾有宠〔一〕，以莲幕而作鸳帷，此乐当难名状。但不知天上长庚，已征吉梦否。至戚关怀，风便示慰。

注释

〔一〕抱衾：《诗·召南·小星》："抱衾与裯，寔命不犹。"按，《小星》序谓"夫人无妒忌之行，惠及贱妾，进御于君"。后因以"抱衾裯"为侍寝，亦借指做妾。

七二、托沧州诸友照应友人

火云如烧，思与诸君子一登朗吟之楼〔一〕，看夹岸柳阴，风樯上下〔二〕，以消烦溽。乃仙凡途判，咫尺千里，徒作五城十二楼观耳〔三〕。

盐邑张少尉，武林人也。近以年老乞休，月之二十九日，先遣眷属赴沧，候船南下。幸推梓谊〔四〕，饬役代觅妥寓，俾逆旅主人不敢欺生慢视〔五〕，此感弟实均之。

注释

〔一〕朗吟楼：楼名，在沧州。

〔二〕风樯：风帆，代指船。

〔三〕五城十二楼：仙人居所。《史记·封禅书》："黄帝时为五城十二楼，以候神人于执期。"

〔四〕梓谊：同乡情谊。古代以桑梓代故乡。

〔五〕逆旅：即旅店。

七三、复谢秀三

上谷斗城耳〔一〕，衡宇又隔数武〔二〕，竟未一瞻丰采。春正过访〔三〕，彼此复相左〔四〕，何缘之浅也。

顷奉翰言，如对芝光而聆玉屑〔五〕。足下移榻蠡州〔六〕，既联旧雨之欢，又属旧游之地，动定自多融㘤〔七〕。如弟依人海角，徒以两地神交〔八〕，兴采葛采萧之咏〔九〕。中秋拟一返省，不审桂香梧影之中，得奉雅人清话否。

注释

〔一〕上谷：古地名，今河北保定。

〔二〕衡宇：指屋宇。衡，门窗上的横木。宇，屋檐。数武：数步。武，脚步。

〔三〕春正：正月。

〔四〕相左：不一致，不协调。此指未能会面。

〔五〕芝光：见第一二篇注〔一〕。玉屑：玉的碎末，此处比喻美好的言辞。

〔六〕蠡州：地名，今河北保定市蠡县。

〔七〕融㘤：和谐舒畅。㘤，同"畅"。

〔八〕神交：形容未见面而以神思相交。

〔九〕采葛采萧：谓彼此怀想。《诗·王风·采葛》："彼采葛兮，一日不见，如三月兮。彼采萧兮，一日不见，如三秋兮。"

七四、复沧州诸友

摩诘诗中有画〔一〕。复书谓朗吟楼畔，帆影连云，蝉声送晚，觉新秋风物，恍然在心目间；则又兼摩诘之诗与画，而备之尺牍矣。顾安得附米家船〔二〕，载陶家酒〔三〕，相与作十日饮耶〔四〕？南物色色俱佳〔五〕，惟此地鲜能知味，而亲友挟货来者，又已先打一网，故难为力，祈谅之。

注释

〔一〕摩诘：唐代诗人王维的字。宋苏轼有云："味摩诘之诗，诗中有画；观摩诘之画，画中有诗。"
〔二〕米家船：宋画家米芾常乘船载书画出游，故称。
〔三〕陶家酒：晋陶渊明爱饮，为彭泽令，命公田悉种秫，以备酿酒。
〔四〕十日饮：谓友人连日欢宴。
〔五〕色色：种种，各样。

七五、复钱绳兹

元夜连袂看灯，极一时征逐之乐〔一〕。流光如驶，忽届新秋，节序怀人，何能已已！承寄家兄一函，为理积牍，裁答久稽〔二〕，或不罪其疏节耶〔三〕？

弟拟中秋返省，饼圆似月，藕大如船，三五良辰，何堪虚度？不知足下亦作思归之计否。

注释

〔一〕征逐：谓交往过从。
〔二〕裁答：作书回复。稽：拖延，停滞。
〔三〕疏节：疏于礼节。

函丈：对老师的敬词。函，意为容，指老师对自己的宽容、包容、容纳。丈，指古时老师与学生相对中间隔一丈之地以便讲授指点。

七六、托郑莘田代友谋事

月之十一日，得六日之书于津邑邮筒，又得八日之书于郡伯公牍〔一〕。正如庾岭梅花〔二〕，南枝先开，北枝后放，使探春者同时领取也。

诚新席珍已久〔三〕。曩以同人引去，拟即相邀，适居停座有东床〔四〕，蝉联而下〔五〕，无能为其位置。阁下以屋乌之爱〔六〕，切切相关，郑当时之雅怀〔七〕，齐孟尝之高谊〔八〕，求之于今，何可多得！闲花一片〔九〕，尚有赖于春风之嘘也。

注释

〔一〕郡伯：明清对知府的别称。
〔二〕庾岭梅花：庾岭，即大庾岭，在江西大庾县南，与广东交界，岭上多植梅树，是以又称梅岭。宋苏轼曾云："大庾岭上梅花，南枝已落，北枝方开，寒暖之候异也。"
〔三〕席珍已久：谓赋闲已久。

〔四〕东床：此处指代幕宾。
〔五〕蝉联：连续相承。
〔六〕屋乌之爱：即爱屋及乌。语本《尚书大传》："爱人者，兼其屋上之乌。"
〔七〕郑当时：西汉大臣，好宾客，喜交游。此处切合郑氏之姓。
〔八〕齐孟尝：战国时齐国贵族田文，号孟尝君，好客。
〔九〕闲花一片：代指上文的"诚新"，谓其有赖于郑氏照拂。

七七、复陈笠山

前得静海邮寄之书，乃返省时留寄者，种种委曲衷情，读之不禁三叹。然丈夫怀才负异，何患无物色之加〔一〕。柯亭椽竹〔二〕，得蔡中郎而名始著。其间显晦迟早，有数存焉，而要之大器终无久掩耳。幸耐心安之，以俟知者。

仆处累年积困之余，近以仕途已开，妄思取进，无罗求雀〔三〕，自知想出非非〔四〕，不过抱此隐衷，勉尽人事，成否未可定也。

香育热肠好友，不期送别南关，竟成永诀，闻之泣数行下。闻香度菱舟，尚在江左，昨以一函慰之。生刍一束〔五〕，远莫能将，不过藉数行作《薤露》耳〔六〕。

注释

〔一〕物色：访求。
〔二〕柯亭椽竹：晋干宝《搜神记》载蔡邕过绍兴柯亭，见屋东第十六椽竹可做笛子，试之，果然发出异声。
〔三〕无罗求雀：没有罗网，却想捕雀。
〔四〕想出非非：不切实际的胡思乱想，即前文的"妄思"。
〔五〕生刍一束：生刍，鲜草。《后汉书·徐稚传》："郭林宗有母忧,稚往吊之,置生刍一束于庐前而去。"后因以"生刍"指吊祭的礼物。

〔六〕《薤(xiè)露》:古时的挽歌,有辞曰:"薤上露,何易晞。露晞明朝更复落,人生一去何时归?"薤露,薤草上的露水。

七八、贺沈一斋得官

足下荣选在迩〔一〕,指日弃毛锥绾尺绶矣〔二〕。弟事尚须集腋〔三〕,驽下之才〔四〕,敢不让骅骝先步耶〔五〕?贺贺!

注释

〔一〕荣选:获选授为官。在迩:临近,马上。
〔二〕毛锥:泛指笔。绶:绶带,系官印的带子。
〔三〕集腋:集腋成裘的省语,比喻积少成多。腋,指狐狸腋下的毛皮。语本《慎子·知忠》:"粹白之裘,盖非一狐之皮也。"
〔四〕驽下:资质驽钝,才能低下。驽,劣马。
〔五〕骅骝:周穆王八骏之一。泛指良马。

七九、诫友勿欺人

弟于阿堵物素不重视〔一〕,然吾人相交以义,相与以信。今鱼已就烹,尚作校人之罔〔二〕,侨虽不敏〔三〕,岂竟贸贸耶〔四〕?

注释

〔一〕阿堵物:钱的别称。阿堵,六朝人口语,意谓"这个"。《世说新语·规箴》记王夷甫口不言钱字,其妻让婢女用钱绕床,夷甫早上起来，呼婢女过来吩咐："举却阿堵物。"即拿开这些东西。

〔二〕校人：管理池沼的小吏。罔，蒙蔽。

〔三〕侨：子产名侨。

〔四〕贸贸：目不明，引申为昏庸糊涂。

八〇、慰阮昔侯丧女

令爱玉折[一]，闻之惋惜无已！犹幸弟夫人勿药有喜[二]，留得母珠[三]，不患无掌中明月也[四]。

注释

〔一〕玉折：称人死亡的婉辞。

〔二〕勿药：见第六篇注〔四〕。

〔三〕母珠：能产珍珠的蚌，这里指死者之母。

〔四〕掌中明月：同"掌中明珠"，指接受父母疼爱的儿女，特指女儿。语本晋傅玄《短歌行》："昔君视我，如掌中珠。何意一朝，弃我沟渠。"

八一、唁李蔼堂丧母

夏间晤令弟，惊闻失恃之变[一]。足下千里省亲，遽遭大故，抱痛知不可解。然亦宜少自节哀，所谓毁不灭性也[二]。刻欲作数行驰慰，道远不能猝至。秋初得手书，不谓皋鱼泣母[三]，树已摇风；而奉倩无妻[四]，镜还缺月。境之所值，情何以堪[五]！亦惟旷达处之，省却多少烦恼耳。

弟宿累既深，新累复积，始知北居不易。承示缓急[六]，已嘱昔侯汇寄。闻南湖亦去吴桥，贤尹多情，犹思求旧，即其不忘于去后，何妨再缔夫前缘。我辈流行坎止[七]，似可不存成见也。

注释

〔一〕失怙：失去护佑，谓丧母。语本《诗·小雅·蓼莪》："无父何怙，无母何恃。"

〔二〕毁不灭性：意为哀痛不要过度，以至失却本性。语出《孝经·丧亲》："三日而食，教民无以死伤生。毁不灭性，此圣人之政也。"

〔三〕皋鱼泣母：见第八篇注〔八〕。

〔四〕奉倩无妻：三国魏荀粲字奉倩，娶曹洪女，二人感情甚笃，妻亡故，荀不哭而神伤，曰："佳人难再得。"见《三国志·魏志·荀彧传》。

〔五〕情何以堪：感情上怎能承受呢？语本《世说新语·言语》："木犹如此，人何以堪？"

〔六〕缓急：此处指遇到了困难。

〔七〕流行坎止：水顺势而行，遇到坎则停下，谓随遇而安。语本《汉书·贾谊传》："乘流则逝，得坎则止。"坎，坑穴。

八二、与黄封三还银缓期

遥辱手诲，伏审起居健适。老表兄蔗境弥甘[一]，松姿益茂[二]，芒鞋竹杖，山水自娱，视劳劳异域者[三]，判若仙凡矣。

弟读书未成，名心久息[四]。近为同人力劝，拟作援例之举[五]。亦以吾道卑卑，流而愈下，大都依草附木，要结上游，而特立独行者，率皆枯坐。如弟不工趋附，素乏党援，三窟之营〔六〕，未始非计，以故孟浪为之。惠假一款，愆期未赵〔七〕，自问此腹不肯负人，来岁鲤鱼风起〔八〕，必使珠还合浦也〔九〕。

注释

〔一〕蔗境弥甘：甘蔗下端比上端甜，从上到下，越吃越甜。用以比喻境况越来越好。《晋书·文苑传·顾恺之》："恺之每食甘蔗，恒自尾至本。人或怪之。云：'渐入佳境。'"

〔二〕松姿益茂：松树越老越茂盛，用以喻人越老越精神。

〔三〕劳劳异域：劳劳，谓辛劳忙碌。异域，异乡。

〔四〕名心：求取功名之心。

〔五〕援例之举：按照成规，捐钱买官。

〔六〕三窟之营：即狡兔要有三窟。语见《战国策·齐策四》："狡兔有三窟，仅得免其死耳。"

〔七〕愆期：延期，未按约定日期。未赵：未能完璧归赵。

〔八〕鲤鱼风：九月风，秋风。

〔九〕珠还合浦：比喻人去复归或物归旧主。《后汉书·循吏传》记合浦与交阯相邻，海出珠宝，之前的宰守贪秽，采求无度，珠逐渐移到交阯，导致百姓无以资生。后来孟尝到此任职，兴利除弊，没过一年的时间，珠又回到了合浦。

八三、复沈猗园

月明三五，共话清樽，分手以来，不胜惘惘！吾侪弃书读律〔一〕，正途已矣。幸逢捐例重开〔二〕，通籍有自〔三〕。寄人篱下，诚不若自营一窟也〔四〕。

注释

〔一〕弃书读律：指弃科举攻书之路，转作办理刑名、钱谷之事的幕宾。

〔二〕捐例：捐钱买官之例。
〔三〕通籍：古代官吏记名于门籍，可以出入宫禁。后引申指登上仕途，朝中有了名籍。
〔四〕自营一窟：谓自谋出路，自立门户。见第八二篇注〔四〕。

八四、向顺德司马李借银

司马门庭，仍容韦布〔一〕，春风如旧，饮德何深！念弟十载燕南，三厕宾馆，自惭袜线〔二〕，匪益毫无。惟以磊落光明，受知阁下。数年来分以冰雪，寄以腹心，礼遇之隆，迥逾恒泛〔三〕。古所谓感恩知己，实于阁下兼之。前以援例，不待将伯之呼〔四〕，即荷玉成之雅。在大君子乐成人美，加惠无穷，而弟屡沐厚施，未免受之增愧。以云投赠，所不敢当。惟需项过多，虽集千羊之皮，尚少一狐之腋〔五〕，既蒙眷爱，敢假一元〔六〕。来年秋以为期，必使连城返赵也。

注释

〔一〕韦布：韦带布衣，借指寒素之士。
〔二〕袜线：宋孙光宪《北梦琐言》记韩昭涉猎广泛，时有朝士李台叚曰："韩八座事艺，如拆袜线，无一条长。"后因谓艺多而无一精者，亦比喻才学短浅。
〔三〕恒泛：普通，一般。
〔四〕将伯：《诗·小雅·正月》："将伯助予。"毛传："将，请也；伯，长也。"孔颖达疏："请长者助我。"后因以"将伯"称别人对自己的帮助或向人求助。
〔五〕虽集千羊之皮，尚少一狐之腋：见第七八篇注〔三〕。
〔六〕一元：清代称元宝一枚为一元。此处泛指钱。

八五、向陆缄之借银

　　节前冒雨而归,节后戴星而出[一],视家庭如传舍[二],依人况味何如?弟为援例,日呼将伯,讵意秋云世态,流水人情[三],平时敦气谊,重然诺,一语通财,反眼若不相识。盖自告急以来,几于"十扣柴扉九不开"矣[四]。足下能急人之急,倘为觅一监河[五],是出之涸辙,而纵之清波也。应奉券利[六],惟命是从。

注释

　　[一]戴星而出:出去时披着晨星,形容出去时间之早。
　　[二]传舍:客舍,旅店。古时驿站中供来往旅人休息的房屋。
　　[三]秋云世态,流水人情:谓世态炎凉。秋云、流水皆流转不定,借此形容人情转瞬即逝。
　　[四]十扣柴扉九不开:宋叶绍翁《游园不值》诗句,一作"小扣柴扉久不开"。此处用以形容借钱时遭遇闭门羹。
　　[五]监河:即监河侯,见第一五篇注[一五]。
　　[六]券利:利息。

八六、托郑莘田代友谋事

　　鹊桥渡后[一],曾以数行奉答,度尘青照[二]。重阳近矣,赊子美之浊酒[三],赋陶令之新诗[四],缅想雅人,定饶逸趣。
　　会垣荐出多门,声气不通者,率皆枯坐。诚新株守半载,绝无过而问者，近复有母之丧，穷愁益甚。渠以津门倾盖[五]，夙承知爱之情，鹪鹩一枝[六]，重望嘘借[七]。若怜其穷而汲引之[八]，不啻润枯荄以雨露也[九]。

注释

〔一〕鹊桥：农历七月七的鹊桥会，此处用以指时间。

〔二〕度尘青照：书信中常用的谦辞，意谓想必污了你的眼睛。尘，此处用作动词。青照，指眼睛。

〔三〕子美之浊酒：杜甫（字子美）有诗《落日》云："浊醪谁造汝，一酌散千愁。"

〔四〕陶令：陶渊明曾做过彭泽令，故称。

〔五〕渠：他。

〔六〕鹪鹩（jiāo liáo）一枝：代指栖身之所。《庄子·逍遥游》："鹪鹩巢于深林，不过一枝。"鹪鹩，一种善于筑巢的小鸟。

〔七〕嘘借：谓借助你的揄扬。

〔八〕汲引：从下往上引水，喻引荐，提拔。

〔九〕枯荄（gāi）：枯草。荄，草根。

八七、谢顺德司马李借银

重九前一日读报章[一]，慨然以缓急相周。昔钟离意荐友入都[二]，特赠治装之费。今弟为贫谋仕，阁下不责其非分之干，而有求必应，在远不遗，此种高情，并足千古。且冰清座上[三]，琴鹤萧然，乃以莱芜之甑尘[四]，润漆园之鲋涸，不特饮情知感，更令戴德难安矣。惟冀掣分直省[五]，得于彤骖紫盖间供其驱策[六]。此实邀君之福，而即弟之所以报也。

注释

〔一〕报章：指回信。

〔二〕钟离意：东汉人，曾荐举刘平入都，送其一笔办装费。

〔三〕冰清座上：形容廉洁。

〔四〕莱芜之甑尘：东汉范冉字史云，曾为莱芜长，为官清廉。《后汉书·范冉传》："所止单陋，有时绝粒，穷居自若，言貌无改。闾里歌之曰：'甑中生尘范史云，釜中生鱼范莱芜。'"此谓朋友廉洁，无甚资财。

〔五〕掣分直省：抽签被分配到直隶。

〔六〕彤（tóng）骖紫盖：出行的仪仗车驾。彤，朱红色。骖，同驾一车的三匹马。紫盖，紫色的车盖。

八八、谢沧州诸友送蟹

重阳佳序，正以有酒无螯，空结临渊之羡〔一〕；何意楮生下贲〔二〕，竟偕公子同来〔三〕，即命庖人，立烹介士〔四〕，樽前风味，迥异寻常。昔王弘白衣送酒〔五〕，千古传为美谈；今诸君青衣送蟹，未始非后先佳话也。属餍之余〔六〕，曷胜铭谢！

注释

〔一〕临渊之羡：语本《淮南子·说林训》："临河而羡鱼，不若归家织网。"比喻空有愿望，不如付诸行动。此处仅指有酒无蟹，空自艳羡的状态。

〔二〕楮生：即"楮先生"，代指纸张，此处指来信。语本韩愈《毛颖传》："颖与……楮先生友善。"

〔三〕公子：指蟹。东晋葛洪《抱朴子》："称无肠公子者，蟹也。"

〔四〕介士：武士，甲士。此处指蟹。

〔五〕白衣送酒：南朝宋檀道鸾《续晋阳秋》载，陶潜重阳日无酒，怅望无计，未几，白衣人至，乃江州刺史王弘遣使送酒。

〔六〕属餍：饱足。

八九、向陈含辉借银

近在一隅，而前书久未得报，岂驿路梅花〔一〕，不到青莲幕里耶？缓急之请，既承假以整元，则他时归赵，断不以羊易牛也〔二〕。券约呈纳。

注释

〔一〕驿路梅花：见第一一一篇注〔四〕。
〔二〕以羊易牛：指以少换多。语本《孟子·梁惠王上》。

九〇、唁傅维章丧祖母及妻

金台话别后，遇东来友人，辄询近状。有谓足下留山左未去，有谓足下遭家多故，辙已南矣。以传闻异词，不敢浪投尺素。家兄至保，始知令祖母去世，尊阃相继而亡。记与足下别五六年矣，不意李密之西山〔一〕，甫悲日落；而安仁之东阁〔二〕，又悼鸾分，令人感叹无已！道途修远，莫致刍香，惟宽中顺受〔三〕，勿为境遇所伤。此则千里远人所望风切祷者也。

仆游直十余年，猥以菲才，得安佣鹫，而举事孟浪，先之以接眷，继之以报捐，百级债台〔四〕，已层累而上矣，可奈何！

注释

〔一〕李密之西山：李密原为三国蜀汉之官，幼年丧父，母改嫁，由祖母刘氏抚养长大。晋立，征其出仕，李密上《陈情表》，有称祖母病重云："日薄西山，气息奄奄。"

〔二〕安仁：即西晋文学家潘岳。用情专一，妻子亡故，曾赋《悼亡诗》三首抒发悲痛。

〔三〕宽中顺受：宽心顺应变化。

〔四〕债台：周赧王借债无力偿还，为债主所逼，乃逃于高台之上，后世称欠债为"债台高筑"。

九一、代答密云县张借银

侄赋性介介〔一〕，向不因人为热〔二〕，诚以秋云世态，彼泛泛者〔三〕，不可以缓急商也。前书所请，意谓陈情于长者，不同乞怜于他人。且夙诺未寒，谅不徒以数语春温，作一时之口惠〔四〕。手示见复，乃知两袖清风，难为河润〔五〕。然相须无几，尚不足以难百里之侯〔六〕，季布一诺千金，毋使古人腾笑〔七〕。

注释

〔一〕介介：耿直。

〔二〕不因人为热：形容秉性清高自守，不依赖他人。据载梁鸿不与人同食，别人烧好饭，让他就着热锅做饭，他说自己是"不因人热者"，重新点火做饭。后因称不仰仗别人为"不因人热"。

〔三〕泛泛者：谓普通朋友。

〔四〕口惠：空口对人施以恩惠。

〔五〕河润：指恩泽及人，如河水滋润土地。

〔六〕百里之侯：指县令。

〔七〕腾笑：令人见笑。

九二、与龚未斋

霜叶飞红，秋光可爱，不知晚香亭畔[一]，增几许清兴矣。

敝眷北来，虽已草草安置，而红盐白米，大费经营。来书勖之以俭[二]，而绳之于初[三]，诚阅世已深之语。谨书诸绅[四]，以当棒喝[五]。

注释

〔一〕晚香亭：在河北大名县。宋韩琦守大名，重阳节开宴其中，席中赋诗，有"且看黄花晚节香"之句，后因称亭为"晚香亭"。

〔二〕勖（xù）：勉励。

〔三〕绳：批评，纠正。

〔四〕绅：古时士大夫束于腰间的大带。

〔五〕棒喝：禅宗促人觉悟的方法，或施以棒打，或施以喝问。

九三、与左字眉

一番联袂，而三叠阳关[一]，又歌折柳，侧身南望，时切依驰。

昨颁手翰，谓旧游重到，对此茫茫。并知关盼楼头[二]，无复当年燕子，则桃花人面[三]，更不知几度低回矣。

弟潦倒燕中[四]，几将十稔[五]，一廛寄托[六]，无异浮萍。本非肠肥脑满之时[七]，而作海市蜃楼之举[八]，正恐砚田所入，难补漏卮耳。

注释

〔一〕三叠阳关:即《阳关三叠》,或称《阳关曲》,离别时所唱之曲。

〔二〕关盼楼头:见第五二篇注〔一三〕。

〔三〕桃花人面:相传唐崔护清明郊游,至村居求饮。有女持水至,含情倚桃伫立。明年清明再访,则门庭如故,人去室空。因题诗曰:"去年今日此门中,人面桃花相映红。人面只今何处去,桃花依旧笑春风。"事见唐孟棨《本事诗·情感》。后用为形容追忆从前会面之缘的典故。

〔四〕燕中:指河北。春秋战国时为燕国属地,故称。

〔五〕稔:庄稼成熟,引申指年。十稔为十年。

〔六〕一廛:一处居所。

〔七〕肠肥脑满:形容饱食之况,指生活宽裕。

〔八〕海市蜃楼:古时认为海中蜃能吐气,幻化街市楼台之象。后用以比喻并非实有的东西或凭空的想象。

九四、谢杨翊明惠润笔

蒲节前〔一〕,准拟文斾晋省,而子不果来,未免独鹤昏鸦之叹〔二〕。古人千金买赋〔三〕,岂有定衡〔四〕?前路所贻〔五〕,或亦以少为贵,取义《礼经》也?拜而受之,付之一哂〔六〕。

注释

〔一〕蒲节:指端午节。旧俗端午节在门上挂菖蒲叶,故称。

〔二〕独鹤昏鸦之叹:孤身无友之叹。杜甫《野望》:"独鹤归何晚,昏鸦已满林。"此处独鹤暗指杨翊明。

〔三〕千金买赋:汉武帝时,陈皇后失宠,别居长门宫,闻司马相如工赋,奉黄金百斤,请为解愁之辞,相如为作《长门赋》。武帝见而伤之,复幸陈皇后。

〔四〕定衡：恒定的价格。

〔五〕前路：当对方面称与自己有关的另外一方。亦作"前途"。此处指杨翊明之外惠赐润笔的那个人。

〔六〕一哂（shěn）：一笑。

九五、复荐长随

承荐长随某者〔一〕，老而秃，望之如牛山之濯濯也〔二〕。脱帽露顶时，殊不雅观，故遣之去。

注释

〔一〕长随：官府雇佣的仆役，泛指仆役。

〔二〕牛山之濯濯：山无草之光秃貌。语本《孟子·告子上》："牛山之木尝美矣，以其郊于大国也。斧斤伐之可以为美乎？……是以若彼濯濯也。"

九六、唁沈一斋丧母

顷自旧县回，案头置有令叔手书，以为寻常问候耳，展诵之下，惊知老伯母大人锦堂弃养〔一〕，使弟书未卒读，而泪下涔涔也〔二〕。

犹记乙夏同馆会川，正值慈航北上〔三〕，蒙伯母饮之食之，视同犹子。今春登堂拜谒，犹得仰接音容，而今已矣！陶母之徽音遽渺〔四〕，巨卿之鸡黍难期〔五〕。追念畴曩〔六〕，能毋呜咽！

足下秉性纯孝，哀毁自不待言，然罔极深恩〔七〕，虽云莫报,而板舆迎养,莲幕承欢,此数年中,亦自有其乐融融者。况此后之显扬,方兴未艾;则式凭之灵爽[八],属望无穷。尚祈顺便节哀,以慰泉壤[九]。弟因馆事羁身,不获躬亲叩奠,临书含涕,悲与歉俱。薄具楮仪[一〇],伏冀鉴纳。

注释

〔一〕弃养:丢弃了子孙的孝养,即去世。

〔二〕浑浑:形容眼泪不断流出的样子。

〔三〕慈航:原为佛教语,指菩萨以慈悲之心普度众生,犹如航船之渡人。此处用以尊称对方的母亲。

〔四〕陶母:指晋陶侃之母,甚贤。范逵过访陶侃,时值大雪,陶母截断头发换来酒食以待客。徽音:犹德音,指令闻美誉。

〔五〕巨卿之鸡黍:见第四〇篇注〔五〕。

〔六〕畴囊:过去,从前。

〔七〕罔极深恩:无穷无尽的恩德。《诗·小雅·蓼莪》:"父兮生我,母兮鞠我……欲报之德,昊天罔极。"

〔八〕式凭:依靠,依附。灵爽:指神灵。

〔九〕泉壤:指泉下、地下,人死埋葬之地。

〔一〇〕楮仪:见第八篇注〔一〇〕。

九七、复陈宪章

曩晤研凹于高平旅邸[一],获审乔栖有托[二]。返馆后,即思以数行驰问,而病魔缠扰,欹枕慵书。适承手简颁来,春风惠我,客病都捐[三],乃知陇上梅不异井边橘也[四]。五斗折腰之吏[五],古人耻而不为,弟更况而愈下[六],何足云贺?只益汗颜耳[七]。

注释

〔一〕高平：地名，今山西省高平市。

〔二〕乔栖有托：栖身乔木之上，指人有了安身的处所或工作。

〔三〕捐：除去。

〔四〕陇上梅：见第一一篇注〔四〕。井边橘：相传汉代苏耽修仙得道仙去之前对母亲说："明年天下疾疫，庭中井水，檐边橘树，可以代养。井水一升，橘叶一枚，可疗一人。"来年果有疾疫，远近悉求其母治疗，皆以得井水及橘叶而治愈。此处谓朋友书信大慰己怀。

〔五〕五斗折腰：晋陶潜为彭泽令，郡遣督邮至，县吏劝应束带往见。潜曰："吾不能为五斗米折腰向乡里小儿。"即解印去职。五斗米为县令的俸禄。

〔六〕况而愈下：相较之下，更显不足。况，由对照而显明。

〔七〕汗颜：脸上出汗，形容惭愧。

九八、与章又梁

莺花月露〔一〕，雅怀多属雅人；酒赋琴歌，韵事端推韵客。况离人去国〔二〕，愁听短笛之梅〔三〕；游子思乡，魂断长亭之柳。每低徊于当境，恒抒写其无聊。情之所深，诗何能已？顾王仲宣登楼作赋〔四〕，却是怀归；杜子美入蜀行吟〔五〕，无非伤乱。他若囊将锦贮〔六〕，尽披风抹月之词〔七〕；即教题处纱笼，亦红袖青衫之句〔八〕。鲜有不遑将母〔九〕，陟岵兴嗟〔一○〕；谁思无恙所生〔一一〕，吮毫增感？

惟我九哥，浙水神驹，稽山独鹤〔一二〕。搜奇二酉〔一三〕，边孝先经笥还穷〔一四〕；摘藻三都〔一五〕，江文通笔花欲谢〔一六〕。励抟风之六翮〔一七〕，自宜有志竟成；困逐电之双蹄〔一八〕，讵意怀才莫遇？爰弃书而读律，出走燕南；旋适馆而授餐，还游塞上。采来莲实，常遗考叔之羹〔一九〕；念此萱花，时下梁公之泪〔二〇〕。曩者回车桑里，曾舞莱衣；维时下榻金台，又听骊唱。游有方也〔二一〕，宁致牵慈母之肠；心滋戚焉，无自释终身之慕。于是绘成雅照，望切吴云〔二二〕；裁就新诗，调高郢雪〔二三〕。四千里鞭丝帽影，载驰载驱；三十年别梦离魂，一忧一喜〔二四〕。言由中发，如闻五夜之鹃〔二五〕；孝本性成，欲断三声之狖〔二六〕。岂第班香宋艳〔二七〕，逞彼词华；陆海潘江〔二八〕，抒其藻思哉？

弟幼而失学，壮不如人。叹瓶罄之无资，冀书佣之有获〔二九〕。始居人下，风动而帐岂容开〔三〇〕？继幸独当，露少而砚将奚润？虽慈航就养，稍遂乌私〔三一〕；而长铗频弹，空思鲈美。同此离乡背井，心随南去之鸿；何缘钓水游山，笑共春归之燕。仆非屠狗〔三二〕，感慨偏多；君是雕龙〔三三〕，声华孰媲？记往岁抛砖鲛室〔三四〕，已叨满斛珠玑；若今朝挝鼓雷门〔三五〕，何异重鸣瓦缶〔三六〕？此实自审其碌碌，非徒过饰夫谦谦。乃兄谬以曾巩为能诗〔三七〕，遽令学步；而弟不效魏收之藏拙〔三八〕，漫尔献颦〔三九〕。作者竟居之不疑，见者应莞尔而笑〔四〇〕。惟望加以绳削，劳不惮夫运斤；庶期出自甄陶〔四一〕，用可供夫覆瓿〔四二〕。

兹来别馆，风雨为劳，言念伊人，云龙奚逐〔四三〕？话清樽于北海，春衫尚带余痕；继雅集于西园，秋士还陪末座〔四四〕。佳章读罢，误收行箧之中；便羽封还，仍入奚囊之内。所冀惠而好我，时颁锦鲤双双；莫嫌道之云遥，不寄梅花片片〔四五〕。

注释

〔一〕莺花：莺啼花开，泛指春日景色。月露：月光下的露滴，泛指秋光。

〔二〕离人去国：旅人辞家远别。

〔三〕短笛之梅：梅指《梅花落》，横吹曲，表思乡之情。短笛，横吹管乐器。

〔四〕登楼作赋：见第二九篇注〔一三〕。

〔五〕入蜀行吟：唐天宝之乱，杜甫入四川避难，此一时期所作诗文，多感时伤乱。

〔六〕囊将锦贮：唐李贺外出骑马，一小奴跟从，背一锦囊。有好句，便书之投入囊中。

〔七〕披风抹月：吟风弄月。指以风花雪月为作诗题材。

〔八〕"即教题处"句：用魏野的典故。北宋吴处厚《青箱杂记》载："世传魏野尝从莱公游陕府僧舍，各有留题。后复同游，见莱公之诗已用碧纱笼护，而野诗独否，尘昏满壁。时有从行官妓颇慧黠，即以袂就拂之。野徐曰：'若得常将红袖拂，也应胜似碧纱笼。'莱公大笑。"此处指寄慨潦倒之情。纱笼，谓以纱蒙覆贵人壁上题咏的手迹，以示崇敬。

〔九〕不遑将母：没有空闲孝养母亲。将，奉养。语见《诗·小雅·四牡》。

〔一〇〕陟屺兴叹：思念母亲之意。语本《诗·魏风·陟岵》："陟彼屺兮，瞻望母兮。"

〔一一〕无忝所生：不要使父母受辱。忝，玷污，使受辱。语见《诗·小雅·小宛》。

〔一二〕稽山独鹤：见第三篇注〔六〕。稽，同"嵇"。

〔一三〕二酉：相传湖南沅陵县有大酉山、小酉山，称"二酉"，中石洞有秦人避难时所藏之书。

〔一四〕边孝先经笥（sì）还穷：谓饱读诗书，学识渊博。见《后汉书·边韶传》："边为姓，孝为字，腹便便，五经笥。"笥，书箱。

〔一五〕摛藻：铺陈词藻。三都：即《三都赋》，晋左思所作，曾使洛阳纸贵。

〔一六〕江文通笔花欲谢：南朝江淹，字文通，相传曾梦得五色笔，此后作文词藻美善。后又梦仙笔为人讨还，此后文采不再，世称"江郎才尽"。

〔一七〕抟（tuán）风之六翮（hé）：比喻人之发达如大鹏展翅翱翔。

〔一八〕逐电：秦始皇有马名逐电。泛指骏马。

〔一九〕考叔之羹：《左传·隐公元年》载，一次郑庄公赐食考叔，考叔未吃肉。庄公问其原因，回答说："小人有母，皆尝小人之食矣，未尝君之羹，请以遗之。"此用以指以游幕所得孝养母亲。

〔二〇〕梁公之泪：唐狄仁杰封梁国公。见第一二篇注〔一一〕。

〔二一〕游有方：《论语·里仁》："父母在，不远游，游必有方。"谓父母健在，不出门远游，如果要出门，必须要有确定的去处。

〔二二〕吴云：吴地之云。取"白云亲舍"之意，见第一二篇注〔一一〕。

〔二三〕郢雪：即"郢中白雪"，指高雅的乐曲或诗文。见第二九篇注〔九〕。

〔二四〕一忧一喜：《论语·里仁》："父母之年，不可不知也。一则以喜，一则以惧。"

〔二五〕五夜之鹃：五更时的鹃啼。

〔二六〕三声之狖：谣云："巴东三峡巫峡长，猿鸣三声泪沾裳。"形容猿猴啼叫声的凄厉哀怨。狖，猿猴。

〔二七〕班香宋艳：谓词藻华美。见第二九篇注〔七〕。

〔二八〕陆海潘江：谓文才充盈。陆指陆机，潘指潘岳。

〔二九〕书佣：受人所雇，处理笔墨事务。

〔三〇〕风动帐开：见第三八篇注〔二〕。

〔三一〕乌私：谓乌鸦反哺之心。晋李密《陈情表》："乌乌私情，愿乞终养。"后因以"乌私"为孝养父母的典故。

〔三二〕屠狗：《史记·刺客列传》载，荆轲在燕，爱狗屠及高渐离，相与慷慨饮酒高歌。此指慷慨悲歌之士。

〔三三〕雕龙：战国齐人驺奭，人称"雕龙奭"。语出《史记·孟子荀卿列传》，后以雕龙比喻修饰文辞、雕琢文字。此指善于作文章。

〔三四〕抛砖：谓抛砖引玉。比喻用不成熟的意见或作品引出别人更好的意见或作品。鲛（jiāo）室：鲛人所居的地方。晋张华《博物志》卷九："南海外有鲛人，水居如鱼，不废织绩……从水出，寓人家，积日卖绢。将去，从主人索一器，泣而成珠满盘，以与主人。"

〔三五〕挝鼓雷门：犹言班门弄斧。古代会稽（今浙江绍兴）城门悬有大鼓，声震如雷，故称雷门。

〔三六〕瓦缶：一种陶土制打击乐器。屈原《卜居》："黄钟毁弃，瓦缶雷鸣。"黄钟，打击乐器，用在宫廷或祭祀的庄重场合。此处自谦为瓦缶之音。

〔三七〕曾巩：北宋文学家，字子固，唐宋八大家之一，古人认为其不善作诗。

〔三八〕魏收藏拙：唐刘悚《隋唐嘉话》："梁常侍徐陵聘于齐，时魏收文学北朝之秀，收录其文集以遗陵，令传之江左。陵速济江而沉之，从者以问，陵曰：'吾为魏公藏拙。'"

〔三九〕献颦：西施有心痛之病，常捧心蹙眉，有丑女东施效仿其状，即"东施效颦"。此处用以谦称自己的回信。颦，眉头蹙起来的样子。

〔四〇〕莞（wǎn）尔：微笑的样子。

〔四一〕甄陶：本指烧制瓦器，后引申为培养造就。

〔四二〕覆瓿（bù）：形容作品无价值，如废纸般可用来盖酱瓮。覆，盖。瓿，容器。

〔四三〕云龙：《易》云："云从龙，风从虎。"此谓交往过从。

〔四四〕秋士：迟暮不遇之士。

〔四五〕梅花片片：指信札。

九九、谢胡峙斋转寄家信

弟以一枝之托〔一〕，远抛五口之家，盼切寓函，如殷霓望〔二〕。幸荷垂情逾格，俾得音问常通。昔壶公以缩地法授人，谓可晤千里于一室；今则家言往复，使两地悬悬〔三〕，时得开函而如面，此术何减壶公？而少陵所谓"家书抵万金"者，兄真不啻万万金之赐矣。兹又托致一函，恃足下不惮许子之烦〔四〕，遂亦自忘其数〔五〕，惟有临风拜手，中心藏之耳。

秋漪学优而遇穷，得波斯胡为之拂试〔六〕，是出焦桐于爨下〔七〕，而起椽竹于亭中也〔八〕，此感实与秋漪共之。

椒坪先生处，先乞声致，另容专布。

注释

〔一〕一枝之托：比喻借以安身的工作。

〔二〕霓望：比喻殷切盼望。《孟子·梁惠王下》："民望之，若大旱之望云霓也。"

〔三〕悬悬：遥远貌。

〔四〕不惮许子之烦：谓不怕麻烦。许子，指许行，战国楚人。语本《孟子·滕文公上》："何许子之不惮烦？"

〔五〕数：屡次。

〔六〕波斯胡：波斯人善鉴识珍宝，此处用以比喻赏识人才。见第四七篇注〔二〕。拂试：引申指赏识、提拔。

〔七〕出焦桐于爨（cuàn）下：见第一一篇注〔五〕。爨，灶。

〔八〕起椽竹于亭中：见第七七篇注〔二〕。

一〇〇、问陈笠山生子

久以依红未定〔一〕，尺素鲜通。近由静海叠寄手书，知足下弃出关之繻〔二〕，安入幕之榻。壮哉此行，从可大展厥抱矣。即辰黄梅酿雨，寒燠不齐，塞外气候异宜，起居伏惟珍摄。尊夫人麟胎将举，未知觅得健媪否〔三〕。窃以聿老闺中，蚌已就老，从未剖珠，恐倒绷孩儿〔四〕，难以恃也。

注释

〔一〕依红：指入幕。见第三篇注〔四〕。

〔二〕弃繻：谓对方决心不再回还。《汉书·终军传》："初，军从济南当诣博士，步入关，关吏予军繻。军问：'以此何为？'吏曰：'为复传，还当以合符。'军曰：'大丈夫西游，终不复传还。'弃繻而去。"繻，帛边。书帛裂而分之，合为符信，作为出入关卡的凭证。

〔三〕健媪：指接生婆。

〔四〕倒绷孩儿：接生婆把初生婴儿裹倒了。形容多年老手，一时失手。典出宋祝穆《事文类聚》："苗振第四人及第，召试馆职。晏相曰：'宜稍温习。'振曰：'岂有三十年为老娘而倒绷孩儿者乎？'既试，果不中。选公笑曰：'苗君竟倒绷孩儿！'"

一〇一、托周松涛索画

别后时以知己青毡〔一〕，萦我心曲。得手示，知有武邑之行〔二〕。足下怀抱利器〔三〕，久不得志于当道，此行出其所长，以佐百里侯鸣琴致治〔四〕，必有相得益彰者。而履祉之佳〔五〕，更无烦颖颂也〔六〕。何愧人之画，有董北苑笔意〔七〕，弟爱之慕之，得狐一腋，已足见珍，正不必以多为贵也。

注释

〔一〕青毡：指代对方就馆之地。
〔二〕武邑：地名，河北省衡水市下辖县。
〔三〕利器：比喻突出的才能。
〔四〕百里侯：指郡邑长官。
〔五〕履祉：起居安康。表达祝愿之辞。
〔六〕颖颂：以笔墨表达祝颂。
〔七〕董北苑：五代南唐画家董源，南派山水画开山鼻祖。因曾于南唐李璟时任北苑副使，世称"董北苑"。

一〇二、托胡峙斋转寄家信

足下翩翩书记〔一〕，时及远人，既感且慰；而平安竹报，频随青鸟飞来〔二〕，则尤可感也。当此轻衫团扇，行乐及时，想见依红泛绿之余，定多雪藕调冰之雅〔三〕。若弟幽居斗室，终日埋头，转觉照眼榴花〔四〕，牵人意绪耳。兹又有寓信一函，以旅人之片纸，烦上价之频投〔五〕。贤主多情，仆人况瘁，其何以自安！

秋漪屡有信来，道足下多方关照，自非爱屋，焉能及乌？椒坪先生处，顷亦有札托之，无人乎缪公之侧〔六〕，终恐过而不留。推之挽之，尚有赖于足下也。

注释

〔一〕书记：书札，奏记。

〔二〕青鸟：神话传说中为西王母取食传信的神鸟。后引申指信使。

〔三〕雪藕调冰：指夏季消暑之举。

〔四〕照眼榴花：盛开的石榴花，指代五月。语本韩愈《榴花》："五月榴花照眼明，枝间时见子初成。"

〔五〕上价：尊称对方派来的传递东西或传达事情的人。

〔六〕无人乎缪公之侧：指身边无人照应。《孟子·公孙丑下》："无人乎缪公之侧，则不能安其身。" 缪公，鲁穆公。

一〇三、托顺德司马李荐友

绿莎厅远〔一〕，青鸟音稀〔二〕，屈指蟾圆五度矣。缅想鼎裀萃吉〔三〕，华绂凝庥〔四〕，知如鄙人企颂。盐邑刁风日甚，控案接踵而来，因人成事者，不无虎尾春冰之惧〔五〕，亦适见铅刀之难佐盘错耳〔六〕。

友人章秋漪，与弟为莫逆交。其申韩之学〔七〕，迥非管窥蠡测者所能企及〔八〕。渠以阁下怜才下士，向有吐握之风〔九〕，欲一登龙〔一〇〕，增其声价。伏惟阁下器宇恢宏，前程无量，他日延宾东阁〔一〕，夹袋贮名〔一二〕，方将举天下贤才而汲引之，当不惜阶前盈尺〔一三〕，为布衣长揖之地。弟故与之书，使自达于左右。倘蒙赐以颜色，加以吹嘘，俾鹪鹩一枝，得所寄托，则尤推屋及乌之盛怀，而非弟所敢请也。

注释

〔一〕绿莎厅：唐代河中府有绿纱厅，此处借指衙门、官署。

〔二〕青鸟：传说中西王母传信的使者。这里代指信札。

〔三〕鼎裀萃吉：起居安康。鼎，食器。裀，坐席。《孔子家语》："累裀而坐，列鼎而食。"

〔四〕华绂：达官贵人系结印章的华美丝绳。这里代指高官。

〔五〕虎尾春冰：比喻极为危险的境地。《尚书·君牙篇》："心之忧危，若蹈虎尾，涉于春冰。"

〔六〕铅刀：铅制的刀，不锋利。此自谦愚钝。盘错：盘根错节。比喻事情复杂。

〔七〕申韩之学：指刑名之学。春秋申不害、韩非精通刑名之学，故称。

〔八〕管窥蠡测：从竹管里看天，用瓢测量海水，比喻对事物的观察和了解很狭窄片面。蠡，贝壳做的瓢。

〔九〕吐握：吐哺握发，形容求贤若渴。《史记·鲁周公世家》："我一沐三握发，一饭三吐哺，起以待士，犹恐失天下之贤人。"

〔一〇〕登龙：比喻发达。《后汉书·李膺传》："膺独持风裁，以声名自高。士有被其容接者，名为登龙门。"

〔一一〕延宾东阁：指延引贤人。《汉书·公孙弘传》："开东阁以延贤人。"

〔一二〕夹袋贮名：《名臣言行录》："吕蒙正为相，夹袋中有册，遇见者必问人材，客去即疏奏之，故用人称职。"

〔一三〕阶前盈尺：谓狭窄的一块地方。语出李白《与韩荆州书》："君侯何惜阶前盈尺之地，不使白扬眉吐气，激昂青云耶？"

青览：敬请对方阅读书信的话。青，垂青，古时黑眼珠叫"青眼"，对人正视表示瞧得起叫"青眼相看"，"垂青"表示重视。

一〇四、复王做之

桂花香里，我驾扁舟；菊蕊黄时，君遗尺牍。捧霞笺而庄诵[一]，恍挹芝眉；审莲祉之多佳，藉舒葵臆[二]。伏维二兄以读书读律之余，兼多艺多才之美，及锋而试，干将岂等于铅刀？韫椟而藏[三]，太璞迥殊乎燕石。伫作王家之伟器[四]，非徒盛府之元僚[五]。如弟赋才碌碌，应世庸庸。前此援例纳资，本属捕风捉月。且一官似芥，并无五斗之糈[六]；而半职如匏[七]，已负两肩之债。誉真过矣，愧何如之！

注释

〔一〕霞笺：美称对方之信札。
〔二〕葵臆：如葵花向太阳般的倾慕之意。
〔三〕韫（yùn）椟而藏：藏而不露，比喻怀才不用。韫，藏。椟，匣。
〔四〕伟器：能担当大事的人才。
〔五〕盛府之元僚：盛府，对地方军政长官衙署的尊称。元僚，贤能的辅佐者。
〔六〕糈（xǔ）：粮食。
〔七〕如匏（páo）：如同匏瓜一般。《论语·阳货》："吾岂匏瓜也哉！焉能系而不食？"后因以喻未得仕用或无所作为。

一〇五、复庆云少尉项

幽居斗室，视青莲幕不啻缁尘障也[一]。得手书，顿开胸次。适以山左之警，文禀络绎[二]，未暇走管城子于哦松署里[三]。知我谅我，是所望于阁下。

弟自分菲才，谬思筮仕[四]。去秋勉捐未入[五]，竟以累重难行。留此系而不食之匏，已同弃而不甘之肋。如何！如何！

五纹添线[六]，一阳生矣[七]，香尉风流[八]，定增胜概。弟近在咫尺，不啻对宇望衡，乃君限花疆[九]，我牵嫁线，彼此间阻，餐梦徒劳，言念伊人，能无怅怅！

注释

〔一〕缁尘障：隔离缁尘的屏障。缁尘，黑色灰尘，常喻世俗污垢。

〔二〕文禀：文件公牍。

〔三〕哦松署：称对方的衙署。语出韩愈《蓝田县丞厅壁记》："崔斯立……对树二松，日吟哦其间。"

〔四〕筮仕：古人将出做官，卜问吉凶。

〔五〕未入：官阶未入流品。

〔六〕添线：谓冬至后白昼渐长。《岁时广记》卷三八引《岁时记》："晋魏间，宫中用红线量日影，冬至后日添长一线。"

〔七〕一阳生：冬至后白天渐长，古代认为是阳气初动，故冬至又称"一阳生"。

〔八〕香尉：指县尉等官。南朝梁任昉《述异记》卷下："汉雍仲子进南海香物，拜为洛阳县尉，时谓之香尉。"

〔九〕花疆：见第六一篇注〔一〕。

一〇六、劝陈诚新缓归

九峰信至，道足下有意南旋，何计之左也[一]！弟思驾游冀北，七载于兹，曰归曰归，情固宜尔。第砚田久旱，甫幸有秋，一年之耕，谅无多获，除却归程膏秣[二]，所余能有几何？恐觅家园之乐，反贻困守之虞。不如再积锱铢，稍丰囊箧，然后扁舟归里，持紫蟹而剥青菱，未为晚也。恃爱直陈，伏惟垂谅。

弟为捐事所累，敝庐业已转售，鱼辙本枯，雀巢又失，窘况可想而知矣。

注释

〔一〕左：不当。此处意谓陈诚新归家的打算不恰当。

〔二〕膏秣：膏车秣马。泛指车旅津贴。

一〇七、复沈孟养

久阻雁行，乍开鱼腹。喜故人之无恙，来分清风；舒贱子之相思，慰兹秋水。独是三千客里[一]，我已匏悬[二]；早期十九人中[三]，君应颖脱。何图落落，尚尔依人？岂竟寥寥，绝无知己？然金台骏骨[四]，曾相赏于燕昭；赤水骊珠，终见收于象罔[五]。虽故国之云山，堪萦蝶梦[六]；而归程之囊箧，宜蓄蝇头[七]。幸缓轻鞍，勿歌长铗。

弟才本谫陋[八]，应世无方，运复颠连[九]，仰天莫问。多累值多愁之境，同声增同病之怜。目前涸辙枯鱼，既未得饱衔香饵；此后寻巢小燕，更不知飞傍谁家。所以酒酣耳热之余，狂歌当哭[一〇]；雨晦风凄之候，搔首自灰也[一一]。知荷关情[一二]，敢摅近况[一三]；倘逢邮羽，时惠德音。

注释

〔一〕三千客：见第五四篇注〔六〕。

〔二〕匏悬：语本《论语·阳货》："吾岂匏瓜也哉，焉能系而不食。"意谓我不是匏瓜，只挂在那里不能吃。比喻怀才而莫展。王粲《登楼赋》："惧匏瓜之徒悬。"此处作者用以自谦。

〔三〕十九人：战国时，秦围赵，平原君求救于楚，行前欲在门客中挑文武备具者二十人作为随从，但只选中十九人。毛遂自荐随往。

〔四〕骏骨：比喻贤才。战国时，燕昭王欲求贤才，郭隗以买千里马为喻，说古代有君王悬赏千金买千里马，三年后得一死马，用五百金买下马骨，于是不到一年，得到三匹千里马。事见《战国策·燕策一》。

〔五〕"赤水骊珠"句：《庄子·天地》记黄帝游赤水之北，遗失玄珠，后使象罔得之。骊珠，宝珠，传说出自骊龙颔下。象罔，《庄子》寓言中的人物，含无心、无形迹之意。

〔六〕蝶梦：梦。庄周梦中化蝶，故称。

〔七〕蝇头：指微薄小利。

〔八〕谫（jiǎn）陋：浅薄，浅陋。

〔九〕颠连：困顿不堪，困苦。

〔一〇〕狂歌当哭：以歌代哭，多指以诗文抒发悲愤。

〔一一〕灰：灰心，失意。

〔一二〕荷：承担，承蒙。

〔一三〕摅：发抒，表示出来。

一〇八、谢邵南湖

夏杪舟过峭帆亭，非叨良友之光，几为恶役所阻。尤承挚谊，留醉兰轩〔一〕，蜡炬龙团〔二〕，赠遗稠叠，纫佩何可言喻〔三〕！返馆后，以居停作古，交案棼如〔四〕，未遑泐谢〔五〕。比来三径黄花，一樽红友，雅人深致，定将东阁作东篱矣。

弟以邓明府官清似水，累积如山，已在弥留，尚承顾托，以故滞留三月。今稍稍就绪，计日东归。将来半榻青毡，不知寄向何处耳。

注释

〔一〕兰轩：美称朋友居所。

〔二〕龙团：宋丁谓为福建转运使，制凤团、龙团茶，每岁入贡。此泛指茶叶。

〔三〕纫佩：谓感念在心。纫，系缚。佩，佩戴。

〔四〕梦如：如林木般多而杂乱。

〔五〕泐谢：指写信致谢。

一〇九、贺署正定太守李并荐友

新正快瞻五马〔一〕，猥蒙延置青油。时以邓明府维絷甚坚，正如梁燕依人，难辞故垒，有负阁下殷殷求旧之思〔二〕。比想熊轼新临〔三〕，棠荫遍树，"郡人重得黄丞相，童子争迎郭细侯"〔四〕，可为阁下载咏矣。

弟因家兄迎养衰慈，挈眷同往，到东小住，仍返盐山。舍甥杨奕明，赋闲日久，前以面承允荐。兹闻无极一缺〔五〕，以原任曲阳公王宗枚题补〔六〕，属在宇下〔七〕，但得九鼎一言〔八〕，撮合易易〔九〕。舍甥学优而行谨，不致贻荐者羞也。

注释

〔一〕五马：汉时太守乘坐的车用五匹马驾辕，因借指太守的车驾。后以称太守。

〔二〕求旧：指用人务求故老旧臣。

〔三〕熊轼：太守的车轼画熊为饰，故称。

〔四〕郡人重得黄丞相，童子争迎郭细侯：出自刘禹锡《奉送浙西李仆射相公赴镇》诗。西汉黄霸为颍川太守，治行为天下第一，后官至丞相。东汉郭伋，字细侯，曾为荆州牧，有惠政。后巡行西河，有童子骑着竹马来迎接。

〔五〕无极：县名，隶属于河北省石家庄市。
〔六〕题补：官场出缺，奏请补授。
〔七〕属在宇下：指无极县在对方管辖之下。
〔八〕九鼎一言：即一言九鼎，形容说话分量重。
〔九〕易易：非常容易。

一一〇、慰天津太守李被议

薄游津淀，借庇棠荫者五六年矣。平日心维口颂，谓阁下之才猷治行〔一〕，殆即古所称良二千石者〔二〕。识拔有真，且晚定邀荐擢。得省抄〔三〕，乃知阁下忽有意外之议〔四〕。天生伟人，不能寄屏藩〔五〕，持节钺〔六〕，以衣被群生〔七〕，即此一麾之守〔八〕，亦复中遭颠踬〔九〕。此人人所扼腕〔一〇〕，非独倾心有素者闻而错愕也。然皓魄当空〔一一〕，乍亏旋复，将来赴都引见，定荷殊恩。虽鹏翅之偶垂，岂鸿肩之就息？是则阁下所能自信，而亦湄可代为操券者。刻由山左返馆，尘砚久封，有需拂拭，未克躬趋铃阁〔一二〕，一罄下怀。惟日祝熊幨重来〔一三〕，为寒士大厦之庇耳。

注释

〔一〕才猷：才能谋略。
〔二〕二千石：汉制，太守俸为二千石，后因以称太守或知府。
〔三〕省抄：清代各省公布的事务，有专人抄报，谓之省抄。
〔四〕议：处治，议罪。
〔五〕屏藩：屏风和藩篱，比喻保疆卫国的重臣。
〔六〕节钺：节，符节。钺，斧钺。古代用以授予将帅。
〔七〕衣被：给人穿衣加被，比喻使蒙受恩泽。
〔八〕一麾之守：谓外出做郡守。麾，旗帜。

〔九〕颠踬：跌倒，此处比喻仕途失利。

〔一〇〕扼腕：握住手腕，叹息、愤慨之貌。

〔一一〕皓魄：即月亮。

〔一二〕铃阁：铃、阁本为将帅等官的仪仗，后用以指将帅或州郡长官之衙署。

〔一三〕熊幰（xiǎn）：幰，车帷。太守之车画熊为饰，故称。

一一一、贺天津太守李休官

读报章〔一〕，示以不作入觐之举〔二〕。湄固知阁下恬退为怀，用舍行藏〔三〕，不足撄其胸臆。从此五湖三径〔四〕，得赋遂初〔五〕。泉石之优游，远胜簿书之鞅掌矣〔六〕。惟是风流云散，阁下即不以仕已关情〔七〕，而湄追忆畴曩，重邀青睐，惟有旧恩忘不得，此心殊觉黯然耳。

注释

〔一〕报章：指复信。

〔二〕入觐：地方官入京朝见皇帝。此处以之代指仕途中的规矩。不入觐，即已休官。

〔三〕用舍行藏：指士人的出处。《论语·述而》："用之则行，舍之则藏。"

〔四〕五湖：春秋越国大夫范蠡辅佐勾践灭吴，功成身退，泛舟五湖，后世因以"五湖"泛指归隐之地。三径：见第一一篇注〔七〕。

〔五〕遂初：遂其初愿，谓去官隐居。

〔六〕簿书：官署的文牍。此处代指繁杂的公务。鞅掌：公务繁忙。《诗·小雅·北山》："或栖迟偃仰，或王事鞅掌。"

〔七〕仕已：或仕或已，即为官或去职。《论语·公冶长》："令尹子文三仕为令尹，无喜色；三已之，无愠色。"

一一二、戏陈笠山纳妾

足下为寻鸳侣,不远千里而来。正一斋喜续鸾交〔一〕,新人如玉。敬赠毛诗二句:"其新孔嘉,其旧如之何?"〔二〕以告一斋,定均莞尔。

注释

〔一〕鸾交:比喻夫妻。
〔二〕其新孔嘉,其旧如之何:出自《诗·豳风·东山》。意谓新婚之际,十分美好,时间久了,会怎样呢?

一一三、戏殷瑶圃负约

回车过我之约,日久杳然。委员王公来,始知驾已遄返。何故卯兮城下〔一〕,竟不停骖〔二〕?见首不见尾,足下其犹龙乎〔三〕!

注释

〔一〕卯兮城:据《史记·秦始皇本纪》载,秦始皇为求长生,派方士徐福带数千名童男童女去海上求仙寻不死之药。徐福渡海前曾筑城以居,即卯兮城。相传位于河北省盐山县。
〔二〕停骖:停下马车。
〔三〕犹龙:如同龙一样。《史记·老子韩非列传》记孔子语"吾今日见老子,其犹龙邪"。

一一四、戏胡商犨归里

"滞雨通宵又彻明,百忧如草雨中生。"〔一〕近日心情,正复尔尔。得手书,以弟东归有阻,若为称快,岂知裴航仙渡,自有蓝桥〔二〕?足下泛舟言旋,固不致望洋而叹,所虑大呼小唤,应接不暇,转不若客窗一枕,得以安其清梦耳。

注释

〔一〕滞雨通宵又彻明,百忧如草雨中生:出自唐薛逢《长安夜雨》,意谓滞雨通宵未歇,直到天明,忧愁如青草一般,在雨中疯长起来。

〔二〕裴航仙度,自有蓝桥:相传唐代裴航过蓝桥驿,口渴,求饮,有女子云英奉一瓯水,甘如琼浆。裴倾心于云英,向其母提亲,被告知要以玉杵为聘礼。后来裴航终于寻得玉杵,于是成婚。捣药百日,双双仙去。

一一五、贺蒋镜涵会试

旅食频年,亲朋久阔。顷于令妹倩处〔一〕,询知驾驻都门,为来岁春闱计〔二〕。足下以边孝先之经笥,兼江文通之笔花,曳紫纡青〔三〕,自堪握券,转盼杏花春暖,定作金鳌顶上人矣〔四〕。

弟碌碌依人,徒惭糊口,援例而谋薄秩,更不免为大雅所嗤。会当赴都掣签〔五〕,不知赴选文结曾否到部,祈致贵居停代为查示。此行若果，则披芝宇而聆兰言〔六〕，当在桂花清影中也。

注释

〔一〕倩：女婿。妹婿、侄婿亦可称妹倩、侄倩。
〔二〕春闱：明清会试均于春季举行，称春闱。
〔三〕曳（yè）紫纡青：谓穿上青紫色的衣服，代指取得高官。
〔四〕金鳌顶上人：谓考取状元。古代皇宫阶前有巨鳌浮雕，进士考中状元发榜时，跪在鳌头之处迎榜。
〔五〕掣签：抽签。明清时吏部选授迁除官吏的一种方式。
〔六〕兰言：美称朋友的言论。

一一六、谢沧州刺史周惠物

居停自省回，备稽颠末〔一〕。顷知庆协元旋，益舒下念。惟是偶效寸管，何当重锡多仪？缫出三盆〔二〕，绝好天孙之锦〔三〕；携将两袖，还披君子之风〔四〕。既戴德于弹冠〔五〕，更邀荣于纳履〔六〕。拜登嘉惠，感与愧俱。异日倾襟〔七〕，再图面谢。

注释

〔一〕颠末：从头至尾，指本末，前后经过。
〔二〕缫出三盆：反复三次缫丝，指辛勤的手工劳作。
〔三〕天孙之锦：谓上好的锦缎。天孙，即织女。
〔四〕君子之风：语本《论语·颜渊》："君子之德风，小人之德草。草上之风，必偃。"此处谓受到君子的恩泽。
〔五〕弹冠：弹去冠上的灰尘，整理衣冠准备出仕。语出《汉书·王吉传》："吉与贡禹为友，世称'王阳在位，贡公弹冠'，言其取舍同也。"意谓王吉（王阳）与贡禹友善，王吉做官，贡禹也准备出仕。后以"弹冠相庆"指互相庆贺，多用作贬义。此处仅借用来指对方惠赐自己衣物。

〔六〕纳履：穿上鞋子。与上句为互文，亦借指对方惠赐衣物。

〔七〕倾襟：对面晤谈。

一一七、复胡商彝

物价前已致明，何又找寄？是区区者而必偿〔一〕，不亦过乎？足下返省有日，秋风半舫，清景宜人，欣羡私衷，不仅在调琴弄瑟间也〔二〕。

注释

〔一〕区区：小，少，微不足道。
〔二〕调琴弄瑟：弹琴鼓瑟，指代文人的闲雅生活。

一一八、贺陈笠山纳妾并托荐友

莲幕藏娇〔一〕，其人如玉，倚香偎翠，乐何如之？

前书迟迟不报，情至者反若忘情，良以肺腑至交，相契在雁息鱼消之外，非敢慢也。

新秋风月，动定何如〔二〕？仆以家住山左，陟岵之思时萦寤寐，中秋前作计归省，不知天假之缘，得以偷闲匝月否。

怀清舍侄，尚在株守〔三〕。沽之沽之〔四〕，是所望于足下。

注释

〔一〕藏娇：《汉武故事》记刘彻语"若得阿娇作妇，当作金屋贮之"，后世称纳妾别居为"藏娇"。

〔二〕动定：指日常起居。

〔三〕株守：犹言等待。

〔四〕沽之沽之：犹言助其出售。语出《论语·子罕》："子曰：'沽之哉，沽之哉！我待贾者也。'"

一一九、谢张位金惠梨

前承惠寄货值〔一〕，并贻家母棠梨，一诺不忘，可感可佩。

令舅于更阑到郡〔二〕，恐重门下钥。当晚登舟，屈指行程，当距乡关不远矣。

弟本拟重九前赴馆，不意满城风雨〔三〕，黄菊留人，以故佩得茱萸，始获就道。敝车羸马，行道迟迟，又以薄事，由济南观趵突泉而返〔四〕，青毡依旧，无善可陈。惟念倾襟披对〔五〕，《碧鸡》之雄辩纷来〔六〕；踏月趋陪，红袖之余香共渍。甫联晨夕，乍隔东西，未免有情，能无惓惓〔七〕！

注释

〔一〕货值：货款。

〔二〕更阑：意谓五更将尽，接近天明。阑，末尾。

〔三〕满城风雨：北宋惠洪《冷斋夜话》载，潘大临题壁："满城风雨近重阳。"当此时，催租人至，败其诗兴，故只得一句。后常以此称重阳。

〔四〕趵突泉：济南名胜，位居济南七十二名泉之首。

〔五〕披对：坦诚相对，指会晤。

〔六〕碧鸡：西汉王褒作有《碧鸡颂》。

〔七〕悁悁：烦闷，失意貌。

一二〇、与邓馨圃

一车一笠，道左相逢，数语分襟，不胜怅惘！屡荷手书远及，意绪缠绵。感旧雨之多情，益停云之在念。只以公私憧扰〔一〕，南北迢遥，双鲤未将，良由于此。

五兄制行立品〔二〕，寓才华于醇谨之中，譬诸璞玉浑金〔三〕，含章蕴秀，宜乎先声所至〔四〕，契洽上游〔五〕。客岁荣署下沙，调梅小试〔六〕，已见一斑。而惠政所施，深入民隐，以故攀辕卧辙〔七〕，父老留连。大僚推重贤能，自必授以繁要之区〔八〕，俾资展布。行见隆隆直上，造福于吾浙者，正未有艾〔九〕，当不仅理醝奏最已也〔一〇〕。

弟承令兄不弃，五载于兹，自愧庸庸，未能稍有匡益，惟实心实力四字，差堪自信。前岁谬思援例，本非肠肥脑满之秋，而作赤手空拳之举，支绌概可想见〔一一〕。适家兄以弟北居多累，招之使往，因将眷属移住东昌。每念高堂垂暮，捧檄难迟〔一二〕，乃以力有未逮，依然雌伏〔一三〕。始信强弩之末，即鲁缟亦莫能穿〔一四〕。以视吾兄快著先鞭，春风得意，相去奚止霄壤耶？

西子湖头，云山如画，公余揽胜〔一五〕，逸兴何如？

注释

〔一〕憧（chōng）扰：犹言纷扰。憧，心神不定。
〔二〕制行：指德行。
〔三〕璞玉浑金：未琢的玉和未炼的金。比喻天然美质，未加修饰。
〔四〕先声：人未至声誉即已传到。

〔五〕上游：上级官吏。

〔六〕调梅：谓用盐梅调味，使食物味美。喻指宰相执掌政柄，治理国家。梅，味酸，古代调味品。语本《书·说命下》："若作和羹，尔惟盐梅。"

〔七〕攀辕卧辙：指百姓挽留好官。《后汉书·侯霸传》："更始元年，遣使征霸，百姓老弱相携号哭，遮使者车，或当道而卧。皆曰：'愿乞侯君复留期年。'"

〔八〕繁要：繁重冲要。清雍正间，由广西布政使奏准，分定全国州县为冲、繁、疲、难四类，以便选用官吏。冲谓地方冲要，繁谓事务繁重，疲谓民情疲顽，难谓民风强悍难治。

〔九〕正未有艾：即方兴未艾之意。

〔一〇〕理鹾奏最：办理盐务，完成考绩。鹾，盐，引申指盐务。最，古代官吏考绩最优，称"最"。奏最，即以考列最优上报。

〔一一〕支绌（chù）：左支右绌，形容困窘。

〔一二〕捧檄：东汉人毛义有孝名。张奉去拜访他，刚好府檄至，要毛义去任守令，毛义拿到檄，表现出高兴的样子，张奉因此看不起他。后来毛义母死，其终于不再出去做官，张奉才知道他不过是为母出仕。后以"捧檄"为为母出仕的典故。

〔一三〕雌伏：以雌鸟为喻，形容未出仕。

〔一四〕强弩之末，即鲁缟亦莫能穿：强劲的弓弩射出后，在其力道将尽之时，连鲁地产的细绢都穿不过。

〔一五〕揽胜：欣赏胜景。

一二一、复龚朮斋托寄诗

音邮久疏，而公牍中时时得奉明教〔一〕，则两地犹一室也。昨贻居停诗，圆洁如秋露，舒卷若青云，自古名士从军，才人入幕，靡不弄花月，纪山川，一时风流文采，后人读其诗，犹想见其为人。以方足下，何多让焉？拟效馆人之庋屦〔二〕，恐蹈邻子之攘鸡〔三〕，不得已浣诵再四〔四〕，而始出献。惟默记《芳草》诗

"池塘有梦生应早，庭院无人绿更多"一联，如玉液琼膏，津津齿颊间耳。

注释

〔一〕明教：高明的指教。

〔二〕庾（sōu）屦：此处借指隐匿。见《孟子·尽心下》："有业屦于牖上，馆人求之弗得。或问之曰：'若是乎从者之庾也。'曰：'子以是为窃屦来与？'曰：'殆非也。'"庾，隐藏。屦，鞋子。

〔三〕攘鸡：此处借指偷窃。见《孟子·滕文公下》："今有人日攘其邻之鸡者，或告之曰：'是非君子之道。'"攘，盗窃，窃取。

〔四〕浣诵：洗手诵读，以示恭敬。

一二二、复周松涛

秋杪返自山左，得七月间惠寄之书。足下千人而英〔一〕，有庚杲之〔二〕、王仲宣之蕴负〔三〕，加以长卿四壁〔四〕，又极萧条，是区区者何足以资展布？"自古稻粱多不足"〔五〕，读少陵诗，每为感慨久之。贱眷于花朝后抵东，异乡团聚，未为不美，而日用应酬，所谓"彼善于此"则有之〔六〕，未能大有所节〔七〕。分发前已报捐，保阳庐舍，因此而去，又增百级债台。捧檄遥遥，尚难以岁月计也。

令兄有无就绪？近来得馆难，而欲得上友之平心则尤难。亦惟引少陵"只今鸂鶒乱为群"之句以自安耳〔八〕。

注释

〔一〕千人而英：在一千人中出类拔萃，意谓才德出众。

〔二〕庾杲之：见第三篇注〔四〕。

〔三〕王仲宣：即王粲。东汉末年文学家，"建安七子"之一，文采超群，为曹操幕府中的佼佼者。

〔四〕长卿四壁：此谓家穷。司马相如，字长卿。见第五七篇注〔八〕。

〔五〕自古稻粱多不足：出自杜甫《官池春雁二首》之一。此处借指穷困无资财。

〔六〕彼善于此：语出《孟子·尽心下》："春秋无义战，彼善于此，则有之矣。"此谓现在比原来好些。

〔七〕大有所节：比原来有很大节省。

〔八〕只今鹓鹭乱为群：出自杜甫《官池春雁二首》之一。此处借指得馆之难，所谋不得其所。

一二三、与龚未斋

客冬抱牍而来，既费锦心〔一〕，并饫珍馔。别后马首东指〔二〕，承欢匝月，即又俶装〔三〕。正拟探访游踪，适秦含章有札致弟，道足下依红仍旧，高山流水〔四〕，入耳同倾，既非弹之不调，何必碎之遽去耶？津盐带水〔五〕，驿使时逢，折柳赠梅〔六〕，勿虚所望。

注释

〔一〕锦心：美称别人心思巧妙。

〔二〕马首东指：语出《左传·襄公十四年》："晋师伐秦，荀偃令曰：'……唯予马首是瞻。'栾黡曰：'晋国之命，未有是也，予马首欲东。'乃归。"后以"马首是瞻"指听从，惟命是从。此处仅用"马首"称对方的行踪，"马首东指"即为向东走。

〔三〕俶装：整理行装。

〔四〕高山流水：用伯牙与钟子期的典故，谓知音相赏。此处用以指龚未斋与东家双方关系融洽，颇为相合。

〔五〕津盐带水：天津和盐山相邻，只有衣带般的一水之隔。

〔六〕折柳赠梅：喻指书信往来。

一二四、还陈友徐银

道经历下〔一〕，几阻穷途。深荷惠假朱提，得以脂车遄返，而羊羔美酒〔二〕，饱饫莲芬〔三〕，此谊犹时时在抱也。

弟于腊尽至家〔四〕，灯宵后仍当赴馆〔五〕。春盘甫醉〔六〕，鸿爪难留〔七〕。嫁线征衫〔八〕，不胜惘惘！借款奉缴，祈收入。

注释

〔一〕历下：地名，即今济南，因处历山（千佛山）之下而得名。
〔二〕羊羔：酒名，因酿制材料中有羊肉，故名。后因指味道醇厚的好酒。
〔三〕莲芬：因幕府又称"莲幕"，故"莲芬"指幕府中饮食。
〔四〕腊尽：腊月底。
〔五〕灯宵：灯节之夜，即正月十五晚上。
〔六〕春盘：旧俗，立春日以韭黄、果品、饼饵等装盘为食，或馈赠亲友，称春盘。
〔七〕鸿爪：鸿雁留在雪地上的爪印，比喻过往的痕迹。语本宋苏东坡《和子由渑池怀旧》："人生到处知何似，应似飞鸿踏雪泥。泥上偶然留指爪，鸿飞那复计东西。"
〔八〕征衫：旅途中的衣衫，此处借指出行。

一二五、戏告沧州诸友

每登蓉幄，辄扰郇厨。知己之谊隆矣，其如报琼无自何〔一〕！归途至防家河，车陷泥淖，人亦坠入，无尺寸之肤不污焉。倘入画图，何殊墨泼[二]？若申酒令，竟类泥塑[三]。诸君得毋哑然一笑乎？

注释

〔一〕报琼：谓报答。语本《诗·卫风·木瓜》："投我以木瓜，报之以琼琚。"

〔二〕墨泼：山水画法有泼墨一法，此处借用以形容浑身受污，如墨水泼上一般。

〔三〕泥塑：古代有一种行酒令之法，即将一泥人放置盘中，行令者用力旋转，泥人停止时面向谁，即使其饮酒。

一二六、与章又梁

新正过扰春盘，旋即携眷出省。浮云一别，秋色将残。老表兄抚阶前之兰玉[一]，裁幕里之芙蓉，把酒掀髯[二]，快当何似！

贱眷自抵东昌，日用虽可稍节，惟吾乡亲友，落落如晨星[三]，愚弟兄负米遐方[四]，不免势处孤立。中秋归省，适家兄自馆而回，十余年萍散蓬飘，小得团圞之乐。更喜慈帏康健，儿女平安，足以告慰戚爱[五]。节后家兄回冠[六]，弟亦仍返盐山。五载宾朋，本相浃洽[七]，只以民俗好讼，而郡友又喜吹求[八]，置青毡于荆棘丛中[九]，何复恋此鸡肋？弟束发游燕赵[一〇]，谬承当道推许，行履所至，鲜不为耐久之朋。今之遽思远行者，诚不欲作辕下驹，与耽耽者实逼处此也[一一]。

注释

〔一〕兰玉：即芝兰玉树。《晋书·谢安传》记谢玄语："譬如芝兰玉树，欲使生于庭阶耳。"后因以"芝兰玉树"比喻优秀子弟。

〔二〕掀髯：大笑时张口捋须之貌。

〔三〕落落：稀疏，零落。

〔四〕负米：孔子弟子子路曾为双亲负米百里之外。后用作孝养父母的典故。

〔五〕戚爱：亲属和亲爱的人。

〔六〕冠：县名，今属山东省聊城市。

〔七〕浃洽：融洽。

〔八〕吹求：即吹毛求疵。

〔九〕荆棘：一种带刺的灌木，丛生。此处比喻艰险或麻烦的处境。

〔一〇〕束发：古代男子成童时束发于顶，束发代指成童之年。成童一说指十五岁。

〔一一〕耽耽：注视貌。实逼处此：为形势所逼，不得不如此。语出《左传·隐公十一年》："无滋他族，实逼处此，以与我郑国争此土也。"

一二七、又托谋事

张别驾旋省〔一〕，数行奉尘青览〔二〕。孰意老表兄为弟鸣其不平，先辱赐教，自非至情关念，曷克至此！

弟素本寡谐〔三〕，性复绝恶〔四〕，求疵摘瑕，由此而来。究之山鬼伎俩〔五〕，亦岂遂能为祟？惟家慈年届望七〔六〕，又系病躯，问燠呼寒，需人侍奉。家兄负米百里外，势不能晨夕相依。弟更隔省遥遥，经年一返，甫亲色笑〔七〕，旋驾征骖。是以一度辞家，辄洒老人之泪。兹闻署历城徐大尹改调聊城。聊为东郡首邑，而兄与徐公，夙有金兰之契〔八〕，彼处刑名〔九〕，旧数名世〔一〇〕，倘得仰藉鼎吕〔一一〕，近托一枝，俾衰慈免倚闾之劳，即游子释望云之感,纫佩何可言喻!至此地有舍表舅冯璞山接替,不虞秦无人也〔一二〕。

注释

〔一〕别驾:官名,即别驾从事。汉置,为州刺史的佐官。因级别较高,出巡时不与刺史同车,别乘一车,故名。

〔二〕青览:敬称对方阅览。

〔三〕寡谐:性孤高,少与人同。

〔四〕绝恶:反感恶人恶行。

〔五〕山鬼伎俩:山中鬼魅的小花招。比喻阴险手段。

〔六〕望七:即年届七十,快要七十岁了。

〔七〕色笑:和颜悦色,多指以和悦的态度孝养父母。语本《诗·鲁颂·泮水》:"载色载笑,匪怒伊教。"

〔八〕金兰:形容友情坚固如金,芳香似兰。亦用以指称至友。

〔九〕刑名:古代官署中有关刑事判牍的工作。

〔一〇〕名世:闻名于世。

〔一一〕鼎吕:指言论很有分量。

〔一二〕秦无人:春秋晋士会自秦归,临行,秦士大夫绕朝曰:"子勿谓秦无人,吾道适不用也。"见《左传·文公十三年》。此处仅用以指没有人。

一二八、慰北城兵马司邓丧兄

士有被一日之容接,而荣逾登龙者,湄于阁下得之矣。湄生平碌碌,无所短长,承令兄春圃先生不弃,六载相依。昨至都门,阁下赐以阶前盈尺,已为万幸,不意重蒙枉顾〔一〕,饫以郇筵,青睐所加,无微不至。自分赁佣觅食〔二〕,报称无由,惟日祝阁下不次超迁〔三〕,一麾出守,而湄得以驽骀下乘,供奔走于光风惠露之中〔四〕,则此日仰炙斗山〔五〕,未始非天缘之假也。

别后由潞河挂帆而下,洪流骇浪,几作波臣。廿五日到馆,不期令兄于廿九日逝世,牙琴绝响,流水无闻,追念平生,不胜感慨。阁下谊笃本支〔六〕,自必倍深惨怛〔七〕。然而荆枯鹤瘗〔八〕,数实难回,况令侄继起多贤,亦可稍释雁行之痛矣〔九〕。

注释

〔一〕枉顾:屈尊看望,称人过访的敬辞。
〔二〕赁佣:受雇为佣工,此为谦词。
〔三〕不次超迁:不依寻常次序破格升迁。
〔四〕光风惠露:和风雨露,比喻受恩惠。
〔五〕斗山:即泰山北斗,比喻德高望重者。
〔六〕本支:同一家族的嫡系或旁系子孙。
〔七〕惨怛(dá):悲痛。
〔八〕荆枯鹤瘗(yì):南朝梁《续齐谐记》载,有田氏三兄弟分家,议将堂前荆树一斫为三,一夜之间,树枯死。后世称兄弟亡故为"荆枯"。鹤瘗,鹤死而埋葬。
〔九〕雁行:雁飞并行而稍后,后用以比喻兄弟。

一二九、谢朱松溪借银

雪泥鸿爪,游辙无凭,五六年来,徒深契阔。昨于都门把袂〔一〕,真为意外之缘。而足下意气殷拳,无间畴昔。濒行几以旅囊告匮,致叹穷途,尤承惠借朱提,得免琴装留滞,私衷感戢〔二〕,何日忘之!

别后由潞河买棹而返,浮一叶于洪波急湍中,自分置身鱼腹,欲继青帘招饮〔三〕,绮馆烹鲜,恐此乐已成隔世。幸荷吉星遐照,得庆生还。讵弟于六月廿五日到馆,敝东于廿九日逝世。

甫离蛟窟〔四〕，又失鸠巢，而宾主多年，一旦永诀，未免人琴之感〔五〕。计日交案完竣〔六〕，即拟东返，如山左不遇，仍作燕市闲人矣〔七〕。挪项另容措缴。

注释

〔一〕把袂：拉住衣袖，谓相聚。
〔二〕感戢：感激之情藏在心中。戢，藏。
〔三〕青帘：酒家的酒旗，多用青布制成，此借指酒家。
〔四〕蛟窟：比喻前述返程途中的"洪波急湍"。
〔五〕人琴之感：亡友之悲痛。《世说新语·伤逝》："王子猷、子敬俱病笃，而子敬先亡……子敬素好琴，（子猷）便径入坐灵床上，取子敬琴弹。弦既不调，掷地云：'子敬子敬，人琴俱亡！'恸绝良久，月余亦卒。"
〔六〕交案：指工作交接。
〔七〕燕市：指河北地域。

一三〇、与章又梁

鳞鸿往复，忽忽自春而秋。"冷烟疏雨菊花天，霜落螯肥酒十千。"想踞床茂对之余〔一〕，别有一种高致也。

弟于仲夏入都，期得近省，以慰饥鸟投林之想，讵意事机不偶〔二〕，签掣陕西〔三〕。风月空囊〔四〕，势难远适，而余氛未靖〔五〕，更不能投笔从戎〔六〕，以故六月底乞假回盐。乃甫洗尘装，居停即归大化〔七〕。一毡坐冷，未知席暖何时。拟俟交代毕后，暂一东返。前此聊城半榻，承情陈赞老为撮合之山〔八〕，会以徐公阻调而止。将来或即留齐，或仍入燕，游辙殊难自定耳。

注释

〔一〕踞床茂对：坐在床上与人对谈。

〔二〕不偶：不谐，不合。

〔三〕签掣：即掣签、抽签。明清时分发官吏的办法。

〔四〕风月空囊：囊中仅有清风明月，犹言囊中空空。

〔五〕余氛未靖：战火之余焰尚未平息。

〔六〕投笔从戎：谓从军，弃文就武。典出《后汉书·班超传》："（班超）尝辍业投笔叹曰：'大丈夫无他志略，犹当效傅介子、张骞立功异域，以取封侯，安能久事笔砚间乎？'"

〔七〕归大化：死亡的婉辞。

〔八〕撮合之山：相传古时有两山相连，一山名敖山，一山名不返山。后两山分离，誓不再连。有仙人来说合，两山乃复相连。后世因称媒人或举荐者为撮合山。

一三一、与家芳谷

同宗同里，而弟在龆龄〔一〕，兄已远驾，不获晤，即晤亦不复省记。嗣弟饥驱出走，虽闻名若雷，而燕云齐树，疆域攸分，又不获晤。且不获一致书于左右，歉滋切焉。月初自直来东，得闻古谊于家伯氏者甚详，兼承休戚相关，时询鄙状。辱荷先施之雅，益增疏慢之愆〔二〕。

念弟自戊申北上〔三〕，垂十四年矣。风尘浪走，无非藉不律以谋生〔四〕。前岁川楚例开，谬捐未入，今夏签分陕陇，关山戎马〔五〕，难以远行，遂于六月内乞假回盐。九月初又开新例，强弩之末，无力过班〔六〕，弃之食之，徒深鸡肋之叹〔七〕。夏杪居停盐山公病故，为理交案，三月滞留。因念老母年高，原欲近依山左，顷以沧州周香谷刺史殷殷招致，谊有难辞，已许月内就道矣。依人糊口，远近不能自由，转不如檀板芒鞋〔八〕，行歌乞食，随处皆堪一饱也。

吾兄种莲濮上，美叶东南〔九〕，有庾景行之芳声〔一〇〕，无王仲宣之寄慨〔一一〕。且闻来春南返，团聚有期，视弟久滞他乡，未能一归旧里，回首驼峰竹月〔一二〕，狮岭烟萝〔一三〕，徒有寸心来去耳。

注释

〔一〕龆龄：指童年。龆，儿童换齿。
〔二〕愆：罪过，过失。
〔三〕戊申：乾隆五十三年（1788）。
〔四〕不律：笔。《尔雅·释器》："不律谓之笔。"
〔五〕关山戎马：路上隔着关隘与山川，且有兵事。
〔六〕过班：清代官吏因保举或捐纳迁升官阶。
〔七〕鸡肋之叹：见第一二篇注〔一二〕。
〔八〕檀板：檀木板，歌唱时用以控制节拍。芒鞋：草鞋。此谓唱歌四处云游讨饭。
〔九〕美叶东南：谓宾主融洽相合。语本王勃《滕王阁序》："宾主尽东南之美。"叶，相谐。
〔一〇〕庾景行之芳声：见第三篇注〔四〕。
〔一一〕王仲宣之寄慨：见第二九篇注〔一三〕。
〔一二〕驼峰：山名，在浙江绍兴。
〔一三〕狮岭：山名，即浙江杭州的狮子峰。

一三二、谢陈松亭雇车并托延医

鲁连城下〔一〕，浮宅如萍，正以门闾萧条，时增内顾。幸荷八兄热肠古道，遇事相关，求之于今，何可多得！濒行几似孟尝门客，致叹无车〔二〕，复承鼎力代筹，得以整装遄返，觉一路车尘马足，无非戴德而行也。

弟子初五日抵馆，案头尘积，几如身到山阴[三]，有万壑千岩、应接不暇之势。因思庖丁解牛，一日而解十二牛，其批郤导窾[四]，正不知若何游刃也。

朱竹村先生医理精纯，直追扁鹊[五]，但家慈年衰病久，不堪伏枕呻吟。为我致朱君：用药如用兵，兵贵神速，出偏师以制胜[六]，此其时矣。

注释

〔一〕鲁连城：指聊城。鲁连，即鲁仲连，战国时齐人，有计谋，曾写信说服占领聊城的燕国将领，使得齐国顺利收复聊城。

〔二〕叹无车：用冯谖的典故。见第二九篇注〔一四〕。

〔三〕"身到山阴"句：《世说新语·言语》："从山阴道上行，山川自相映发，使人应接不暇。"此处意谓案牍积累太多，令人难以招架。

〔四〕批郤导窾：语本《庄子·养生主》："批大郤，导大窾。"批，击。郤，间隙，即筋骨的缝隙。导，引刀向着。窾，空，即骨节的空处。指庖丁解牛时，熟悉牛的结构，所以能游刃有余。

〔五〕扁鹊：春秋战国时名医。

〔六〕偏师：奇兵。

一三三、代友致龚未斋告苦

弟以风尘俗吏，荒落有年[一]。承先生爱顾之隆，加以刮目[二]，入座则香芬兰茝[三]，题笺则囊赠珠玑，数载以来，极声气应求之乐[四]。窃谓近依莲幕，请教正长，讵弟弱体支离，真元久乏[五]，去冬别后，病益加深。六月中又转脾泄[六]，百药罔效，延至廿九日，奄奄垂毙，自分残灯无再焰之膏，枯荄绝重萌之蘖[七]，随风委露，夫复何言！

念弟江右书愚[八]，备员冀北[九]，先署各缺，瘠苦异常。嗣补遂城[一〇]，当疲敝之冲衢[一一]，值饥馑之歉岁，百端赔累[一二]，心力交枯。旋蒙量移高城[一三]，亦属民刁俗敝，展布为难。而弟冰兢自矢[一四]，又不敢稍存不肖，非剜新而补旧，即借东以应西，亏累之深，实由于此。向荷郡伯独加青睐，满冀获迁善地，俾因公之逋负[一五]，得以逐渐弥缝[一六]。岂意恩重莫胜，灾生不测，沉疴难起，永隔慈晖。家乡无寸土之遗，儿女有穷途之泣。官场至此，当亦先生所闻而恻然者[一七]。然而茹苦谁知，含酸自咽，若向悠悠以申诉[一八]，徒谓咄咄之何来？惟郡伯以至仁之心，为如天之覆，譬诸赤子，对慈母而有苦必号；恃有严君，见爱子而情无不动。用是几回伏枕，不禁哀鸣。将来交代事宜，悉已沥陈另禀。嗟乎先生，明冥异路，永从此逝，蚊负难偿[一九]，狐丘莫返[二〇]。倘怜而见恤，俾获全已覆之巢[二一]，将死而有知，誓永结来生之草[二二]。

注释

〔一〕荒落：荒疏，冷落。

〔二〕刮目：另眼相看，谓高看，看得起。

〔三〕茝（chǎi）：一种香草。

〔四〕声气应求：谓相互投合。《易·乾卦》："同声相应，同气相求。"

〔五〕真元：人的元气。

〔六〕脾泄：病名，因脾弱而腹泻。

〔七〕蘖：草木砍伐后长出的新芽。

〔八〕江右：江西。见第六四篇注〔三〕。

〔九〕备员：凑数。自谦任职无所作为。

〔一〇〕遂城：地名，原河北省安肃县，后并入徐水县，今属河北省保定市辖区。

〔一一〕冲衢：四通八达的要道，谓地理位置重要。

〔一二〕赔累：赔钱亏欠。

〔一三〕量移：官吏因罪远谪，遇赦酌情调迁近处任职。此处泛指迁职。高城：河北盐山县别名。

〔一四〕冰兢：语本《诗·小雅·小旻》："战战兢兢，如临深渊，如履薄冰。"谓小心谨慎。自矢：自己发誓。

〔一五〕逋负：欠债。

〔一六〕弥缝：弥补欠缺。

〔一七〕恻然：哀怜，心痛。

〔一八〕悠悠：众多貌，此指众人，世俗之人。

〔一九〕蚊负：比喻力小任重。《庄子·应帝王》："其于治天下也，犹涉海凿河，使蚊负山也。"

〔二〇〕狐丘：狐死首丘，狐死必将其头朝向自己的洞窟。比喻不忘本或思乡。

〔二一〕获全已覆之巢：《世说新语·言语》记孔融被捕时，二儿相戏，了无遽容。孔融问使者："二儿可得保全否？"其子说："岂见覆巢之下，复有完卵乎？"此处意谓请求对方照顾自己的儿子。

〔二二〕永结来生之草：即结草报恩之典故。春秋时晋国魏颗在其父死后将父亲的小妾嫁人，不使殉葬。后来，魏颗与秦国杜回交战，有老人用草结绳将杜回绊倒，因之大败秦师。晚上魏颗梦见老人说："我是你所嫁妇人之父，特来报恩。"见《左传·宣公十五年》。

一三四、谢龚未斋

许元度出都，刘真长九日内十一诣之〔一〕。弟前日在郡，数数过晤，殆不止真长之诣元度者。足下垂情旧雨，每相见必款接而饮食之，红友一樽，白鱼双尾，风致何减莼鲈。廿六日回车甫发，好雨偏逢，亟趋候亭〔二〕，征衫已湿。无非冷炙残羹之丐，亦受栉风沐雨之劳〔三〕。静言思之，此行殊不值耳。

注释

〔一〕"许元度出都"句：意谓受到很高的礼遇。《世说新语·宠礼》："许玄度（许询）停都一月，刘尹（刘惔，字真长）无日不往，乃叹曰：'卿复少时不去，我成轻薄京尹。'"

〔二〕候亭：古时的驿亭，供旅人歇脚的场所。

〔三〕栉（zhì）风沐雨：以风梳发，以雨洗头。指在旅途中经历风雨艰辛。

一三五、酒醉与刘纫斋

少饮辄醉，惟陶彭泽有此高致。弟昨晚之酒〔一〕，颓然一枕，不自知其为葛天氏之民、无怀氏之民也〔二〕，几几乎有羲皇上人之风〔三〕。举以自解，得毋粲然〔四〕。

注释

〔一〕之酒：醉酒。

〔二〕葛天氏之民、无怀氏之民：晋陶潜《五柳先生传》："衔觞赋诗，以乐其志。无怀氏之民欤，葛天氏之民欤！"葛天氏、无怀氏，均为传说中的远古帝名。此处用以形容醉酒后的陶然之状。

〔三〕羲皇上人：伏羲以前时代的人。羲皇，即伏羲氏。古人想象羲皇之世其民皆无争竞之心，悠然自得。

〔四〕粲然：笑。

一三六、解龚未斋为人谋馆疑

立秋前一日，得手书，谓省友以弟有赴补之举〔一〕，周公有另延之心,而欲浼足下为曹丘生者[二]。弟始闻而信,继思而疑,盖以长芦案牍[三],如是其多且奇也。弟本短于才,疏于学,商蚷驰河[四],难以及远。弟即无改图之意,安知周公无易友之心?不然,何言者之凿凿也?故始闻而信。第周公平日之竭诚尽款,不以弟为短于才,疏于学,而远道以招之,虚己以听之。相处九阅月[五],弟固不肯以丛脞负所知[六],周公亦未尝以弟为素餐而欲他求也[七],则又似传者之非真,故继思而疑。及出手札示周公,公辗然笑曰[八]:"若而人者,可谓明于谋人,阍于谋己矣。夫以葭村之既得一官,必使赴补,理也。沧州之不能无友,必需另延,亦势也。揣之理与势,而为葭村与沧州谋者,岂不至周且备?独不思葭村即欲赴补,沧友即须另延,其人亦宜怀瑾抱璞[九],为席珍之待[一〇]。从未有以垄断之子叔疑[一一],拟作入幕之庾景行者。彼不自爱而自媒,则其自谋之阍也,君何尤焉?"

顾弟思之,物必腐而后虫生,今物不内腐,而虫自外入,足下以为不可解,弟窃有以解之。盖周公八年而十易其友,馆于斯者,往往席不暇暖。弟自去冬迄今,已越半载,彼必曰:"以其时考之,则可矣。"遂贸贸焉求荐于足下,初不料足下之不肯贸贸以荐也。且彼亦知前去之友,如陈柳汀会试留通,沈裳亭因病解馆,孙位三为旧东李峨洲所延。此数子者,皆有故而去,岂真周公之不可为耐久朋哉?虽然,鹊有巢而鸠思居,虎有穴而狐思凭。物类如此,人固宜然,信手答书,同博一笑。

注释

〔一〕赴补:补缺上任。

〔二〕浼(měi):请求,央求。

〔三〕长芦:地名,位于河北沧州,为著名的产盐地。古代置有长芦盐运使司。

〔四〕商蚷（jù）驰河：比喻难以完成的事。《庄子·秋水》："且夫知不知是非之竟，而犹欲观于庄子之言，是犹使蚊负山，商蚷驰河也，必不胜任矣。"商蚷，虫名，即马蚿，又称马陆。

〔五〕阅月：经一月。阅，经历。

〔六〕丛脞：细碎，杂乱。此谓事情多且杂。

〔七〕素餐：见第二八篇注〔一三〕。

〔八〕辗然：笑貌。

〔九〕怀瑾抱璞：怀抱美玉，比喻其人有美好的德才。

〔一〇〕席珍之待：见第五六篇注〔一〕。

〔一一〕垄断：本指独立的高地。引申为独占其利。《孟子·公孙丑下》："人亦孰不欲富贵？而独于富贵之中有私龙断焉……有贱丈夫焉，必求龙断而登之，以左右望，而罔市利。"子叔疑：指欲垄断者。

一三七、答龚未斋索信

嫫母遇西子而掩袖[一]，拙匠见班氏而藏刀[二]，非嫫母之不欲呈其形，拙匠之不欲奏其技，而故高位置也。绝世之色艺在前，则陋质庸工，不敢自炫。而为西子与班氏者，不自咎其色之美，艺之巧，足拒人于千里之外，乃反咎人之不呈其形而奏其技也，则过矣。

足下辞令之妙，冠绝一时，每一披函[三]，陆离满目[四]。弟即枯肠搜尽，万不能源源而来，故宁蹈疏节之愆，不作频投之简。足下不自咎，而以弟为高自位置，不犹西子咎嫫母之不呈其形、班氏咎拙匠之不奏其技耶？

虽然，弟之计亦左矣。夫投李因以报琼，抛砖乃能引玉。今因有西子班氏，而不敢呈其形，奏其技，则西子之芳泽不获时领，班氏之神巧不能全窥。是嫫母拙匠之自暴也，自弃也[五]，而非高自位置也。足下见此，得毋曰：是故恶夫佞者耶[六]？

注释

〔一〕嫫母：相传为黄帝第四妃，貌丑，有贤德。西子：即西施，春秋时越国美女。

〔二〕班氏：即鲁班，姓公输，名班。春秋鲁国人，古代著名巧匠，后被尊为工匠的祖师。

〔三〕披函：翻阅书信。

〔四〕陆离：光彩绚烂貌。

〔五〕自暴自弃：谓自己放弃，不求上进。语出《孟子·离娄上》："自暴者，不可与有言也；自弃者，不可与有为也。言非礼义，谓之自暴也；吾身不能居仁由义，谓之自弃也。"

〔六〕是故恶夫佞者：所以厌恶强词夺理的人。语见《论语·先进》。

一三八、复沈力堂

嵇康思友〔一〕，曾来千里之车；范式登堂，亦践三年之约。月前锦樯适馆〔二〕，竟似东来紫气〔三〕，潜度函关。幸而合并有缘，得以攀留永夕。觞飞璧月〔四〕，座接光风〔五〕，小园丛绿中，凡卉为之焕采。正以快逢荀令〔六〕，定留三日之香；不图越宿解维〔七〕，一苇竟去。盈盈带水，结念何如！昨者五朵郇笺，忽与云外天香缤纷而下〔八〕，临风盥诵，深慰企怀。兼稔健履复元，则文酒琴歌，兴复不浅。第不知黄花开日，肯再枉高轩〔九〕，勿负平原十日约否？

注释

〔一〕嵇康思友：嵇康思念朋友，不远千里去看他。《世说新语·简傲》："嵇康与吕安善，每一相思，千里命驾。"

〔二〕锦樯：指代坐船。

〔三〕东来紫气：指有祥瑞之事。此用以美称朋友过访。相传古时函谷关令尹喜见有紫气东来，知道将有圣人过关，当日果见老子骑青牛而来。

〔四〕觞飞璧月：对月而饮酒。觞，酒杯。飞，指推杯换盏之状。璧月，月圆如玉璧。

〔五〕光风：美好的风尚、品德。宋黄庭坚《濂溪诗序》："春陵周茂叔，人品甚高，胸中洒落，如光风霁月。"

〔六〕荀令：即荀彧，东汉末年人，曾为尚书令。明何良俊《语林·容止》："荀令君至人家，坐处常三日香。"

〔七〕解维：解开拴船的绳缆，即开船。

〔八〕云外天香：此处泛指芳香。语本唐宋之问《灵隐寺》："桂子月中落，天香云外飘。"

〔九〕高轩：高大的车子。对朋友车驾的美称。

一三九、请陈松亭代照应慈榇

昔人谓得一知己，可以无恨。弟在东郡，落落寡俦，独蒙八兄雅谊殷拳，频垂青盼，寸衷衔感，罄楮难宣。

别后于月之十二日到沧，虽布帆无恙〔一〕，而载主播迁〔二〕，伤心满目。浮云游子，已难为怀，况甫遭失怙者耶！

贱眷俙居州署之东偏，垒覆巢倾，经营伊始，苦状概可想见。所最难安者，白杨萧寺，慈榇孤悬〔三〕。愚兄弟远出依人，不克时时展谒〔四〕。伏祈八兄代赐光照，以妥先灵，此尤弟所望风而感泣者也。

鹤桥所嘱，刻未去怀，第燕赵多佳〔五〕，今不逮古，容物色得当，再行奉报。

注释

〔一〕布帆无恙：《世说新语·排调》："顾长康作殷荆州佐，请假还东。尔时例不给布帆，顾苦求之，乃得发。至破冢，遭风，大败。作笺与殷云：'地名破冢，真破冢而出，行人安稳，布帆无恙。'"后遂以"布帆无恙"为旅途平安之典。

〔二〕播迁：谓流离迁徙。

〔三〕榇（chèn）：棺材。

〔四〕展谒：敬词，犹拜见，拜谒。

〔五〕燕赵多佳：此处化用古诗："燕赵多佳人，美者颜如玉。"佳人或有所喻。

一四〇、答盐山县沈辞事

客岁小春一别〔一〕，星纪忽周〔二〕。今夏在郡，知台从亦莅津门〔三〕，走谒未晤，怅然者久之！自此云停月落，道里暌违，惟有侧听琴声，私心向往耳。

昨潘松亭至沧，出示手缄〔四〕，承阁下殷殷垂爱，徵及菲材〔五〕，兼恐家室难安，假以馆舍。凡所以为客子计者，无不曲尽绸缪。知爱之隆，感且不朽！惟湄承香谷先生推心置腹，相依年余，揆之于情，似难翘置〔六〕。捧征书而却拜〔七〕，此意惟阁下谅之。然而龙门在望，攀附良殷，鱼耶水耶〔八〕？安知不天缘之后假耶？

注释

〔一〕客岁：去年。

〔二〕星纪忽周：意谓忽然已经过了一年。星纪，星次名。与十二辰之丑相对应，二十八宿中之斗、牛二宿属之。

〔三〕台从：即台驾。敬称对方。

〔四〕手缄：手札，书信。
〔五〕菲材：才能菲薄的人。谦辞。
〔六〕恝（jiá）置：谓淡然置之，置之不理。
〔七〕征书：征召的书信。却拜：推辞拜还。
〔八〕鱼耶水耶：比喻宾主之间如鱼和水的关系。《三国志·蜀志·诸葛亮传》："先主解之曰：'孤之有孔明，犹鱼之有水也。'"

一四一、向沧州刺史周索酒

承许佳酿，久未见惠。"道逢麹车口流涎"〔一〕，此情殆有过之。幸勿曰："前言之戏〔二〕，则予忘之矣！"〔三〕

注释

〔一〕道逢麹车口流涎：出自杜甫《饮中八仙歌》。麹车，载酒的车。麹，同"曲"。
〔二〕前言之戏：语见《论语·阳货》。
〔三〕则予忘之矣：语见《孟子·万章下》。

谨启者：谨，是谨慎、郑重的意思。用于同辈。
径启者：径，这里是直截了当的意思，一般公私书函通用。

一四二、代复盐山县沈失窃

某公署内失物，遽以专房之二美〔一〕，指为肤箧之一流〔二〕。弟廉得其情〔三〕，婉为请命〔四〕。彼亦自知惜玉，不愿还珠矣。

注释

〔一〕专房：指小妾。见第五五篇注〔一〕。
〔二〕胠箧（qiè）：撬开箱子，指盗窃或盗窃者。胠，开。箧，箱子。
〔三〕廉：考察，查访。
〔四〕请命：指请求从轻发落。

拜启者：拜，表敬词。用于友朋往来书信。
敬呈者：与"谨呈者"，皆用于下对上的公私书函。

一四三、邀孙位三饮酒

良友难逢，菊花依旧，满城风雨，我怀何如！足下既不肯命驾而来，弟等窃欲作造庐之请〔一〕。刻即扁舟访戴〔二〕，幸沾黄娇〔三〕，以当白衣之送〔四〕。如获同舟而返，尚拟笑把茱萸，重醉朗吟楼畔也。

注释

〔一〕造庐：造访对方居所，犹言登门。
〔二〕扁舟访戴：即访友。《世说新语·任诞》："王子猷居山阴，夜大雪……忽忆戴安道。时戴在剡，即便夜乘小船就之。经宿方至，造门不前而返。人问其故，王曰：'吾本乘兴而行，兴尽而返，何必见戴。'"
〔三〕黄娇：见第六〇篇注〔三〕。
〔四〕白衣之送：见第八八篇注〔五〕。

一四四、慰陈笠山丧子

良友迢迢，菊花寂寂，感怀时序，不禁怃然。前由猗园处寄示手缄，惊知令郎玉折[一]，深为惋悼。时有内控之案，居停奉檄星驰[二]，仆亦与之偕往，慰问迟迟，良由于此。吾侪依人作客，惟是膝前爱子，相与为欢。不意兰芽甫茁，疾雨遽摧[三]。西河北郭之伤[四]，在足下情难自已，然达人知命，要不必以已然之事，作无益之悲。且二令郎令爱，先后出花[五]，庆符吉相，双珠在握，亦可藉以自宽矣。

仆自遭失恃，百事俱灰，所最难安者，慈榇孤悬，奉归无力，每思入土为安之义，无不梦寐系之。重九前二日，为先母小祥[六]，秋霜春露，忽然一周。本拟匍匐东归，稍申哀荐[七]，乃因馆务牵绊，未遂乌私，徒自望云洒泪耳。三女年已及笄[八]，正当许字。只以南方戚好，阔绝多年，千里联姻，殊难择偶；而北方作伐者[九]，大都纨绔一流[一〇]，又不当意。且内人母女情深，亦不忍以异日言旋，远离割爱。向平之愿[一一]，坐是因循。小儿随馆读书，姿禀尚不甚钝[一二]。惟是十寒一暴[一三]，作辍相寻[一四]，正如野马笼头，骤难驯致，恐景升儿终成豚犬也[一五]。至于服官一念，心灰已冷。忆当年竭力报捐，原期借矮屋之微糈[一六]，供高堂之禄养，而今已矣。未捧毛檄[一七]，先泣莪诗[一八]，仆复何心，尚图进取！所冀稍余资斧[一九]，扶柩南归，俾得窀穸早安[二〇]，不致久委风露，则此愿为已足矣。

注释

〔一〕令郎：对别人儿子的美称。下文令爱为对别人女儿的美称。玉折：死的婉辞。

〔二〕星驰：如流星般飞奔。

〔三〕兰芽甫茁，疾雨遽摧：兰芽刚刚长出，便被大雨摧折。喻对方之丧子。

〔四〕西河：指孔子弟子子夏，因其曾居魏国西河地区。子夏哭子，致目失明。见《史记·仲尼弟子列传》。北郭，即郭北，城北，代指坟墓。洛阳城北的北邙山上，古多陵墓。《古事十九首·驱车上东门》："驱车上东门，遥望郭北墓。"

〔五〕出花：出水痘。

〔六〕小祥：古时父母丧后周年的祭名。后用以称死者的周年祭。

〔七〕哀荐：在祭祀时献上的祭品。

〔八〕及笄（jī）：《礼记·内则》："（女子）十有五年而笄。"郑玄注："谓应年许嫁者。女子许嫁，笄而字之，其未许嫁，二十则笄。"后因称女子年满十五为及笄。笄，发簪。

〔九〕作伐：《诗·豳风·伐柯》："伐柯如何，匪斧不克。取妻如何，匪媒不得。"后因称做媒为"作伐"。

〔一〇〕纨绔：富贵人家子弟穿的细绢做成的裤子，借指富贵人家的子弟。

〔一一〕向平之愿：东汉高士向长字子平，隐居不仕，子女婚嫁既毕，遂漫游五岳名山，后不知所终。见《后汉书·向长传》。后以"向平之愿"称子女嫁娶之事。

〔一二〕姿禀：天资，禀赋。

〔一三〕十寒一暴：晒一天，冷十天。比喻做事没有恒心。语本《孟子·告子上》："虽有天下易生之物也，一日暴之，十日寒之，未有能生者也。"

〔一四〕作辍相寻：做事时断时续，形容没有恒心。

〔一五〕景升儿终成豚犬：《三国志·吴志·孙权传》裴松之注引《吴历》："公（曹操）见舟船器仗军伍整肃，喟然叹曰：'生子当如孙仲谋，刘景升儿子若豚犬耳。'"景升，刘表的字。豚犬，猪狗，常用以谦称自己的儿子。

〔一六〕矮屋之微糈：谓做个小官谋些微俸。矮屋，低小之屋，引申为小官。五代王仁裕《开元天宝遗事·依冰山》记张彖为华阴尉,时县令太守俱非其人,多行不法,每多压抑之,张曾叹曰:"大丈夫有凌霄盖世之志而拘于下位,若立身于矮屋中,使人抬头不得。"

〔一七〕毛檄:见第一二〇篇注〔一二〕。

〔一八〕泣莪诗:晋王裒之父为司马昭所杀,王裒以父死非罪,每读至《诗经》之《蓼莪》"哀哀父母,生我劬劳",未尝不三复流涕。

〔一九〕资斧:财物,旅费。

〔二〇〕窀穸(zhūn xī):埋葬。

一四五、慰龚未斋丧妾并答迟慰

同志则相求,同病则相怜,此人之情也。弟谓同志者或有时而不求,同病者则无时而不怜。然怜于迹,究不若怜于心者为尤挚。

弟自去秋失恃,踉跄而来,冬杪于冰天雪地中捧檄赴郡,途次为风寒所感,归而病竟不止。履端后三日〔一〕,仍服药,阅今一载,日与仓公扁鹊为友〔二〕,又不能舍此毛锥,静加摄养。每念疾苦,窃自怜之。

春间闻足下病,继又闻失宠。得耗之下,为足下怜,更有甚于为己怜者。盖足下年届赐鸠〔三〕,非人不适,何意好花易落,好月难圆,伤桃叶之遽摧〔四〕,感朝云之长逝〔五〕,情之所至,其何能堪!况值衰病相侵,衾裯半冷〔六〕,嘘寒问燠,谁与为欢?此尤足下所悲从中来,不堪回首者。每欲致书慰问,恐足下当颐养之时〔七〕,处烦恼之境,一纸相投,徒乱心曲,故未致尺书于左右。此正弟之略于迹而怜于心也。来书以弟无一函致慰,谓是爱之乎?怒之乎?弟窃以为子言过矣。

夫君子有自反之道,无求人之理,爱之怒之虽在人,而所以致爱致怒则在我。我而可爱，人必爱之，我而可怒，人必怒之。弟与足下相印以心，相要以久〔八〕，爱之不暇，怒于何来？《礼》曰："君子之交淡以成。"弟之所以落落者，窃有味乎淡交之义，而欲自附于君子之末也。

尺牍心折已久，付之梨枣〔九〕，定当纸贵一时。以弟谫陋无文，亦蒙采入，恐因鱼目而减夜光之价〔一〇〕，削而去之，则为我藏拙多矣。

注释

〔一〕履端：年历的推算始于正月朔日，谓之"履端"。《左传·文公元年》："先王之正时也，履端于始，举正于中，归余于终。"杜预注："步历之始，以为术之端首。"后因以指正月初一。

〔二〕仓公：古代名医，西汉临淄人，姓淳于，名意，曾任齐太仓令，故称。

〔三〕年届赐鸠：年纪到了朝廷可以赐给鸠杖的时候了。指到了七十岁。《后汉书·礼仪志》："年始七十者，授之以玉杖……端以鸠鸟为饰。鸠者，不噎之鸟也，欲老人不噎。"

〔四〕桃叶：晋王献之爱妾。

〔五〕朝云：宋苏轼爱妾。

〔六〕衾裯：指被褥床帐等卧具。见第七一篇注〔一〕。

〔七〕颐养：保养。

〔八〕相要以久：谓相交多年。要，相约。

〔九〕梨枣：旧时刻版印书多用梨木、枣木，故以之称书版或刊刻。

〔一〇〕鱼目：鱼的眼珠子。此谓鱼目混珠。夜光：宝珠。南朝梁任昉《述异记》卷上："南海有明珠，即鲸鱼目瞳，鲸死而目皆无精，夜可以鉴，谓之夜光。"

一四六、应沈聿新借银

小窗剪烛〔一〕，快慰渴思。满拟信宿绾留〔二〕，不意归兴太浓，启关而逸〔三〕。开篆后〔四〕，正以蒲轮适馆，未蒙枉顾为疑。顷得手书，始知一片巫云，尚未出岫〔五〕，何返旆之匆遽，而辞家之濡滞也〔六〕。承谕缓急，付去廿金，实由倾囊无多，故未如数〔七〕，祈谅之。

注释

〔一〕小窗剪烛：谓朋友促膝对谈。
〔二〕信宿：连宿两夜。再宿为信。
〔三〕启关而逸：谓开门而去。
〔四〕开篆：开印。见第二一篇注〔一〕。
〔五〕一片巫云，尚未出岫（xiù）：指对方尚未离家。化用晋陶潜《归去来兮辞》："云无心以出岫。"巫云，巫山之云。见宋玉《高唐赋》序："昔者先王尝游高唐，怠而昼寝。梦见一妇人，曰：'妾巫山之女也，为高唐之客。闻君游高唐，愿荐枕席。'王因幸之。去而辞曰：'妾在巫山之阳，高丘之阻，旦为朝云，暮为行雨，朝朝暮暮，阳台之下。'旦朝视之，如言，故为之立庙，号曰朝云。"此处仅是指云，并不涉及高唐神女之典。岫，峰峦。
〔六〕濡滞：拖延，迟滞。
〔七〕如数：如对方所求之数额。

一四七、向沧州刺史周借米

家无儋石〔一〕,已同臣朔之饥〔二〕;廪有余粮,定许鲁公之借〔三〕。乞谕司事一言〔四〕,即发小米两石。庶几炊成巧妇,不致无米兴嗟〔五〕;岂惟馈食先生〔六〕,仅曰授餐有礼已耶。

注释

〔一〕儋(dàn)石:谓少量的米粟。石,古代重量单位,十斗为一石。一石为石,二石为儋,谓一人所担。

〔二〕臣朔之饥:"臣朔"为东方朔自称。事见《汉书·东方朔传》:"侏儒饱欲死,臣朔饥欲死。"

〔三〕鲁公之借:三国时,周瑜向鲁肃借粮,鲁家有米两囷,即借一囷与之。见《三国志·吴志·鲁肃传》。

〔四〕司事:管理账务的小吏。

〔五〕炊成巧妇,不致无米兴嗟:化用"巧妇难为无米之炊"。

〔六〕馈食先生:化用《论语·为政》:"有酒食,先生馔。"馈,食用。

一四八、复沈一斋陈笠山为女作伐

多情月老〔一〕,好主鸳盟〔二〕,一纸红笺,飞来天上。以弟与猗园夙有陈雷之契〔三〕,宜联秦晋之姻〔四〕。弟在会川时,曾见猗园哲嗣〔五〕,华实并茂〔六〕,器宇不凡,相攸得此〔七〕,允称中选〔八〕。惟以寒素之家,上联华胄〔九〕,窃恐蒹葭倚玉〔一〇〕,有辱冰人耳〔一一〕。承示年庚〔一二〕,恰与小女配合。而内人尚欲觇其禄造〔一三〕。此虽女流见解，良以百年偕老，必期两美同揆〔一四〕，弟故不肯拂其意而为之请。珠联璧合之奇，知必有以示我矣。

注释

〔一〕月老：月下老人，传说中掌管婚姻之神。唐李复言《续玄怪录·定婚店》载，唐代韦固遇一老人倚布囊，坐于阶上，向月捡书。问所寻何书，答曰："天下之婚牍耳。"又问囊中何物，答曰："赤绳子耳，以系夫妻之足。"后多用以称媒人。

〔二〕鸳盟：古代常以鸳鸯比夫妇，鸳盟即男女婚约。

〔三〕陈雷之契：如陈重、雷义那般契合的交情。东汉陈重与雷义同郡为友，亲密无间。乡里为之语曰："胶漆自谓坚，不如雷与陈。"见《后汉书·陈重传》。

〔四〕秦晋之姻：春秋时秦国与晋国世代联姻，后世遂称两姓结合为"秦晋之好"。

〔五〕哲嗣：敬称他人之子。

〔六〕华实：指外表和内在。

〔七〕相攸：《诗·大雅·韩奕》："为韩姞相攸，莫如韩乐。"朱熹《集传》："相攸，择可嫁之所也。"相，看。攸，处所。后因以之称择婿。

〔八〕中选：谓合格。

〔九〕华胄：显贵者的后代。胄，后裔。

〔一〇〕蒹葭倚玉：比喻地位低的人依傍地位高的人。《世说新语·容止》："魏皇帝使后弟毛曾与夏侯玄并坐，时人谓蒹葭倚玉树。"毛曾貌丑，夏侯玄一表人才，有玉人之称。

〔一一〕冰人：媒人。

〔一二〕年庚：即"八字"。人出生的年、月、日、时，各配以天干地支，每项两个字，合称"八字"，据以推算人的命运。

〔一三〕禄造：即命运。根据生辰八字来判断将来的命运。

〔一四〕同揆：同一准则。

一四九、贺杨椿庄妾生女

乍逢萍水[一]，即订金兰，古人倾盖定交，应亦尔尔。别后云停月落，寤寐为劳[二]。昨闻莲室宵裯[三]，祥钟玉女。既雏凰之聿降，竚小凤之联飞[四]。正拟驰贺一函，而朵云飞下，果如所闻，明月入怀，益为小星增耀矣。东君前诺，知被执讯者干没[五]，会当有以报命也。

弟佣鬻依人，客况如旧。小女定于岁内遣嫁，以弟秋水空囊，岂有明珠一斛？即此练裳竹笥[六]，亦已几费经营。是以新例过班[七]，逡巡不果。要知半通黄绶[八]，两翅乌纱，得失总由前定耳。

注释

〔一〕乍逢萍水：即萍水相逢。飘萍随水，动荡无定，借以形容人的偶然相逢。

〔二〕寤寐：醒与睡，常用以指日夜。《诗·周南·关雎》："窈窕淑女，寤寐求之。"引申指日夜想念。

〔三〕莲室宵裯：幕宾的小妾。莲室，谓幕府。宵裯，见第七一篇注〔一〕。

〔四〕竚：久立，等待。

〔五〕执讯者：掌通讯的官吏。干没：侵吞他人财物。

〔六〕练裳竹笥：粗麻之裳与竹制之箱。《后汉书·戴良传》："初，良五女并贤，每有求姻，辄便许嫁，练裳布被，竹笥木屐以遣之。"后以"练裳竹笥"用作嫁妆俭薄的谦词。

〔七〕过班：因保举或捐纳迁升官阶。

〔八〕黄绶：佩印的绶带，代指官爵。

一五〇、复沈裘亭代改禀稿

前过小斋,正以晶盐蔬食[一],有亵良朋,手书言谢,益增颜甲矣[二]。寄示禀稿,细密周详,具徵老手。中间僭易数语[三],犹之村姝修西子之容,俗子饰宋朝之貌[四],不足增妍,反致减色,殊自笑其不量耳[五]。祈再酌之。

注释

〔一〕晶盐蔬食:犹言粗茶淡饭。
〔二〕颜甲:脸厚如甲。此自嘲之语。
〔三〕僭易数语:客气的说法,谓我擅自改了几句话。
〔四〕宋朝:春秋时宋国公子,容貌甚美。
〔五〕不量:不多加思量。

一五一、复沈一斋为女定聘

承示纳采之期[一],择于小春初吉[二]。以弟寒素,岂有百两之将[三]?而裙布钗荆[四],在所难缺。拟承庙会[五],为绿窗贫女粗整嫁衣[六],不知行聘时用何绸色[七],先乞探示。如谓求玉镜之台[八],问蓝田之璧[九],则失本意矣。

注释

〔一〕纳采:下聘礼,古婚礼六礼之一。男方向女方送求婚礼物。
〔二〕初吉:朔日,即阴历初一日。

〔三〕百两之将:指丰厚的嫁妆。语出《诗经·召南·鹊巢》:"之子于归,百两将之。"百两,一百辆车子。将,护送。

〔四〕裙布钗荆:粗布做裙,荆枝作钗。形容女子装束俭朴。

〔五〕庙会:在寺庙节日或规定日期举办的集市。

〔六〕绿窗贫女:指贫困家庭的女儿。白居易《秦中吟十首·议婚》:"绿窗贫家女,寂寞二十余。"

〔七〕行聘:下聘礼,男家择定吉日,向女家致送订婚财礼。

〔八〕玉镜之台:玉制镜台,代指贵重的聘礼。用温峤以玉镜台聘娶表妹的典故,见《世说新语·假谲》。

〔九〕蓝田之璧:蓝田美玉,代指贵重的聘礼。用杨伯雍种石生玉,以白璧聘娶徐氏女的典故,见晋干宝《搜神记》。

一五二、与沧州刺史周

自依莲宇,荏苒三年。蒙阁下寄以腹心,委以几务〔一〕,古人鱼水之契,难以喻斯。临行极承见爱之深,坚订重联之约,而出疆有导〔二〕,馈贶有文〔三〕,高谊稠情,无微不至,古所谓感恩知己,殆于阁下兼之矣。即辰起居何似〔四〕?想九重丹诏〔五〕,瞬教彩凤衔来〔六〕,西望裔云〔七〕,曷胜企祷〔八〕!

弟以菲材而遭知遇,原图日久相依,乃以猘犬横噬〔九〕,不得不作避地之举。然望诸君去不忘燕〔一〇〕,廉将军老犹思赵〔一一〕,古人风义,弟尝慨焉慕之。果使时地相宜,终当不负息壤也〔一二〕。

别后沿途留滞,十六日至沙河驿。因小女吉期在迩,是以径诣滦阳〔一三〕,先了向平之愿,再登元礼之门〔一四〕。惟是别甫一旬,地逾千里,怅美人兮不见〔一五〕,托永好兮何时?追念前欢,殊难为抱耳。

注释

〔一〕几务：机要事务。

〔二〕出疆有导：出境有人护送。《孟子·离娄下》："谏行言听，膏泽于下民，有故而去，则君使人导之出疆。"

〔三〕馈贶：指送别时赠予的财物。

〔四〕即辰：近来，近日。

〔五〕九重丹诏：皇帝的诏书。古代皇帝居处有九重门，故称"九重"。皇帝诏书以朱笔写就，故称"丹诏"。

〔六〕彩凤衔来：即凤诏，皇帝诏书。古代皇帝的诏书以五色纸置于木凤凰口中，缚以数百丈绯绳，辘轳回转，凤凰飞下。

〔七〕矞云：三色彩云，即祥云。

〔八〕企祷：企盼，祈祷。

〔九〕猘犬：疯狗。

〔一〇〕望诸君去不忘燕：战国时燕君中齐国田单反间计，使得乐毅奔赵，获封望诸君。但乐毅终不忘燕，后往来于燕、赵间，与燕国重新交好。

〔一一〕廉将军老犹思赵：战国时赵国名将廉颇，年老后不被重用，奔魏，又仕于楚，然而常思赵国，曾云："我思用赵人。"

〔一二〕息壤：指盟约。息壤是战国时秦国属地，秦武王与甘茂曾盟于息壤，后以之称盟约。见《史记·甘茂列传》。

〔一三〕径诣：直接赶到。滦阳：河北承德的别称，因其在滦河之北，故称。

〔一四〕元礼：东汉李膺，字元礼，高风亮节，名高望重。见第一〇三篇注〔八〕。

〔一五〕美人：指贤人君子。

一五三、与周刺史辩办命案

弟闻得一知己，可以无恨。此非徒遇合于一时，绸缪于当境也；必于形迹相睽之日〔一〕，怨尤交集之中，独能确然自持〔二〕，不以远疏，不以言间〔三〕，斯其为知也，乃足以千古。

弟自辛酉之冬，承阁下延致宾馆，殷勤款洽，礼遇有加，私心窃幸。自喜以为阁下知我，然犹不敢必其为真知也。迨相处日久，相与日深，觉神情意气之间，诚有异乎庸众之相待者。于是嘅焉兴感〔四〕，以为阁下真能知我，转笑前此之将信将疑，乃浅之乎测阁下也。是以三载以来，竭其愚忱，效其棉力，屏书峻擢〔五〕，如愿而偿。自问一副热肠，一腔热血，不肯稍负所知者，良以阁下知之如此其真，而弟不以知己报之，是马逢伯乐而不鸣，剑遇张华而自晦矣〔六〕。

去腊于冰天雪地中，随赴涿鹿〔七〕，谳定而返〔八〕。弟以事遭无妄〔九〕，携砚来永，蒙阁下知遇益厚，缱绻于临别之时〔一〇〕，丁宁于继见之约。且也出疆有导，馈赆有文。气谊之隆，于今罕见。犹忆濒行留句云："此身好似卢家燕，不忍抛红过别巢。"可见弟之恋恋于阁下，有不以去就易其心者。

自闻阁下解组对簿〔一一〕，目不交睫者累夕，两致书于左右，俱未得报。嗣柯明府除道东来〔一二〕，亟询颠末，少慰下念。昨晤裘亭，道阁下旦晚回任，不禁喜极而狂。惟闻议者归咎于原办之失，则弟不能无辞也。盖原验本有缢痕，复检又有血坠，且各犯所供自缢之状，与初验所填自缢之痕，确相吻合。阁下穷力研究，又未讯有殴死招供，岂能舍有凭之明验，而定无供之爰书〔一三〕？今议者不察，以成败为毁誉，阁下虽无一言见责，而众口铄金〔一四〕，积毁销骨〔一五〕，闻之亦未免介然于中〔一六〕。此则弟所痛心疾首，不甘隐默以任咎者也〔一七〕。明知孟尝门下，已无取乎鸡鸣〔一八〕；敢冀燕昭台前，尚见收夫马骨〔一九〕？特以阁下知之如此其真，而犹未能确然自持，不以远疏，不以言间，信乎知己之不可恃，而士之屈于不知己者，可胜慨欤！

计秋差治道〔二〇〕，车骑东来，尚可握手倾谈，藉明心迹。

先肃寸楮〔二一〕，用布区区〔二二〕，伏维昭察，不既〔二三〕。

注释

〔一〕相睽：相违背，相分离。
〔二〕确然：刚强，坚定。
〔三〕不以远疏，不以言间：不因距离远关系就生疏了，不因为他人的话而使我们有了隔阂。
〔四〕慨：感叹。
〔五〕屏书峻擢：在屏风上书写名字，得到大力提拔。《唐书·循吏传》："太宗曰：'治人之本，莫重刺史。'故录姓名于屏风，卧兴对之。"擢，提拔。
〔六〕剑遇张华而自晦：见第二九篇注〔二七〕。
〔七〕涿鹿：县名，今属河北省张家口市。
〔八〕谳（yàn）定：判定案件。
〔九〕无妄：意外，不期然而然。
〔一〇〕缱绻：情意缠绵。
〔一一〕解组：解下组绶，谓去职。对簿：谓面临官司，受审。簿，案件的有关簿册。
〔一二〕除道：即净街。官吏出行前，清除、修整道路。
〔一三〕爰书：古代记录囚犯供辞的文书。
〔一四〕众口铄金：众人的言论有熔化金属物的力量，形容舆论的威力或流言之可畏。
〔一五〕积毁销骨：积聚了众人毁谤的话，其力道有如蚀骨。邹阳《狱中上梁王书》："众口铄金，积毁销骨。"
〔一六〕介然于中：耿耿于怀。
〔一七〕任咎：承担罪责。
〔一八〕孟尝门下鸡鸣：孟尝君从秦国逃出，至函谷关，天未亮，关未启，有一门客能学鸡鸣，由此骗开关门，得以出逃。见《史记·孟尝君列传》。
〔一九〕燕昭台前马骨：见第一〇七篇注〔四〕。
〔二〇〕治道：整治道路，谓启程，出发。
〔二一〕先肃寸楮：肃：严正，认真。寸楮：书信。
〔二二〕区区：本意为微不足道。此为自称的谦辞。
〔二三〕不既：不尽。不能写完之意。既，终，尽。

一五四、答沧州刺史周

以半年之契阔[一]，接两面之殷勤，甫罄离怀，又增别绪。回忆依栖莲幕，晨夕追陪，觉人生聚散之缘，不殊海萍云鸟，言之可嘅。顷得沙河驿发寄手书，知台旌取近而回，瞻望后尘[二]，蕴结奚似[三]！且以不腆将意[四]，犹辱齿芬[五]，则增我颜甲矣。

注释

〔一〕契阔：久别。
〔二〕后尘：行进时后面扬起的尘土，比喻在他人之后。
〔三〕蕴结：心中的郁闷纠结。
〔四〕不腆将意：一点薄礼。不腆，不丰厚，谦辞。将意，表达心意。
〔五〕齿芬：本谓风雅的谈吐。此处仅指对方谈及此事。

一五五、复陈笠山

别来事多拂逆，意兴萧骚，春间两奉书而未即答，良由于此。顷又从秋漪处寄到芳讯，以千里之鳞鸿，写三秋之情绪，先施者至再，益令稽答者增惭矣。

足下品诣卓荦[一]，迥出时流，宜乎宾馆蝉联[二]，朋簪志庆。然树旗鼓于新历之邦，究不若安笔砚于熟游之所。况一家浮寄，照应乏人，徒使绿鬓青眸[三]，悬悬两地，于计诚为未得。

至若援例加捐，有志者自应尔尔，异日干霄直上，为仕途中第一流人物，较之仰人作茧〔四〕，傍户营巢，不几有天渊之别欤？

灿文自北而南，一路顺境，正以乘时冲举，远大相期，不谓花萼摧残，鸰原增感〔五〕，闻之殊深恻恻。

仆于二月杪送女溧阳，旋来永郡。雪鸿爪印，随遇而安，尤喜宾主交孚〔六〕，室家无恙，足以告慰知己。惟去冬涿鹿之案，上游以周刺史检验不实，参奏解任；继又以误会原情，请予开复。在当道自谓平反得当，而原验缢痕血坠，一概抹煞，且归咎于捉刀之人〔七〕。不知此案禀蒙傅廉访许可〔八〕，而始出详。官验之而官审之，幕中人不过依题作文，岂能任咎？因思廉访若在，则手握智珠〔九〕，必不另起波折。"翻手作云覆作雨"〔一〇〕，吾道其尚可为耶？

注释

〔一〕品诣卓荦：品诣，品行。卓荦：超绝出众。

〔二〕蝉联：连绵不断。

〔三〕绿鬓青眸：指女子乌黑的鬓发和眼眸。代指年轻女子。

〔四〕仰人作茧：依傍别人做营生。

〔五〕鸰原：《诗·小雅·常棣》："脊令在原，兄弟急难。"郑玄笺："水鸟，而今在原，失其常处，则飞则鸣，求其类，天性也。犹兄弟之于急难。"脊令，也写作"鹡鸰"。后因以"鸰原"谓兄弟友爱。

〔六〕交孚：相互信服。

〔七〕捉刀之人：代替别人做事或作文的人。《世说新语·容止》载，曹操将接见匈奴来使，自以为形陋不足以雄远国，使崔季珪代，自己捉刀立床头。会见完毕，使人问匈奴使："魏王何如？"使答："魏王雅量非常，然床头捉刀人，此乃英雄也。"

〔八〕廉访：官名，管监察事务。

〔九〕智珠：比喻智慧聪敏练达，如宝珠般圆融。

〔一〇〕翻手作云覆作雨：比喻反复无常，或办事随意草率。出自杜甫《贫交行》。

一五六、谢沈猗园惠酒

蒙弟雅爱,屡以佳酿见贻。若问沽价于尼山[一],似乎涉泛;而醉醇醲于公瑾[二],未免多情。计惟留待新年,共罄瓮头春色也[三]。

注释

〔一〕问沽价于尼山:即问酒价。尼山,孔子生于尼山,故以之指孔子。《论语·乡党》:"沽酒市脯,不食。"
〔二〕醉醇醲于公瑾:见第二八篇注〔四〕。
〔三〕瓮头春:初熟酒。一说为酒名。后泛指好酒。

辛承明教,茅塞顿开:幸亏得到你的指教,我忽然开窍,明白了道理
披诵尺素,谨表葵私:读完你的来信,恭敬向你表达我的思慕之心。

一五七、劝陈浩如回里

宝三来,得手书,慰念无似。香谷先生,十年淬砺,今果双熊五马[一],擢守名疆。而转计负累之深[二],遭时之晚,此离巢旧燕所为一忧一喜也。承嘱砚地,无不关怀,惟左近无机可乘,容缓图以报。

弟以孱弱之躯,寄劳形之地,宵灯晨砚,愁病兼之。回思二十年来,历境何尝不顺,至今母柩未返,旅橐仍空,惟留此

半担琴书,一肩风雨,作东西南北之人〔三〕,每自寻思,不胜感慨。因念足下游历燕豫〔四〕,几及廿年,苍苍者变而为白矣。客中花月,谅已饱尝,故国莼鲈,岂终无意?况令郎克自树立,则菽水无待己谋〔五〕,何必以垂老多病之身,为背井离乡之客。昔放翁有句云:"及身强健得还乡。"〔六〕弟尝三复斯言,低回不置。自知苦累未满,家食难安,而举此以劝足下者,实缘数年知爱,一往情深,伸纸吮毫〔七〕,不禁喋喋〔八〕。如果鄙言可采,即与香谷先生同舟南下,计榴红蒲绿时,尽达故园。尔时回首风尘,得毋笑许子之明于谋人、拙于谋己耶?

注释

〔一〕双熊五马:代指郡守、知府。见第一○九篇注〔一〕及注〔三〕。

〔二〕负累:负罪,获罪。

〔三〕东西南北之人:谓四处漂泊。

〔四〕燕豫:指河北、河南。

〔五〕菽水:豆与水。指所食唯豆和水,形容生活清苦。语出《礼记·檀弓下》:"啜菽饮水尽其欢,斯之谓孝。"后常以"菽水"指晚辈对父母的孝养。

〔六〕及身强健得还乡:出自南宋陆游《秋思》。

〔七〕伸纸吮毫:铺纸吮笔,指写这封信。

〔八〕喋喋:唠叨不止。

一五八、复黄黻堂秦云阶订盟

莺啼红树,求友声殷。喜萍水之乍投,即金兰之交契。灯红酒绿,飞觞则醉倒玉山〔一〕;茗后香余,联句则敲残莲漏〔二〕。每怀高雅,殊惬心期。惟弟猥以菲材,谬承挚爱。虽附鸡坛之列〔三〕，弥惭骥尾之随〔四〕。所冀他时分道扬镳〔五〕，果获仰副期许，则赠句为不负耳。

注释

〔一〕醉倒玉山：《世说新语·容止》："嵇康身长七尺八寸，风姿特秀。……其醉也，傀俄若玉山之将崩。"后用玉山形容人仪容之高洁。

〔二〕联句：作诗的一种方式，两人或多人各作一句或两句，相联成篇。莲漏：一种古代计时器，形状如莲。

〔三〕鸡坛：《说郛》卷六十引晋周处《风土记》："越俗性率朴，初与人交，有礼：封土坛，祭以犬鸡，祝曰：'卿虽乘车我戴笠，后日相逢下车揖。我步行，君乘马，他日相逢卿当下。'"后以"鸡坛"为交友拜盟之典。

〔四〕骥尾：马尾。此为自谦之辞，意谓自己追随贤友之后。语出《史记·伯夷列传》："颜渊虽笃学，附骥尾而行益显。"

〔五〕分道扬镳（biāo）：分路而行。镳，马嚼子。

一五九、与迁安县王荐友

顷得贵友俞君札，知渠鼓盆抱戚〔一〕，解馆而南〔二〕。想前席已虚，别须延访。且琴轩晋省，则莲幕不可无宾；而秋水伊人，一时势难远致。因思槐卿章舍亲〔三〕，向曾受知于阁下，虽前缘之已判〔四〕，讵继见之无心？弟故不揣冒昧，重为说项〔五〕。如欲相延，则近在同方，罗致尚易。惟束刍不足以縻良骥〔六〕，滴水不足以养尺鱼，阁下固善将将者〔七〕，度亦欣然乐从，以谓多多益善也。

注释

〔一〕鼓盆：敲瓦罐子。后用以指丧妻。语见《庄子·至乐》："庄子妻死，惠子吊之，庄子则方箕踞鼓盆而歌。"

〔二〕解馆：幕宾解聘。

〔三〕舍亲：对人谦称自己的亲属。

〔四〕判：判定，决定。

〔五〕说项：唐杨敬之器重项斯，作《赠项斯》诗："几度见诗诗总好，及观标格过于诗。平生不解藏人善，到处逢人说项斯。"后世指替人揄扬或说好话，也用作称举荐某人。

〔六〕束刍：成束的草，此用以比喻薪俸。縻：拴住。

〔七〕善将将：善于统御将领，指善于用人。《史记·淮阴侯列传》载，汉高祖与韩信议诸将之才，能带兵多少，"上问曰：'如我能将几何？'信曰：'陛下不过能将十万。'上曰：'于君何如？'曰：'臣多多而益善耳。'上笑曰：'多多益善何为为我擒？'信曰：'陛下不能将兵，而善将将。此乃信之所以为陛下擒也。'"

一六〇、却周松涛称呼

去岁闰夏之杪，曾致一函于北路厅署，正以未奉琼报为疑〔一〕。嗣闻猗园言，乃知塞外青油，移安徐榻。顷奉手翰，谓去夏曾颁双鲤，而弟尺素之投，未识曾否达览。岂往者来者，均付石头渡口耶〔二〕？

足下以南金东箭之材〔三〕，为泛绿依红之客〔四〕，交孚针芥〔五〕，福萃琴樽〔六〕，此鄙人意念中事，得书为欣慰者久之。

弟来此孤竹〔七〕，荏苒年余〔八〕，宾主相投，室家无恙，足以告慰知己。猗园才华意气，卓尔不群，乃天不永年，一朝千古，可胜悼叹。幸乃郎年已弱冠〔九〕，华实兼之，可谓故人有后〔一〇〕。柩属现寄滦城，中秋前当料理南返也。至弟叨附兰谱〔一一〕，齿列雁行，足下不以弟视而以兄称，似乎谦非所宜〔一二〕，抑将拒而不纳耶？此后幸勿乃尔。

注释

〔一〕未奉琼报：意谓未收到你的回信。

〔二〕石头渡口：指书信遗失。石头，指石头城，即今南京。见第二六篇注〔四〕。

〔三〕南金：指南方所产之铜，为贵重之物，亦指优秀人才。《晋书·薛兼传》："兼清素有器宇，少与同郡纪瞻、广陵闵鸿、吴郡顾荣、会稽贺循齐名，号为'五俊'。初入洛，司空张华见而奇之，曰：'皆南金也。'"东箭：《尔雅·释地》："东南之美者，有会稽之竹箭焉。"后因以比喻优秀人才。

〔四〕泛绿依红：指做幕僚，见第三篇注〔四〕。

〔五〕针芥：相互投合。磁石引针，琥珀拾芥，因以谓相投契。

〔六〕琴樽：琴与酒。古代文酒之会常有之物，用以代文人间的聚会。

〔七〕孤竹：商代方国名，相当于河北省卢龙县一带，作者在此地做幕宾。

〔八〕荏苒：指时间的慢慢消逝。

〔九〕弱冠：古时以男子二十岁为成人，初加冠，因体犹未壮，故称弱冠。

〔一〇〕有后：有儿子，此处谓其子能克承家业。

〔一一〕兰谱：旧时结拜兄弟时互换的谱帖，上面写有姓名、籍贯、年岁、八字等。

〔一二〕谦非所宜：意谓谦虚得并不恰当。

一六一、复牛云洋

海萍云鸟，聚散无端。"别时容易见时难"〔一〕，每亿高情，辄深怅惘。即辰起居纳祐〔二〕，不烦赘颂。献邑政务纷繁〔三〕，僚幕未免交瘁。且年来民刁俗敝，正如张长史论书〔四〕，不无古肥今瘦之异〔五〕。所愿二槐先生早飞凫舄〔六〕，拾级连登，此则千里故人所昕夕颂祷者也〔七〕。槐卿多才善病，恐其少年心性，服食靡常，诸望爱护及之。

注释

〔一〕别时容易见时难：出自南唐李煜的词作《浪淘沙》。
〔二〕纳祐：即纳福，迎祥得福。表示祝愿。
〔三〕献邑：指作者作幕宾的河北沧州一带。因其地原为汉河间献王封国，故称。
〔四〕张长史：指唐书法家张旭，因任金吾长史，故称。
〔五〕古肥今瘦：指现在与从前不同。唐颜真卿《张长史十二意笔法记》："献之谓之古肥，旭谓之今瘦，古今既殊。"
〔六〕凫舄：见第三九篇注〔三〕。
〔七〕昕（xīn）夕：即朝夕。昕，日出之时。

一六二、谢张翼堂惠扇

三年聚首，一旦分袂，手翰颁来，倍增离索。弟自别后，益复无聊，裹足斗斋〔一〕，几同老衲。回忆曩时征逐，偶俱无猜〔二〕，兴酣则绿盏交飞，令到则红牙细按〔三〕。此情此景，如在目前。不意一曲骊歌，顿分双袂，抚今追昔，能不依依！承贻画箑〔四〕，快挹清风，香罗细葛之间〔五〕，当奉扬于不尽矣〔六〕。

注释

〔一〕裹足：即裹足不前，脚上似乎有东西裹着，难以迈步。

〔二〕偶俱无猜：谓双方融洽，彼此无猜疑。

〔三〕红牙：乐器名，指拍板。因多用象牙或檀木做成，再漆成红色，故称为"红牙"。

〔四〕箑（shà）：扇子。

〔五〕香罗细葛：指制扇的材料，如丝绢、麻线等。

〔六〕奉扬：奉而扬之，即既受此恩惠又加以宣扬。《晋书·袁宏传》载，袁宏出为东阳郡守，临别谢安取一扇而授之曰："聊以赠行。"宏应声答曰："辄当奉扬仁风，慰彼黎庶。"

一六三、谢献县冯惠物并慰被火

两奉华翰，深荷注存。频来陇上之梅，益绕梁间之月。弟自分浅才，毫无赞益〔一〕。正以有幸知爱，负疚良深；乃蒙厚贶遥颁〔二〕，情文备挚。觉赠贻之非分，益愧歉之交萦，却恐不恭，谨拜登受。

献邑政务之繁，甲于全直，一经大才展布，自必游刃有余。从兹誉望攸隆，升华聿著，莺迁鹭振〔三〕，指顾可期〔四〕。闻贵署偶遭火警，此盖以炎上之象〔五〕，预兆如日之升，小有耗折，当不在意也。

注释

〔一〕赞益：有所助益。

〔二〕贶（kuàng）：赠予之物。

〔三〕莺迁鹭振：谓升官。莺迁，《诗·小雅·伐木》："伐木丁丁，鸟鸣嘤嘤。出自幽谷，迁于乔木。"后人以莺迁指升迁。鹭振，《诗·周颂·振鹭》："振鹭于飞。"此喻指发达。

〔四〕指顾：手指，目视。即一指一瞥，形容短暂时间。

〔五〕炎上：火。《尚·洪范》："火曰炎上。"

一六四、复牛云洋

　　素心天各，历春而秋，系念之私，无间两地。中秋后三日，远辱手问，时弟正在冗场，未遑作答，知己其谅我耶？

　　即辰起居何似？闻慈竹有平安之报，维桑叶大有之占[一]，此游子他乡所同为欣慰者也。但不知昨岁言旋，已徵熊梦否[二]。卢龙交代，谬承二槐先生谆谆见委，谊无可辞，一切已详彼信，定均赐览。

　　弟入秋以来，意兴萧索，旁观者以为错情易意[三]，太觉颓唐。弟亦不自解其何故，大抵劳与病俱，病与愁并，所自来也。小儿血症未除，虽不废学，徒虚名耳。家兄以姜伯约而佐刘阿斗[四]，鞠躬尽瘁[五]，动辄得谤。夏间叶君催赋至昌[六]，适逢雨雹，其事与叶君渺不相干，乃彼以何公谓可鱼肉也，冀得一中人产[七]，饱其欲壑，因家兄梗之，遂怀怨望，而以不顾民瘼[八]，饰禀宪听[九]。幸何公具禀在先，无甚谴责。晋省云云，其传者之非真也，或叶君之借题说法也。祝太守两弟，同膺鹗荐[一〇]，而沂斋独遗，可为扼腕。然一寸明珠，或不致终沉沧海耳。

注释

　　[一]维桑：《诗·小雅·小弁》："维桑与梓，必恭敬止。"后以"维桑"指代故乡。大有：《易》卦名。即乾下离上，象征大、多。引申为丰收。

　　[二]熊梦：《诗·小雅·斯干》："吉梦维何？维熊维罴。……男子之祥。"后世称生子之兆为"熊梦"。

〔三〕错情易意：神情错乱，心意变化。
〔四〕姜伯约佐刘阿斗：三国蜀姜维，在诸葛亮死后辅佐后主刘禅，因后主昏聩，所以未能有所建树。
〔五〕鞠躬尽瘁：谓尽心竭力。三国蜀诸葛亮《后出师表》："鞠躬尽瘁，死而后已。"
〔六〕昌：昌黎，今河北省秦皇岛市下辖县。
〔七〕中人产：指一百金。《汉书·文帝纪赞》："百金，中人十家之产也。"中人之家，不贫不富之家。
〔八〕民瘼：民众的疾苦。
〔九〕宪听：敬称上官的视听。
〔一〇〕鹗荐：东汉孔融《荐祢衡表》："鸷鸟累百，不如一鹗，使衡立朝，必有可观。"后用"鹗荐"谓举荐贤才。

数获手书，至感厚爱：数次得到你的来信，非常感谢你的厚爱。
展读琅函，甚感盛意：诵读你的来信，非常感谢你浓厚的情意。

一六五、答郦勤亭璧谢节敬

前奉朱提，聊以献岁〔一〕。自笑菲同井李，岂污仲子之螬〔二〕？何期馈等盘飧，概返重耳之璧〔三〕。辱在至戚，似不宜介介若此〔四〕。兹寄去例价一函，祈收入。

注释

〔一〕献岁：进入新年，岁首。
〔二〕菲同井李，岂污仲子之螬：《孟子·滕文公下》："陈仲子岂不诚廉士哉？居於陵，三日不食，耳无闻，目无见也。井上有李，螬食实者过半矣，匍匐往，将食之，三咽，然后耳有闻，目有见。"螬，金龟子的幼虫。陈仲子，古代隐士，坚不受官，隐居为人灌园。此处把自己所送之物比作井栏上的李子，将对方比作廉洁的陈仲子。

〔三〕馈飡盘飧，概返重耳之璧：晋国公子重耳流落曹国，釐负羁曾给重耳食物，并把一块璧玉放在食物下面。重耳接受了食物，把璧玉还给釐负羁。见《左传·僖公二十三年》。

〔四〕介介：此为"耿耿"之意，即不能忘怀。

一六六、复冯璞山托谋事

我留燕市，君去闽疆〔一〕，彼此播迁，瞬经六载。九月杪，忽荷邮云遥贲，知文驾仍为冀北之游，虽未获即奉清光〔二〕，而寄柳赠梅，从兹易易〔三〕，良深慰忄。惟青宇令弟，未展厥抱，赍志九原〔四〕，不无瘗玉埋珠之恨〔五〕。犹喜吾兄归后，庆育长庚，藉慰远人心素。

弟自沧州接就北平，虽半毡未冷，而大事重叠，依旧空囊。以故先慈之灵，甫于去冬归葬，又因行资莫措，未克亲送还乡，不孝之罪，擢发难数〔六〕。小儿读书，尚不甚钝，惟放豚之性〔七〕，驯致为难，终恐秀而不实也〔八〕。庚郎宾榻〔九〕，无不关怀，所虑僻处边陲，见闻多梗。而左近诸馆，又皆蒂固根深〔一〇〕，是以潘松亭乔梓屡有信来〔一一〕。无词以应，惟有中心藏之，力图报命耳。

叶三兄契阔多年，意兴何似？犹忆酒酣耳热，唱"大江东去"一阕〔一二〕，不觉灯影摇青。曾几何时，而驹光易逝，萍迹难逢，可胜惘惘！希为道候及之。

注释

〔一〕闽疆：指福建。

〔二〕即奉清光：立即见到你。清光，明洁的光辉，此为称赞对方仪表的套话。

〔三〕易易：容易。

〔四〕赍志九原：带着志愿去世了，即志向未达成而身已死。赍，背负。九原，即九泉。

〔五〕瘗玉埋珠：埋葬珠玉，比喻优秀人才的死亡。

〔六〕擢发难数：比喻数量极多。《史记·范雎蔡泽列传》："须贾……因门下人谢罪，……范雎曰：'汝罪有几？'曰：'擢贾之发，以数贾之罪尚未足。'"

〔七〕放豚：散养的小猪。此处比喻小儿顽劣之性。

〔八〕秀而不实：只开花，未结果。此处用来比喻孩子虽聪明却未成才。

〔九〕庚郎：指庾杲之。见第三篇注〔四〕。

〔一〇〕蒂固根深：比喻地位稳固，难以动摇。

〔一一〕乔梓：父子。见第九篇注〔六〕。

〔一二〕大江东去：苏轼有《念奴娇·赤壁怀古》词，起首一句为"大江东去"。

一六七、复永清二尹何

一别沧江，载逢上谷，流光转瞬，几度春来。只缘未息鸾栖，不获一通尺素。顷奉手示，知以作楫之材〔一〕，暂屈哦松之署。桃花涨息，庆利导于安澜；凫舄云腾，竚升恒于指日矣〔二〕。

弟乙丑仲春〔三〕，蓬转孤竹，虽一毡可暖，而春蚕作茧，亦徒为人成得嫁衣耳。前此签掣关中〔四〕，旋以新例频开，过班无力，已绝燃灰之想〔五〕。要知黄绶青袍〔六〕，原非泥涂中所能希幸也〔七〕。

注释

〔一〕作楫之材：可作舟楫的大才。《书·说命上》："若济巨川，用汝作舟楫。"

〔二〕升恒：指高升，升官。《诗·小雅·天保》："如月之恒，如日之升。"恒，谓进也。指日：很快，没几天。

〔三〕乙丑：指嘉庆十年（1805）。

〔四〕关中：指陕西地区。

〔五〕燃灰：即死灰复燃。比喻已止息的形势或念头等重新兴起。

〔六〕黄绶青袍：官服与绶带，代指做官。

〔七〕泥涂：比喻自己地位低下。希幸：希求，希望可以得到。

一六八、慰袁引之被谤

人如秋水，宛隔蒹葭〔一〕；书寄春风，何来鹦鹉！正喜浴兰应候〔二〕，五丝叶戬穀之麻〔三〕；顿教采葛抒怀〔四〕，一枕释相思之梦。伏惟足下以机云之丽藻，擅庾阮之风流〔五〕，绿泛蓉池，腾誉则群推一二；青开莲榻，缔交则美尽东南。况乎霁月襟怀〔六〕，足消鄙吝；纵有翻云手段，何启猜嫌。乃细绎八行，似难甘于织贝〔七〕；岂同居一室，尚施毒于含沙〔八〕？默揣因由，莫寻端绪。惟是诬金不辩〔九〕，古人之雅量可师；唾面自干〔一〇〕，此日之和光宜尔。无端之毁，安足萦怀？不敏之言，定蒙采纳。

注释

〔一〕人如秋水，宛隔蒹葭：形容双方相隔，心怀思念。《诗·秦风·蒹葭》："蒹葭苍苍，白露为霜。所谓伊人，在水一方。"

〔二〕浴兰：即浴兰节，端午节。

〔三〕五丝：五色线。端午节民俗，以五色线系腕上，用以避邪。戬穀：福禄。《诗·小雅·天保》："天保定尔，俾尔戬穀。"毛传："戬，福；穀，禄。"后用为吉祥用语。

〔四〕采葛：指思念。见第七三篇注〔九〕。

〔五〕庾阮：庾杲之，阮瑀。皆为幕宾，善文才。

〔六〕霁月襟怀：见第一三八篇注〔五〕。

〔七〕织贝：织有贝壳花纹的锦。比喻毁谤。《诗·小雅·巷伯》："萋兮斐兮，成是贝锦。彼谮人者，亦已太甚。"

〔八〕含沙：即含沙射影。相传水中有一种叫蜮的怪物，看到人影就喷沙子，被喷射的人就会害病，剧者竟至死亡。见干宝《搜神记》。比喻暗中诽谤中伤。

〔九〕诬金不辩：《汉书·万石卫直周张传》载，西汉直不疑为郎官，同舍中有人回乡，误拿了另一人的黄金，失金者怀疑是直不疑所拿，直不疑没有辩解，买来黄金补偿了他。后来归家者返回，归还了误持的黄金，失金者大为惭愧。

〔一〇〕唾面自干：别人往自己脸上吐唾沫，不擦掉而让它自干。形容能忍受屈辱，不予计较。《新唐书·娄师德传》："其弟守代州，辞之官，教之耐事。弟曰：'人有唾面，洁之乃已。'师德曰：'未也。洁之，是违其怒，正使自干耳。'"

一六九、谢献县冯惠物

阁下郊寒岛瘦〔一〕，弟闻之稔矣。不意远辱赐函，重蒙厚贶。念自纳交以后〔二〕，承阁下缟纻情殷〔三〕，屡叨清惠，曾乏涓埃之报〔四〕，徒增衔结之私〔五〕。兹复以笔墨纤劳，分裁冰玉，拜登之下〔六〕，觉阁下之用情愈挚，而弟之抱愧益深矣。

日来菊秀萸芳，人如秋澹〔七〕，想见彭衙清晏〔八〕，奉侍增欢，足慰远人企颂。弟劳劳金线，镇日埋头〔九〕，对此芳辰，莫开倦眼。"竹叶于今已无分，菊花从此不须开。"〔一〇〕三复斯言，可胜怅惘！

注释

〔一〕郊寒岛瘦：唐代孟郊和贾岛，诗作风格清寒瘦硬，好为苦语，苏轼在《祭柳子玉文》中称为"郊寒岛瘦"。此处用以指对方的清贫。

　　〔二〕纳交：结交。

　　〔三〕缟纻：《左传·襄公二十九年》："（吴季札）聘于郑，见子产，如旧相识。与之缟带，子产献纻衣焉。"后因以"缟纻"喻深厚的友谊。亦指朋友间的互相馈赠。

　　〔四〕涓埃：滴水和尘埃，比喻极微小的事物。

　　〔五〕衔结："结草衔环"的省称，谓报答。见第五篇注〔一三〕及第一三三篇注〔二二〕。

　　〔六〕拜登：接受赐赠的敬词。

　　〔七〕人如秋澹：语出《二十四诗品·典雅》："玉壶买春，赏雨茅屋，坐中佳士，左右修竹，白云初晴，幽鸟相逐，眠琴绿荫，上有飞瀑。落花无言，人淡如菊。书之岁华，其曰可读。"此处仅指秋之时节。

　　〔八〕彭衙：美称对方的衙署。晋陶潜曾为彭泽令，故称。清晏：清静安闲。

　　〔九〕镇日：整天，从早到晚。

　　〔一〇〕竹叶于今已无分，菊花从此不须开：唐杜甫《九日》诗中句子。

一七〇、贺天津县丁到任

　　客夏鱼雁往还，继以嫁线劳形，不获寄遥情于尺素，阁下其谅我也。

　　析津濒海要区，帆驰毂击〔一〕，自非拨烦治剧如阁下者〔二〕，不足以当斯任。今果载清献之鹤〔三〕，而移宓子之琴，德政所敷，上下交契，双旌五马〔四〕，指顾超迁，可胜欣贺！

　　弟笔耕墨耨，日埋头于尘牍之中。近以秋霖为虐，郡属被涝者多，捉笔依人，同增劳攘，几不知平分秋色〔五〕，光满银蟾〔六〕，亦适见铅刀之难为用也〔七〕。

滦阳交案，历三年而未结，不知作何究竟。然阁下一议再议，款目已明，纵方伯有调算之文〔八〕，要可不烦往复耳。

注释

〔一〕毂击：车毂相互撞击，形容车多。毂，车轮的中心部位，周围与车辐的一端相接，中有圆孔，用以插轴。

〔二〕拨烦治剧：办理繁重的事务。

〔三〕清献之鹤：宋赵抃为官清廉，到成都上任，仅以一琴一鹤相随。清献为赵抃谥号。

〔四〕双旌：唐代节度领刺史者出行时的仪仗。此代指郡守。

〔五〕平分秋色：指到了中秋。

〔六〕银蟾：指月亮。

〔七〕铅刀之难为用：称自己如铅刀一般无用。见第一〇三篇注〔六〕。

〔八〕方伯：本指一方的诸侯之长，后泛指地方长官。明清布政使亦称方伯。

一七一、复永清二尹何地方被水

夏秋淫雨为灾〔一〕，诸河并涨，报漫报决，时于邸抄见之〔二〕。阁下任重宣防，正切杞人之念〔三〕，得手示，始悉安澜有庆〔四〕。此济川巨手〔五〕，上游拔擢异能〔六〕，断不久淹双凫也。永属处万山之中，其水发源口外〔七〕，所恃以达海者，惟一线滦流〔八〕，易致泛溢。幸灾区十仅二三，雁户无多〔九〕，抚之尚易耳。汪君事自当留意，勿以为念。

注释

〔一〕淫雨：连绵不断的雨。

〔二〕邸抄：古代地方官在京师设邸，用于朝觐时居住。邸中传抄诏令、奏章等，以报于地方，称为"邸抄"。这里指从京师抄来的报告。

〔三〕杞（qǐ）人之忧：《列子·天瑞》："杞国有人，忧天地崩坠，身亡所寄，废寝食者。"后用以比喻不必要的忧虑。

〔四〕安澜：河水平静。

〔五〕济川巨手：治理河务的能手。

〔六〕上游：上司，上级。

〔七〕口外：长城之外，关外，塞外。长城有口（如古北口）通以北地区，故称长城以外地区为口外。

〔八〕滦流：滦河。

〔九〕雁户：流徙无定的民户，即流民。此指水灾导致的流民。大雁南来北往，没有定所，故称。

一七二、代托章凤岐向友索赌债

夏间署有家人，携眷归里，因途资莫出，司阍者为之集腋〔一〕。而某别驾适在其位，手谈不利〔二〕，阍人已代为之偿。弟亦失马之翁〔三〕，本可作壁上观〔四〕，乃阍人不敢请命于别驾，数求缓颊〔五〕。固思足下时与往还，可否如菩萨说法，使天花缤纷自坠〔六〕，是亦佛门中解脱之一道〔七〕。若少露色相〔八〕，难免金刚怒目矣〔九〕。

注释

〔一〕司阍（hūn）者：看门人。阍，门。

〔二〕手谈：下围棋的雅称。这里指打牌。

〔三〕失马之翁：谓输钱。用塞翁失马之典，但不用其义，仅指失去。

〔四〕壁上观：《史记·项羽本纪》："诸侯军救巨鹿下者十余壁，莫敢纵兵。及楚击秦，诸将皆从壁上观。"后称置身事外、坐观成败为作壁上观。壁，营垒。

〔五〕缓颊：婉言劝解或代人讲情。

〔六〕天花缤纷自坠：传说佛祖讲经，感动天神，诸天各色香花，纷纷下坠。此处借用指感动对方使其主动还钱。

〔七〕解脱：佛教语，谓解除一切俗累。此处指帮人讨得欠款，助其脱困。

〔八〕色相：佛教语，谓万物的形貌。此处指讨债的样子。

〔九〕金刚怒目：金刚，佛的侍从力士，形貌多怒目而视。此处指被讨债的人发怒。

一七三、托仇笔山卖酒

弟性嗜酒，又生于酿酒之乡〔一〕，差喜与酒有缘。自饥驱北上，便觉渺不可狎〔二〕。然通都大邑，有酒沽我，不过善价而售，或相倍蓰耳〔三〕。及至北平，于万山中觅欢伯〔四〕，非直连城比价，且同乞自微生〔五〕，偶一持杯，双眉欲皱，直使未饮而心先酸矣。前闻足下以酸酒还饮酒主人，监使立尽，如此觞政〔六〕，可谓不恶而严。今者小价自津运来南酒〔七〕，色香味俱佳，当此黄花将吐，紫蟹初肥，正足以佐贤东南觞咏之兴〔八〕。其价每坛以八钱为率〔九〕，用即来取，会须痛饮三百杯〔一〇〕，扫除山陬酸气〔一一〕，何如？

注释

〔一〕酿酒之乡：绍兴酿酒业非常普遍。袁宏道《初至绍兴》：

"家家开老酒,只少唱吴歌。"

〔二〕狎:亲近。此处指尝到酒。

〔三〕倍蓗(xǐ):加倍。一倍称"倍",五倍称"蓗"。此处泛指加倍。

〔四〕欢伯:酒的别称。汉焦赣《易林·坎之兑》:"酒为欢伯,除忧来乐。"

〔五〕乞自微生:见第五一篇注〔三〕。此处谓酒像醋一样酸。

〔六〕觞政:行酒之法。

〔七〕小价:仆人,对己仆的谦称。南酒:绍兴酒的别名。

〔八〕东南:宾主。见第一三一篇注〔九〕。觞咏:见第四八篇注〔一〇〕。

〔九〕率:标准。

〔一〇〕会须痛饮三百杯:语本唐李白《将进酒》:"会须一饮三百杯。"

〔一一〕陬(zōu):角落,边远之地。

一七四、托阮复斋照应友

前接小婿之信,知履端晤教〔一〕,兼承注问。刻下蒲轮返馆〔二〕,想红莲与红籍齐开矣〔三〕。

署卢龙徐明府,系吾乡包家山人,向以申韩游历幕府〔四〕,上年大挑来直〔五〕。其人才德兼备,前在永年〔六〕,与蔼堂为莫逆之交,今来孤竹,仆亦极相投分〔七〕。因闻足下品谊卓越,常以不获识荆为憾。今奉檄治道佛耳门〔八〕,道为宛平所辖〔九〕,喜得假缘过访,晋接之下,必有相见恨晚者。惟徐公初次除道〔一〇〕,而所派段落,又盘错难施〔一一〕,如何代筹处,乞以近水之月〔一二〕,分光赐照,则友谊乡情,于此交尽矣。

注释

〔一〕履端：推算日历的起点。后以之指正月初一。

〔二〕刻下：现在，目前。

〔三〕红莲与红籇齐开：红莲指莲幕。红籇指印章，见第四一篇注〔一〕。此句指到馆开始处理事务。

〔四〕申韩：指申韩刑名之学。

〔五〕大挑：清代乾隆以后所定的一种选官制度，挑选三科以上会试不中的举人，其中一等的以知县用，二等的以教职用。每六年举行一次，名为"大挑"。

〔六〕永年：地名，今河北省邯郸市下辖县。

〔七〕投分：意气相合。

〔八〕治道：即整治道路，古代上官出巡，地方官要清理道路。

〔九〕宛平：清代河北县名，今已划入北京市区。

〔一〇〕除道：修治道路。

〔一一〕盘错：盘旋交错，谓复杂。

〔一二〕近水之月：比喻因地利之便，获得优先机会。

一七五、与余竹泉退酒

薄暮归程，春风料峭〔一〕，不识据鞍顾盼者尚能禁耐否〔二〕。忘年好友，每相见，辄依依不忍去，不自知其情之何以绵结也。尤喜足下雄饮善饭，矍铄如平日〔三〕，为快慰者久之。昨携青州二从事〔四〕，仆人用其一而返其一，彼以为忠主也，独不解白衣送酒故事〔五〕。仆陋如此，主可知矣。计惟留此黄娇，迟足下于绿肥红瘦中耳〔六〕。

注释

〔一〕料峭：形容微寒，或指风力之寒。

〔二〕据鞍顾盼：坐在马上，手扶马鞍，左顾右盼。《后汉书·马援传》载，马援年六十二时，会五溪蛮乱。援请带兵，帝忧其年老。马援披甲上马，据鞍顾盼，以示可用。帝笑曰："矍铄哉，是翁也！"用在此处指对方老而仍健。

〔三〕矍铄：精神健旺，多用以指老年人。

〔四〕青州从事：代指美酒。《世说新语·术解》："桓公有主簿善别酒，有酒辄令先尝。好者谓'青州从事'，恶者谓'平原督邮'。青州有齐郡，平原有鬲县。从事，言到脐；督邮，言在鬲上住。"意谓好酒的酒气可直到脐部。从事、督邮，均官名。

〔五〕白衣送酒：见第八八篇注〔五〕。

〔六〕迟：等待。绿肥红瘦，指春末夏初时节，见第六二篇注〔二〕。

一七六、劝牛云洋纳妾并代亡友告帮

春杪承惠手书，时弟留滞潞河，回郡始得展读。蒙以远人注念，兼知旧恙全捐，感慰奚似！惟思足下食奔衣走，滞迹遐方〔一〕，既不能接眷而来，又不获依时而返，膝前兰桂〔二〕，似不宜迟。窃以名果旁生〔三〕，嘉禾歧出，诞育初无二致，曷不早谐专宠，以应熊梦之占？想当局亦筹之熟矣。

弟于月之六日回永，浪萍风絮，一任东西，嫁线劳劳，概可想见。夏初有假贱名诳赚者〔四〕，幸已访获究治〔五〕。似此诈诳难防〔六〕，莲花幕亦生荆棘，可不畏欤！

槐卿之病，旁人咸以为危，屡劝南还，绝无转计。重九后，赵明府招之赴乐〔七〕。明知残灯就熄，尚谓余烬可延，不意到馆未及兼旬〔八〕，即于十月初一日丑时作古〔九〕。弟于初八日驰往，已承赵明府妥为备殓，所存行李，遣其仆人送省。少年浪迹，异地招魂，言之实堪酸痛！惟是槐卿数年幕囊，尽作捐资，身后所遗，仅数十金耳。上有白头之母，下有绿鬓之妻，弱息孤儿[一〇]，悉皆幼稚，其所恃以为活者，惟指槐卿一路；今生机中绝，则待哺何来？恐死者不能复生，而生者行将就死。弟为再三筹策，拟将遗存之银，岁内寄回接济，再于其戚好中，纠集二百余十金，除明春送柩之外，存起二数，交其外舅沈君[一一]，代为生息，每年存本动利，庶事可经久，而家以苟全。永属如赵明府，并弟接荐之友，皆许伙助[一二]。此外可以告语者，亦甚寥寥，将来缺少几何，计惟弟为包贴。因思足下与二槐先生，古道夙敦，而与槐卿交情尤挚，念兹存殁，应亦恻然。在足下自处非宽，初不以有无分疏密，惟祈转恳二槐先生，从厚赙赠[一三]，俾得集腋成裘，拯其颠沛，即不啻足下赐之矣。

注释

〔一〕遐方：远方。

〔二〕兰桂：指子女。见第一二六篇注〔一〕。

〔三〕名果旁生：比喻庶出子女。

〔四〕诳赚：欺骗。

〔五〕究治：追究处理。

〔六〕诈诬：欺诈，弄虚作假。

〔七〕乐：即河北省乐亭县，今属唐山市管辖。

〔八〕兼旬：两旬，即二十日。

〔九〕丑时：古代把一昼夜分为十二个时辰，用地支表示，以二十三点至一点为子时，依次类推。丑时为一点至三点。

〔一〇〕弱息：柔弱的子嗣。息，子嗣。

〔一一〕外舅：岳父。

〔一二〕伙（cì）助：帮助，资助。

〔一三〕赙（fù）赠：赠送丧家财物。

一七七、托滦州刺史吴卖笔

因人碌碌,浪走风尘。昨自潞河回郡,承示大作。诗追元白之神[一],赋撷徐庾之藻[二],雅人深致[三],仙吏风流,阁下兼而有之,心折殊难名状。

兹台亲寄销湖颖数百管,试之尚属精良。因思用必归于适宜,物必投于相赏,阁下公余啸咏[四],珠玉满怀,非有五色麟毫[五],不足以助清兴。用敢寄奉珊架[六],内三钱者六十管,二钱者二十管。倘蒙照数存销,非惟志爱屋乌,亦为管城子庆得所矣。

注释

〔一〕元白:指元稹、白居易,皆唐代著名诗人。
〔二〕徐庾:指徐陵、庾信,皆南朝词赋大家,为文词藻华美。
〔三〕雅人深致:高雅之人,意兴深远,不同于流俗。
〔四〕啸咏:歌咏,文人吟诗作文。
〔五〕五色麟毫:指笔。五色,用江淹梦笔之典。
〔六〕珊架:珊瑚做的笔架。

一七八、谢通州诸友

萍聚而合,蓬飞而分[一],游辙无常,动增别绪。承诸知己雅谊真挚,饫以华筵,红烛金樽,兴酣德饱[二],感谢何可言喻!即辰起居纳福,想见虚窗月白,梅影横斜[三],好友围炉,兴更不浅也。

弟于初六日抵永，因槐卿章舍亲病故[四]，又有乐亭之行[五]，昨始回馆，埋头尘牍，劳状可知。而追念前欢，宛如昨梦，新交旧契，令人云树为劳矣。

注释

〔一〕蓬飞：蓬草秋天枯萎后，根断，遇风而飞转。比喻人的聚合如飞蓬般难以预料。

〔二〕德饱：见第六〇篇注〔七〕。

〔三〕梅影横斜：化用宋林逋《山园小梅》之一："疏影横斜水清浅。"

〔四〕舍亲：对人谦称自己的亲戚。

〔五〕乐亭：县名，今属河北省唐山市。

一七九、复刘少白

交同倾盖，谊切投胶[一]，虽一面之微缘，亦三生之厚幸。正怀落月，忽奉朵云。伏稔足下福萃琴樽[二]，兴酣歌啸。红莲十丈，春生徐稚之床；绿水一衾，清映庾郎之榻。每钦钦其在抱[三]，用惓惓以摅怀。

弟自愧疏庸，猥承契爱，陈元龙之雅量[四]，湖海同涵；孔文举之高情[五]，交游遍及。他山在望[六]，正藉磨砻[七]；带水遽分，乍形间阻。马将嘶而已懒[八]，莺欲别而频啼[九]。今朝消尽离魂，愁看旗亭之柳[一〇]；他日寄将远意，幸来驿路之梅。

注释

〔一〕投胶：投漆，比喻情投意合。语本《古诗十九首·客从远方来》："以胶投漆中，谁能别离此。"

〔二〕琴樽：琴和酒杯。借指文人诗酒饮宴。

〔三〕钦钦：思念不忘貌。《诗·秦风·晨风》："未见君子，忧心钦钦。"

〔四〕陈元龙：东汉陈登，字元龙。《三国志·魏志·张邈传》载："陈元龙湖海之士，豪气不除。"

〔五〕孔文举：东汉孔融，交游遍天下。

〔六〕他山：见《诗·小雅·鹤鸣》："他山之石，可以攻玉。"常用以指借别处的力量来雕琢磨砺自身。

〔七〕磨礲：磨砺。

〔八〕马嘶：马鸣。指代出发。

〔九〕莺欲别而频啼：形容依依不忍分别之意。唐孟棨《本事诗》载，韩滉镇守浙西，戎昱为部内刺史。郡有酒妓善歌，与昱情属甚厚。韩滉召此酒妓，昱不敢留，乃为歌词以赠之，曰："好去春风湖上亭，柳条藤蔓系人情。黄莺久住浑相识，欲别频啼四五声。"韩滉闻此歌，即遣之归。

〔一〇〕旗亭：酒楼。古代酒楼悬挂酒旗为招子，故称。

一八〇、辞保定太守吴聘

游士倾心硕望〔一〕，不啻仰泰山而瞻北斗，只以韦布缘悭〔二〕，未获一亲謦欬。乃荷郇笺下贲，徵及菲材，捧诵之余，欣感交集。伏惟阁下鸿猷凤著〔三〕，茀禄崇膺〔四〕。横翠楼前〔五〕，白鹿载郡朝之化〔六〕；临漪亭畔〔七〕，红蕖生幕府之辉。竚看骏烈丕昭〔八〕，崇阶叠晋，翘瞻五马，忭颂难名。

湄砚食燕山，自惭谫陋，猥蒙阁下识诸侪类之中，俾厕宾朋之末〔九〕，依红有自，实所乐从。奈自三月以来，心神拂乱，百病纠缠，一切为陈七兄所深悉。是以前奉大府徵召〔一〇〕，亦竟坐此因循。若冒昧仔肩〔一一〕，恐以丛脞负孙阳之顾〔一二〕。龙门咫尺〔一三〕，攀附未能，徒自向风昂首耳〔一四〕。

注释

〔一〕硕望：大的名望。此指名望大的人。

〔二〕韦布：见第八四篇注〔一〕。缘悭（qiān）：缘分很少。悭，欠缺。

〔三〕鸿猷：宏大的功业。

〔四〕蒴禄：福禄。蒴，同"福"。《诗·大雅·卷阿》："蒴禄尔康。"

〔五〕横翠楼：保定古有横翠楼，为城中名胜。

〔六〕白鹿载郡朝之化：指太守有德政，郡下民众普沾教化。白鹿，古时认为是祥瑞之兆。《后汉书·郑玄传》"迁淮阴太守"注记载，郑弘消减繇赋，政不烦苛。春，天旱，随车致雨，白鹿在道。

〔七〕临漪亭：保定名胜，元代张柔所建。

〔八〕骏烈丕昭：功劳大显。骏烈，盛大的功业。

〔九〕厕：置身于。

〔一〇〕大府：明清时称总督、巡抚为"大府"。

〔一一〕仔肩：担负，承担。

〔一二〕丛脞：琐碎，杂乱。孙阳：即伯乐，善于相马。

〔一三〕龙门：见第一〇三篇注〔一〇〕。

〔一四〕昂首：抬头仰望，表企慕之意。

一八一、与陈笠山

双鲤迢迢，不通音问者数月矣。蒲节后[一]，为上谷吴太守相邀，下车造寓，始知驾已南行，未由一陈衷曲，怅怏何似！

顷晤吴六兄，得闻近状。足下以投效之余闲[二]，作宾僚之领袖。樊川名重[三]，定借十年；宗悫风长[四]，行看万里。此大丈夫得志于时者之所为也。远途怀望，慰藉良深。

仆自七小儿痘殇之后，大儿、八女、九女，均因出花而夭，四十日内，丧亡相继。廿四年蓬飞萍荡，向以贫也非病[五]，所自慰者，膝前一块肉耳〔六〕。不期疾雨倾巢，竟无完卵。欲留则门鲜五尺〔七〕，欲归则田乏十双〔八〕。而内人则思子情殷，病从心起，更无可解之术。每于灯昏漏转时，觉人生泡幻〔九〕，百念俱灰，早不如披发入山〔一〇〕，得以万缘都净也。

此来迫于诸累相缠，又重以大府谆命，强病治牍，忍泪看人，大非本怀所愿。幸居停推诚相与，姑为片席之安。惟是两鬓添丝，一身如叶，风尘牛马，究竟何为？若金阊有砚可耕〔一一〕，誓不作燕市飘零之客。此非徒以杏花春雨〔一二〕，风物堪怀，实图地近乡园，俾老病荆妻〔一三〕，得与爱女往还欢聚，或可解其隐痛耳。推之挽之，是所赖于知己。

福言潘君，在仆处勷理匝月〔一四〕，是亦铁中铮铮者〔一五〕，足下罗而致之，益足增其声价。挑灯共话时，细询鄙状，其谓我尚有生人趣耶？

注释

〔一〕蒲节：指端午节。因端午节风俗在门上挂菖蒲叶，故称。

〔二〕投效：自请效力。

〔三〕樊川：即唐代诗人杜牧。有《遣怀》诗云："十年一觉扬州梦，赢得青楼薄幸名。"

〔四〕宗悫：南朝宋将领，字元幹，少有大志。《宋书·宗悫传》载："悫年少时，炳问其志，悫曰：'愿乘长风破万里浪。'"

〔五〕贫也非病：谓安贫乐道。《庄子·让王》载，孔子弟子原宪居鲁而贫，自言"无财谓之贫，学而不能行谓之病。今宪贫也，非病也"。

〔六〕一块肉：指自己的子嗣、后代。语本《宋史·瀛国公纪》："杨太后闻昺死，抚膺大恸曰：'我忍死间关至此者，正为赵氏一块肉尔！今无望矣！'遂赴海死。"

〔七〕门鲜五尺：指家中无人。晋李密《陈情表》："内无应门五尺之僮。"

〔八〕田乏十双：谓田地没有多少。十双，四十亩。元陶宗仪《辍耕录》引《云南杂志》曰："夷有田皆种稻，其佃作三人，使二牛前牵，中压而后驱之。犁一日为一双……约有中原四亩地。"

〔九〕泡幻：虚幻的东西，形容世事皆空。

〔一〇〕披发：指出家为僧而未剃度。

〔一一〕金阊：代指苏州。苏州有金阊门。此处用以指代自己家乡江南一带。

〔一二〕杏花春雨：江南常见景致。

〔一三〕荆妻：谦称自己的妻子，亦称"拙荆"。

〔一四〕勷理：助理。勷，通"襄"。

〔一五〕铁中铮铮者：比喻超乎常人的优秀者。

一八二、辞保定吴太守聘

湄浅才薄质，碌碌无所短长，蒙大府盼睐有加，招致油幄。授餐适馆，未始无文；橡竹爨桐，安敢自外？顾湄依人压线，垂廿五年矣。父母异穴〔一〕，窀穸未营；儿女去怀，笑啼顿隔。加以中馈属多病之体〔二〕，鲰生当重累之余〔三〕，避债无台，煮字为药〔四〕。此而不图归计，夫复何为！且心灰气沮之人，即使勉力从公，亦恐有滋丛脞。退而蠖伏〔五〕，正期不负所知。若以馆谷为去留〔六〕，湄虽寒素，何至等锱铢于性命〔七〕，与公卿为抗衡耶？要知《缁衣》之好〔八〕，自古为难；《黄鸟》之歌〔九〕，于今滋戚。公言朝以入，则湄夕以出矣。区区之心，伏冀鉴察。

注释

〔一〕父母异穴：指父母还未合葬在一起。

〔二〕中馈：原指家中饮食诸事，因是妇女主理，故引申指妻子。东汉张衡《同声歌》："绸缪主中馈，奉礼助蒸尝。"

〔三〕鲰生：浅薄愚陋的人，小人，后多作自称的谦词。

〔四〕煮字：书生以文墨之事为谋生工具，以文字为食粮，称

"煮字"。

〔五〕蠖（huò）伏：尺蠖为一种虫，一屈一伸以行。尺蠖之屈伏，比喻人志不得申。

〔六〕馆谷：幕宾在馆的薪酬。

〔七〕锱铢：锱与铢都是极小的计算单位，用以代指极少的钱。

〔八〕《缁衣》之好："缁衣"为《诗·郑风》篇名。一说为赞美郑武公"好贤"而作。此指遇到投合的幕主。

〔九〕《黄鸟》之歌："黄鸟"为《诗·小雅》篇名。大意是说此邦没有可以安顿之所，只得回去。

一八三、谢友惠火盆

承惠火盆，是念范叔之寒〔一〕，而煦以伯鸾之热〔二〕，觉几案间拂拂皆春气也。饮和食德〔三〕，令人每饭不忘矣〔四〕。谢谢！

注释

〔一〕范叔之寒：范雎随魏国须贾出使齐国，为须贾所疑通齐，归后被治罪。范雎改名逃至秦国，登相位。后须贾使秦，范雎扮作穷人来见，须贾悯之，曰："范叔一寒至此哉！"取一绨袍赐之。见《史记·范雎蔡泽列传》。

〔二〕伯鸾之热：东汉梁鸿，字伯鸾。见第九一篇注〔二〕。

〔三〕饮和：谓使人感觉到自在，享受和乐。语本《庄子·则阳》："故或不言而饮人以和。"食德：谓享受德泽。语本《易·讼》："六三，食旧德。"

〔四〕每饭不忘：犹时刻不忘。

一八四、复宋柱川纳妾

津瀛一衣带水耳[一],坐令三秋风月,半入孤衾;桃叶迎来,抑何濡滞?弟勉置一姬,绝不当意[二],以故宵衾虽抱[三],尚为太璞之完[四]。晚稼有收,还拟别寻嘉种也。

注释

〔一〕津瀛:天津和瀛洲。
〔二〕当意:称心,合意。
〔三〕宵衾虽抱:指纳妾。见第七一篇注〔一〕。
〔四〕太璞之完:指尚未雕琢。见第一二篇注〔七〕。

一八五、复任问松

缘缔三生[一],会疏一面,忽朵云之飞彩,惊霁月之流辉[二]。几幅乌丝[三],撷宋艳班香而舒藻[四];数行淡墨,萃古肥今瘦以同工。才媲龙门[五],策投燕市。曾忆团焦亭畔[六],依红留庾榻之香;早期横翠楼前,结绿长卞门之价[七]。乃承过爱,谬以贱子为知音;更荷先施,喜得孟公之尺牍[八]。同为弹铗歌鱼之客[九],鸿爪勾留;幸自稽山镜水而来[一〇],萍踪邻比。青云在望,谨志雅于盍簪[一一];《白雪》当场[一二],敢忘情于顾曲[一三]?

注释

〔一〕三生：见第一六篇注〔五〕。

〔二〕霁月：比喻人品之高洁。见第一三八篇注〔五〕。

〔三〕乌丝：印有黑线格子的笺纸。

〔四〕宋艳班香：形容文辞华美。见第二九篇注〔七〕。

〔五〕龙门：指司马迁。因其生于陕西龙门（今韩城），故称。

〔六〕团焦亭：在河北怀来县。

〔七〕结绿：见第三篇注〔五〕。

〔八〕孟公之尺牍：汉陈遵，字孟公。《汉书·游侠传》记其"性善书，与人尺牍，主皆藏弃以为荣。"

〔九〕弹铗歌鱼之客：指门客。《战国策·齐策四》载，齐人冯谖家贫，托食孟尝君，尝弹铗而歌，曰："长铗归来乎，食无鱼。"

〔一○〕稽山镜水：会稽山和镜湖，均为绍兴名胜。

〔一一〕盍簪：谓朋友。

〔一二〕《白雪》：古琴曲名。见第二九篇注〔九〕。

〔一三〕顾曲：《三国志·吴志·周瑜传》："瑜少精意于音乐，虽三爵之后，其有阙误，瑜必知之，知之必顾，故时人谣曰：'曲有误，周郎顾。'"此谓知音。

一八六、附任问松原札

凤钦绣虎〔一〕，雅慕登龙；分隔云泥〔二〕，音疏鸽鲤〔三〕。昨劳轩驾，未能拥彗以迎〔四〕；再谒门墙〔五〕，不克抠衣而见〔六〕。虽阻瞻韩之愿〔七〕，弥殷慕蔺之诚〔八〕。欣惟先生德望日隆，谦怀倍抑，爱才若命，举善从长〔九〕。自昔汝南擅品题于月旦〔一○〕，即今冀北重声价于骊黄〔一一〕。故皆引领高山，而欲见知流水也。

弟自惟陋质，久弃荒陬。素无王吉之交，弹冠罔庆〔一二〕；

终鲜孔融之荐,怀刺靡投〔一三〕。倘九万青云〔一四〕,许层梯而可附;则三千北海〔一五〕,登彼岸以匪遥矣〔一六〕。

注释

〔一〕绣虎:曹植七步成章,号绣虎。绣指辞藻华美,虎指才气雄杰。后以绣虎指这一类人。

〔二〕云泥:云在天,泥在地,形容差距之大。

〔三〕鸽鲤:指代信札。鸽,即鸽鹇,黄鹂。

〔四〕拥彗:即手执扫帚。帚用以扫除清道,古人迎候宾客,常拥彗以示敬意。

〔五〕门墙:《论语·子张》:"夫子之墙数仞,不得其门而入,不见宗庙之美,百官之富。得其门者或寡矣。"谓孔子学行高深,弟子难以窥测。后称师门为"门墙"。此处是美称对方的府邸。

〔六〕抠(kōu)衣:提起衣服前襟。古人迎趋时的动作,表示恭敬。

〔七〕瞻韩:见第二八篇注〔一〕。

〔八〕慕蔺:司马相如仰慕蔺相如,故取名相如。后世用"慕蔺"指仰慕。

〔九〕举善从长:襃扬和吸取别人的长处。

〔一〇〕汝南月旦:东汉汝南人许劭与许靖俱有高名,好共论乡党人物,每月辄更其品题,故汝南俗有"月旦评"。后遂用以指对人物或作品的评论、鉴定。

〔一一〕冀北:韩愈《送温处士赴河阳军序》:"伯乐一过冀北之野,而马群遂空。"骊黄:骊,深黑色的马。古代善相马的伯乐年老,推荐九方皋为秦穆公访求骏马。三月后于沙丘得之。穆公问为何马,回答说是"牝而黄";穆公派人去看,却是"牡而骊"。于是责备伯乐。伯乐喟然叹息说:"若皋之所观,天机也。得其精而忘其粗,在其内而忘其外。"见《列子·说符》。

〔一二〕弹冠罔庆:见第一一六篇注〔五〕。此处指没有像王吉那样的朋友相助援引出来做官。

〔一三〕刺:古代的名帖。

〔一四〕九万:出自《庄子·逍遥游》:"水击三千里,抟扶摇而上者九万里。"

〔一五〕北海：传说中的北方大海，为阳光照射不到的极远之地。
〔一六〕登彼岸：佛家语，谓脱离苦海。

一八七、复冯璞山谋事

问松品格之雅，笔墨之超，诚如来缄所云。承嘱，自当在念。惟会城人满，片席之谋，不啻十八滩前逆流而上〔一〕，篙师无力，空自彷徨。顷为家兄位置隆平〔二〕，不知乱流急湍中，得以稳安一叶否？倘能衔尾而进〔三〕，断不能作壁上观也〔四〕。

注释

〔一〕十八滩：赣江的十八个著名险滩的统称，位于江西省赣县和万安县境内。
〔二〕隆平：清代河北县名。
〔三〕衔尾：前后相连。
〔四〕壁上观：见第一七二篇注〔四〕。

顷得手示，欣悉康泰，至为宽慰：刚收到你的来信，知道你健康安乐，非常宽畅欣慰。
蒙惠书并赐大著，灿若河汉，拜服之至：收到你的来信和你赠送的著作，你的著作博大精深，我非常佩服。

一八八、向内翰祝索字

景侨制府雅慕法书〔一〕，欲窥全豹。阁下因先有缔姻一议，误认为红叶之媒〔二〕,遂以赤绳别挽〔三〕,不复相示,何其左也。得信后,彼又谆问。刻即书寄一册,不然,转似良贾深藏矣〔四〕。

注释

〔一〕制府:明清时代的总督称为"制府",又称"制台"。

〔二〕红叶之媒:宋刘斧《青琐高议》载,唐僖宗时,于祐于御沟捡得宫女的红叶题诗,和诗于红叶上,复使之随水流入宫中。后宫女遣散,于祐恰好娶了题诗的那位宫女。

〔三〕赤绳:红色绳子。见第一四八篇注〔一〕。

〔四〕良贾深藏:会做买卖的人把贵重的东西收藏起来,使人难以捉摸。此处是说对方故意使人难见其字。

一八九、复杨沂斋劝纳妾

仆少年得子,九岁而殇;中年所育,复连遭摧折。来书谓南蔗宜于倒啖〔一〕,谏果可以回甘〔二〕,谆谆以置妾为劝,此意良厚。念仆早衰多病,及今而图,犹虞其晚,况迟之又久乎!其所以悠悠至此者,始则津门访丽,人或从而尼之〔三〕;既而选美金台,又以失之冬烘〔四〕,买来凡骨〔五〕。自此所闻所见,大都北地胭脂〔六〕,终异南朝金粉〔七〕,恐未必能逢如意之珠。而东隅已失,桑榆难收〔八〕,此念亦复灰冷耳。

注释

〔一〕南蔗宜于倒啖:见第八二篇注〔一〕。

〔二〕谏果可以回甘:元王祯《农书》卷九:"橄榄生岭南及闽广州郡……其味苦酸而涩,食久味方回甘,故昔人名为谏果。"谏果:橄榄的别名。

〔三〕尼之：阻止。尼，阻拦。

〔四〕冬烘：迂腐，浅陋。

〔五〕凡胄：见第一〇七篇注〔四〕。此处比喻庸常女子。

〔六〕北地胭脂：指北方女子。

〔七〕南朝金粉：指南方女子。南朝指东晋之后的宋、齐、梁、陈四朝，均位于南方地区，与当时北方的北魏、北齐、北周等政权对峙。金粉为女子装饰品，代指女子。

〔八〕东隅已失，桑榆难收：化用"失之东隅，收之桑榆"。东隅，东方日出之处，也指早晨。桑榆，日落之处，也指黄昏。

一九〇、与原任清河道吴

去夏趋送行麾〔一〕，弹指流光，倏逾一载。曾与小同先生公函布候，而相睽既远，相念益深。幸于二世兄处，时悉起居安泰，下怀藉以少慰。

阁下才猷干济，超轶一时，自车骑东行，大府情殷念旧，无时不深眷注。盖入而油幄襄勤，出而绣衣佐治〔二〕，如阁下之练达有为，足以倚任者，实难其选，安得不念兹在兹耶？

锾赎一事〔三〕，闻由原藉楚省办理，宅报自详颠末〔四〕。燕中僚友，无不翘首拭目，盼切元旋〔五〕。若湄受知独深，更不啻望云霓于大旱矣！要知丰城宝锷〔六〕，晦无不彰；合浦明珠，去犹得返，其理有断断不爽者〔七〕。客邸秋风，眠食诸祈自爱。

湄两载铃辕〔八〕，勉操不律，而迂拘心性，尤在大府垂鉴之中，少得安其佣鬻。陈百泉先生时通音问，安适如常。秋兰机有可乘，拟即为其陈请。此如常山之蛇〔九〕，击首则尾应，意盖为阁下开其先路也。

注释

〔一〕行麾：军中指挥用的旌旗。此处指对方的车驾。

〔二〕绣衣：汉代有绣衣直指。汉武帝时派官吏穿绣衣，持斧仗节，镇压民间起事者，并有权处置办事不力的官吏。此种特派官员，地位崇高，称为"绣衣直指"。

〔三〕锾（huán）赎：出钱赎罪。锾，银六两。

〔四〕宅报：家书。

〔五〕元旋：指回复原样。出自《易·履卦》："其旋元吉。"

〔六〕宝锷：锷，剑刃，代指剑。见第二九篇注〔二七〕。

〔七〕断断：绝对。

〔八〕铃辕：见第一一〇篇注〔一二〕。

〔九〕常山之蛇：出自《孙子兵法》："善用兵者譬如率然。率然者，常山之蛇也。击其首则尾应，击其尾则首应，击其中则首尾皆应。"

一九一、与李月潭

陇梅两至，以腕病慵书，稽答为歉〔一〕。足下富于才而谨于行，吾党宜推为白眉〔二〕。此行小试，何足以展凤抱？弟尝谓处馆如啖蔗，久乃其旨弥甘，况伯乐遇纤离〔三〕，未有不顾而相赏者。一榻春风，朋簪庆洽，当不效王仲宣登楼作赋矣。弟眠食无恙，惟膝前寂寞，顾影自伤。刻虽遍处寻春〔四〕，正恐万紫千红，无缘攀折耳。

注释

〔一〕稽答：回信迟晚。稽，延误，延迟。

〔二〕白眉：《三国志·蜀志·马良传》："马良，字季常，襄阳宜城人也。兄弟五人，并有才名，乡里为之谚曰：'马氏五常，白眉最良。'良眉中有白毛，故以称之。"后因以喻兄弟或侪辈中的杰出者。

〔三〕纤离：古骏马名。《史记·李斯列传》："服太阿之剑，乘纤离之马。"

〔四〕遍处寻春：此处指寻找合适的女子结合。

一九二、贺狄小同六十寿

梅雨黄时〔一〕，一函邮复，度已久邀青览。荷月杪〔二〕，为足下六旬大庆，回忆莲池雅集，木公与金母同来〔三〕，雪藕与冰桃竞献〔四〕。同人觥筹交错〔五〕，预祝长春。今以稍隔封圻〔六〕，未获躬与其盛。"遥知莲幕开筵日，遍晋霞觞少一人"，翘祝之余，且欣且妒。

重九前，吴渭涯先生抵保，欣知道履冲和，合眷安适，兼闻章奏度支而外〔七〕，复掌爰书。足下才比枚生〔八〕，正足资其游刃，且砚租笔税，藉获加丰，亦计之得也。延陵寄语〔九〕，深惬鄙衷，而于三年奉教之余，犹寻千里结言之约，此谊益堪纫佩。

弟重游铃阁，原非本怀，弹之不调，久作改弦之想〔一〇〕，其如花落无情，丝牵有意，行云一片，复被勾留。兹虽订以来春，恐彼时仍难摆脱，则燕地之缘未了也。自维碌碌，蒙中丞知遇之隆〔一一〕，足下挽推之雅，未克仰副厚意，即便登龙。雪苑吹台〔一二〕，徒劳梦毂〔一三〕，殊自恨天缘之不假耳。

百泉先生定于月杪归里，岁内仍拟北上。渭涯先生以下石者多〔一四〕，未能托足。湘荛亦以人满出署。笠山既未奏留，又难投笔〔一五〕，劳甚累甚。当时旧侣，惟文君再适长卿，老兴正复不浅也。闻衣云笛楼，各有就绪，出偏师以制胜，益足张吾军矣。启堂得侍蓉幄，日坐春风，自有"吾与点也"之契〔一六〕。子正前为二竖所困〔一七〕,时在念中,统希一一道候。

注释

〔一〕梅雨黄时:梅子黄时的雨。初夏间,江浙地区常有连绵阴雨,因值梅子黄熟,故称"梅雨"。

〔二〕荷月:见第四九篇注〔四〕。

〔三〕木公、金母:见第四八篇注〔五〕。

〔四〕雪藕、冰桃:相传周穆王与西王母欢宴,有万岁冰桃,千常碧藕。见晋王嘉《拾遗记·周穆王》。

〔五〕觥(gōng)筹交错:形容酒席欢宴的场面。觥,酒杯。筹,行酒令的筹码。

〔六〕封圻:疆土。

〔七〕度支:管理钱物开支。

〔八〕枚生:汉代枚乘之子枚皋,字少孺,著名辞赋作家,以文思敏捷著称。

〔九〕延陵:春秋吴邑,为季札封地,是"吴"姓的郡望。此处用以代指一位吴姓之人。

〔一〇〕改弦:更换乐器上的弦。喻改变。

〔一一〕中丞:汉代御史大夫下设两丞,一曰中丞,其后历代制度不同。明代正统年间,有用都察院右佥都御史巡抚顺天,后明清两代,即用中丞作巡抚的别称。

〔一二〕雪苑吹台:为河南的两处文化名胜。雪苑,即梁园,为西汉梁孝王刘武营造的宏大的皇家园林,在今河南商丘。吹台,在今河南开封,相传春秋音乐家师旷曾于此吹奏古乐。

〔一三〕梦毂:梦中坐车去游览。

〔一四〕下石:即"落井下石"。比喻乘人之危加以陷害。

〔一五〕投笔:掷笔。此处指不再作幕宾。

〔一六〕吾与点也:出自《论语·先进》,意谓我赞同曾点。孔子令子路、曾皙、冉有、公西华这四个弟子各言其志。曾皙曰:"暮春者,春服既成,冠者五六人,童子六七人,浴乎沂,风乎舞雩,咏而归。"孔子曰:"吾与点也。"曾皙,名点,即曾参之父。此处借以指幕主与幕宾关系融洽。

〔一七〕二竖:指疾病。语出《左传·成公十年》:"公梦疾为二竖子,曰:'彼良医也,惧伤我,焉逃之?'其一曰:'居肓之上,膏之下，若我何？'医至，曰：'疾不可为也，在肓之上，膏之下，攻之不可，达之不及，药不至焉，不可为也。'"

一九三、谢衡水县张惠物

久不晤公瑾，时深采葛采萧之咏〔一〕。顷奉手翰，蒙以衡酒白菜相贻。红甲清脾〔二〕，分雪圃霜畦之美〔三〕；金波潋滟〔四〕，胜梨花竹叶之香〔五〕。既醉德于饮醇〔六〕，更铭情于每饭矣。

注释

〔一〕采葛采萧：见第七三篇注〔九〕。
〔二〕红甲清脾：蔬菜丰美。红甲，代指菜。出唐韦庄《立春》："雪圃乍开红菜甲。"
〔三〕雪圃霜畦：均指菜地。雪圃，见前注。霜畦，出唐岑参《宋东溪怀王屋李隐者》："霜畦吐寒菜。"
〔四〕金波潋滟：指酒在杯中晃动着金光。
〔五〕梨花竹叶：两种酒名。梨花，即梨花春酒。唐白居易《杭州春望》："青旗沽酒趁梨花。"自注："其（杭州）俗酿酒，趁梨花时熟，号为'梨花春'。"竹叶，即竹叶青酒，见第三五篇注〔四〕。
〔六〕醉德：同"饱德"。见第六〇篇注〔七〕。

一九四、托原任清河道吴谋事

客秋捧襜〔一〕，正幸旧雨重逢，追陪有自，不意旌麾南指，倏尔睽离。湄又坐昧先知，有失趋送，金台柳色，犹黯然在念也。嗣闻阁下以绣衣之余绪〔二〕，佐盐笑之鸿图〔三〕。固知盛府元僚，非公莫属，而经纶巨手[四]，要非一榻蓉池，即为鸾凤长栖之地。素心契好，盖无日不以光复前阶，望天南而企祝也。

湄游历燕赵，几及卅年，先人未奠松楸[五]，后嗣尚虚襁褓[六]，久离乡井，计实非宜。且上谷人情近尤恶薄，来春若能摆脱，准拟弹铗而归，不复作浪花风絮矣。惟是家无绿壤，囊乏黄金，则返岫闲云[七]，终当复出。所冀红依绿泛，得与西子湖光，左右映带，庶免远道依人之虑。而浙中僚幕，素乏声援，汲引之阶，尚有藉于援手耳。

注释

〔一〕捧襼（yì）：古人相见，常举起两袖作揖，表示敬意。此用以指见面。襼，衣袖。

〔二〕绣衣：见第一九〇篇注〔二〕。

〔三〕盐笑：盐户的名册，此指盐务。笑，简策，名册。

〔四〕经纶巨手：有治世才能的大人物。经纶，治理丝线，比喻处理政务。

〔五〕未奠松楸：还没有安葬。松楸，墓地栽种的松柏。

〔六〕襁褓（qiǎng bǎo）：背负婴儿的带子和包裹婴儿的被子。泛指婴儿包。

〔七〕返岫：谓返家。化用晋陶潜《归去来兮辞》："云无心以出岫。"

一九五、复冯璞山纳妾

选姬如选将，娘子一军[一]，实难其任。年来简拔多疏[二]，已如曹大夫将兵[三]，三战三北。今为背城之借[四]，若作壁上观，再一蹉跌[五]，余烬不复燃矣。拟亲执鞭弭以从事[六]，君其迟诸三日之后。

注释

〔一〕娘子军：唐高祖之女平阳公主所组织的军队。高祖起兵时，平阳公主散家资，招引山中亡命，以应高祖。营中号曰"娘子军"。事见《旧唐书·平阳公主传》。此处借指选妾一事。

〔二〕简拔：选拔。

〔三〕曹大夫将兵：出自《战国策·齐策六》："曹沫为鲁君将，三战三北，而丧地千里。"北，战败。

〔四〕背城之借：背对城墙与敌决一死战。出自《左传·成公二年》："请收合余烬，背城借一。"此处谓最后的尝试。

〔五〕蹉跌：失足跌倒。引申为失误，差池。

〔六〕亲执鞭弭（mǐ）：指亲自去做。鞭弭，马鞭和弓。

一九六、再答冯璞山无钱纳妾

相马者必于冀北，满拟执策而来〔一〕，与伯乐为空群之顾；其如市骏有心〔二〕，而台上黄金，猝难应手。且值败兴事，以故中止。往者不可追，来者不可续，殆天之不欲有后于予也。临池作答〔三〕，不禁歔欷〔四〕。

注释

〔一〕执策：手执马鞭。

〔二〕市骏：见第一〇七篇注〔四〕。

〔三〕临池：指书写。晋卫恒《四体书势》云："弘农张伯英者，因而转精其巧，凡家之衣帛，必先书而后练之。临池学书，池水尽墨。"谓东汉张芝坚持在池塘边蘸水磨墨写字。后称学习书法为"临池"。

〔四〕歔欷（xū xī）：叹息，抽咽。

一九七、贺祝廉访升广西按察使

　　日前专力奉布一函，度邀青盼。顷阅邸抄，欣知阁下恭膺简命〔一〕，秉臬粤西〔二〕。溯自五马宣猷〔三〕，甫十五年，而赤幢绣盖〔四〕，峻陟外台〔五〕。应知桂山荔浦之间〔六〕，庇棠荫者，犹思旧德；歌黍雨者〔七〕，竚沐新膏矣。入觐后，星斾即当南指，值此长途溽暑〔八〕，计惟一琴一鹤，尚易相随，想不以桃叶牵情，拥香车而并迈也〔九〕。弟凤叨知遇，倍切欢腾。固期岁报三迁，曳履自星辰而上〔一〇〕；还念光依十稔，同岑惜形影之分〔一一〕。盖欣贺之私，与睽离之绪，有不禁交萦而并集者，一阕骊歌，期相送于鸣驺过省时耳〔一二〕。

注释

　　〔一〕简命：简任，选派任命。
　　〔二〕秉臬：指任职按察使。明清时管理一省刑事之最高官员称按察使，又称"臬台"。臬，刑律，法规。
　　〔三〕宣猷：施展谋划与方略。
　　〔四〕赤幢绣盖：红色的旗帜，绣花的车盖。指臬台的仪仗。
　　〔五〕外台：御史台称兰台，又有内、外台。出为各地参佐者称"外台"。
　　〔六〕桂山荔浦：桂山在广西，荔浦为广西荔浦县。
　　〔七〕黍雨：《诗·小雅·黍苗》："芃芃黍苗，阴雨膏之。"是叙说召伯治理谢邑的过程。这里是称颂对方的德政。
　　〔八〕溽（rù）暑：暑湿之气，指盛夏。
　　〔九〕桃叶：东晋书法家王献之的爱妾。此处即借指妾。香车：古时称妇女所乘之车。
　　〔一〇〕曳履自辰星而上：指升官发达。曳履，拖着鞋子。

〔一一〕同岑：同在一山。指同事。

〔一二〕鸣驺（zōu）：古代随从显贵出行并传呼喝道的骑卒。此指贵官出行。

一九八、谢任问松惠帖

潭城于上谷，犹邾鲁也〔一〕。两奉书而未一答，虽冗病使然，实无解于疏节矣。屈计中秋合并，而子不果来。遂使广寒深锁〔二〕，彻夜风凄雨冷，元亮怀人〔三〕，益无聊赖。即辰稻香菰熟，紫蟹初肥，拮残金线之余〔四〕，计惟酒赋琴歌，方足消此佳日也。前书云云，不无感慨。然缁衣风邈〔五〕，黄鸟歌兴〔六〕，举世茫茫，大率类此。吾侪生逢其会，以行云流水处之〔七〕，为第一应世法耳。

弟笔耕依旧，夏间非暑即寒，竟无三日之健。入秋渐就痊可，而两鬓丝添，亦复人随秋老。如何！如何！承示《祭先儒王阳明公文》〔八〕，极豪迈跌宕之致。当道以体裁未合，故易之，附录呈览。《秋碧堂帖》〔九〕，惠赐良厚，谢谢！

注释

〔一〕邾鲁：邾，今山东邹县。春秋时邾国为鲁国的附庸。此处是指两地相近。

〔二〕广寒：指月亮。月宫称"广寒宫"。

〔三〕元亮怀人：见第八八篇注〔五〕。

〔四〕拮残金线：指为人做嫁。见第一篇注〔一四〕。

〔五〕缁衣：见第一八二篇注〔八〕。

〔六〕黄鸟：见第一八二篇注〔九〕。

〔七〕行云流水：比喻顺其自然，随遇而安。

〔八〕王阳明：即明代大儒王守仁，浙江余姚人，提倡"致良知"

学说，世称阳明先生。

〔九〕《秋碧堂帖》：清代的汇刻丛帖，又称《秋碧堂法书》，康熙年间真定梁清标刊刻，金陵尤永福摹镌。全帖共计八卷，收录作品均出自历代成就卓著的书法大家，摹勒精善，是清代刻帖的上品。

一九九、问狄小同生子否

夏初尺素往还，继以公私鱼鹿〔一〕，笺候多疏。翘首梁园〔二〕，时深依结！前得衣云信，道自足下抵豫后，亲族望风而至〔三〕，几于溢平原之座〔四〕，而盈姜氏之床〔五〕。固知推毂解囊〔六〕，素非所靳〔七〕，亦未免应接不暇矣。

弟依人之况，无足告语。大抵主情似水，客兴如秋，交以淡成，各行其素而已。入冬后，贱体时复多病，而求珠有愿，种玉无田〔八〕，嗣息之谋，尚在虚左〔九〕。念自饥驱浪走，忽忽已将卅载，比来百事乖违，悉等云翻水逝〔一〇〕，无可再挽，只增感叹耳。

闻闑内侧席求贤〔一一〕，定已抱衾有美，未识梦兰有兆否。念念。

注释

〔一〕鱼鹿：谓事务繁忙。鱼，比喻事情多如鱼鳞，鹿，通"碌"。

〔二〕梁园：见第一九二篇注〔一二〕。代指对方所居之处。

〔三〕望风：仰望风声，听到风声。

〔四〕平原：即战国时赵国平原君赵胜，战国四公子之一，礼贤下士，门下客多至千人。

〔五〕姜氏之床：见第五三篇注〔三〕。

〔六〕推毂解囊：推动、协助并提供财物支持。

〔七〕靳（jìn）：吝惜。

〔八〕种玉：见第一五一篇注〔九〕。"种玉"比喻缔结良姻，此处谓求子。

〔九〕虚左：古代座次以左为尊，空着左边的位置以待宾客称"虚左"。此处指谋划尚未实现。

〔一〇〕云翻水逝：谓如云水般消逝成空。

〔一一〕侧席：不正坐，指谦恭以待贤者。此处谓求娶贤妻。

二〇〇、复江西陈百泉

久不见碧梧翠竹之姿，中心殷殷，思如山积。四月望后得手书，备承远注，兼悉动定〔一〕。时以查办秋谳〔二〕，继复清厘积牍，裁答迟迟，歉难名状。即辰凉飚初动，遥维八兄道履冲和，祉随秋爽，揽滕王之胜概〔三〕，供杜牧之闲吟〔四〕。岂惟幕府勤劬〔五〕，指挥如意；抑亦雅人深致，逸兴遄飞矣。

弟为方来青制府接延，仍司前席，况味亦复如初，无足告慰。而行年五十，嗣续尚虚，昨春虽置一姬，无非了此人事。其或田能种玉，或竟蚌不生珠，一任悠悠之数而已〔六〕。

直省乌纱一局〔七〕，今昔殊观；入幕诸公，亦多迁变。小同此来，极旧雨重联之乐，孰意夏初猝得类中〔八〕，调理百余日，始可扶杖而行。其事以笠山别驾，李代郭将〔九〕。子正则翩翩书记〔一〇〕，同此依栖。梅溪别驾，因天津添设海防同知〔一一〕，裁缺候补，未免老骥伏枥之感。此外落涸飘茵〔一二〕，升沉不一。大抵出苦海而登彼岸者，则绝无仅有也。阁下在仕途，若行云之出岫；甘伏处，如止水之无波。视此行藏，具徵识力〔一三〕。而烟波画舫，往来于吴楚之间〔一四〕，因以出其绪余〔一五〕，佐中丞帷幄之谟，资哲嗣龚黄之治〔一六〕，于计实为两得。窃料燕中游辙，未必重临,如果揽辔而来〔一七〕,则烧高烛以照红妆,手谈重有日矣。以此速驾〔一八〕,或亦欣然。

注释

〔一〕动定:即起居作息情况。

〔二〕秋谳:即秋审,是古代复审死刑案件的一种制度。每年各省对判处死刑尚未执行的案犯,再行审议,报送刑部。秋八月,刑部会同大理寺等,集中审核,提出意见,最后奏请皇帝裁决。

〔三〕滕王:即滕王阁。在今江西南昌,为唐高宗子元婴封滕王时所建。

〔四〕杜牧:字牧之,晚唐著名诗人,与李商隐有"小李杜"之称。

〔五〕勤猷:襄理政务。

〔六〕悠悠:指苍天。

〔七〕乌纱:官帽。代指官场。

〔八〕类中:病名,即类中风。风从内生的中风病,简称"类中"。

〔九〕李代郭将:唐代李光弼代替郭子仪守朔方,营垒无变更,而号令一新。此处指代替别人处理事情。

〔一〇〕翩翩书记:即书记翩翩。书记:从事文书工作的人,亦指公牍文字。翩翩:举止、风貌的洒脱优美。此处用以形容文辞优美。

〔一一〕同知:官名,主官的副职。清代府州及盐运使置有同知,府同知即以同知为官称,州同知称州同,盐同知称盐同。清代凡沿海紧要地区之府、厅,均置海防同知,以协助府、厅长官专管海防事宜。

〔一二〕落溷(hùn)飘茵:比喻人的境遇的高低不同。梁范缜不信因果,与竟陵王萧子良论人之富贵,缜曰:"人之生譬如一树花,同发一枝,俱开一蒂,随风而堕,自有拂帘幌,坠于茵席之上,自有关篱墙,落于粪溷之侧。"见《梁书·范缜传》。溷,厕所。

〔一三〕识力:识见事物的能力。

〔一四〕吴楚之间:江苏、湖北一带。

〔一五〕绪余:剩余。此指剩余的精力。

〔一六〕龚黄之治:龚为西汉龚遂,曾任渤海太守;黄指西汉黄霸,曾任颍川太守。二人在太守任上多有德政,治理有方,并称"龚黄"。后世美称地方官有治行常称"龚黄之治"。

〔一七〕揽辔：挽着马缰绳。此处指对方驱马而来。

〔一八〕速驾：赶快套上车子，比喻迅速动身出发。后用以称请早光临。

二〇一、复景庶庵

粉荔初陈〔一〕，忽来芳讯；红籀乍启，遂滞还函。感雅注之拳拳，益予怀之耿耿。兹者榆将舒甲〔二〕，花已逢朝〔三〕。朗月怀人，笛里写落梅之怨；春风求友，枝头听好鸟之音。缅蔼吉于心交，温生郄帐〔四〕；倾声华于耳食〔五〕，誉溢王池〔六〕。洵宜珀合而针投〔七〕，允称红依而绿泛。十年歌吹，杜牧之名重扬州〔八〕；千里逢迎，陆士龙才高洛下〔九〕。岂独圭璋植品〔一〇〕，人式仪型〔一一〕；抑且桑梓关情，谊隆推解〔一二〕。输将客俸，既十倍以从优；润及寓公〔一三〕，真百朋之莫喻〔一四〕。凡在我友，靡不同钦。

弟守拙硁硁〔一五〕，缔交落落〔一六〕。溯识荆之伊始，红盒寻欢；泊贱旦之适逢〔一七〕，清樽醉德。从此燕南赵北，分扬客路之镳；即今草长莺啼，莫筮朋簪之盍〔一八〕。每怀旧雨〔一九〕，辄蝶梦之劳人；倘赋停云，幸鱼书之惠我。

注释

〔一〕粉荔初陈：唐代洛阳人家正旦以粉制成荔枝状作为节日食品。此处代指正月初一。

〔二〕榆将舒甲：榆树将结榆钱。即早春时节。

〔三〕花已逢朝：到了花朝节。即农历二月十五日。

〔四〕温生郄帐：郄帐，代指幕府。见第三八篇注〔二〕。

〔五〕耳食：谓不加省察，徒信传闻。此处指传闻、声誉。

〔六〕誉溢王池：誉满幕府。见第三篇注〔四〕。

〔七〕珀合针投：形容投缘、关系融洽。

〔八〕杜牧之名重扬州：见第二二篇注〔七〕。

〔九〕陆士龙才高洛下：陆士龙即陆云。三国吴亡后，陆机、陆云兄弟出仕西晋，来到洛阳，以其文才倾动一方。

〔一〇〕圭璋：两种贵重的玉制礼器。比喻高尚的品德。语本《诗·大雅·卷阿》："颙颙卬卬，如圭如璋。"植品：树立人品，培植好品行。

〔一一〕人式仪型：人们效法的楷模。式，榜样。仪型，典范，楷模。

〔一二〕推解：即"推食解衣"。《史记·淮阴侯列传》："汉王授我上将军印，予我数万众，解衣衣我，推食食我，言听计用，故吾得以至于此。"此处用以指施以恩惠。

〔一三〕寓公：寄居他乡的落职官员、士绅。

〔一四〕百朋：亦作"百冯"，指极多的货币。朋，古代以贝壳为货币，五贝为一串，两串为一朋。

〔一五〕硁（kēng）硁：谓浅陋固执。

〔一六〕落落：形容性格孤高不合群。

〔一七〕贱旦：谦称自己的生日。洎，到。

〔一八〕盍：合，聚合。

〔一九〕旧雨：老朋友。

二〇二、谢宋柱川惠酥糖

前书发后，即闻六兄有与五马俱西之约，果尔，亦必取道保阳，可以一申折柳。得手示，乃知间行过省〔一〕，已吹篪于伯氏之庭矣〔二〕。官阁连床，温生姜被，益征友于之爱〔三〕；而东南济美，鱼水欢长，此尤平日之意气感人，久而弥固，不独太守情殷维絷也〔四〕。惟是一片停云，忽分两地，莫赠河边之策〔五〕，翻贻塞上之酥[六]。施之者因物以寄情,受之者能无因情而抱歉耶?

弟琴剑飘零,忽忽三十余载,商瞿就老[七],伯道犹孤[八],每一思维,怒焉如捣[九],以故前书奉托及之。偏值马首欲东,仓猝自难立办。要知小星三五[一〇],亦有前缘,原不能遇之旦暮也。别谕敬铭心版,恐非绵力所及,奈何!

注释

〔一〕间行:走小路。

〔二〕吹篪(chí)于伯氏之庭:指到了哥哥的家中。《诗·小雅·何人斯》:"伯氏吹埙,仲氏吹篪。"埙、篪均为乐器,一起演奏,音色和谐。后用"伯氏吹埙"喻兄,"仲氏吹篪"喻弟。

〔三〕友于:《书·君陈》:"惟孝友于兄弟。"后即以"友于"为兄弟友爱之义。

〔四〕维絷:系缚,羁绊,引申为挽留。

〔五〕河边之策:见第五四篇注〔九〕。此处仅指分隔两地。

〔六〕塞上之酥:唐安禄山赞杨贵妃之乳,曰:"滑腻凝如塞上酥。"此处仅是借用以称酥糖。

〔七〕商瞿:孔子弟子,年长而无子。

〔八〕伯道犹孤:晋代邓攸,字伯道。为了躲避战乱,带着儿子和侄儿一起逃难,在危难关头,舍弃自己的儿子,保全了侄儿。后来他终身没有孩子,时人抱憾曰:"天道无知,使邓伯道无儿。"此处借指自己尚无子嗣。

〔九〕怒(nì)焉如捣:忧思伤痛,心中像有东西撞击。形容忧伤思念,痛苦难忍。语出《诗·小雅·小弁》。

〔一〇〕小星:妾。见第二五篇注〔二〕。

二〇三、慰某世兄丧父

先于赵纪来省〔一〕,猝得令尊大人骑鲸之信〔二〕,不胜惊愕。顷接讣报,并奉手书,因玉树而忆金兰,益抱巨卿之恸。人生泡幻,谁不其然!顾以令尊朗度冲襟〔三〕,精神强固,满拟扁舟南去,领湖山之逸趣,寻松菊之闲盟〔四〕,此疾一捐,大年可卜〔五〕,讵料关头分手,即为永诀期耶?素知世大兄谊笃天亲,孝行夙著,当此乍膺大故〔六〕,抚手泽而伤怀〔七〕,睹遗容而雪涕,至性所发,必有万难自已者。窃谓令尊高才硕德,名重青油,当代公卿,咸相推服。他日之沐余荫以大显扬,正未有艾,与其过深哀毁〔八〕,曷若安妥幽明之为得乎〔九〕?

湄等夙叨至爱,不敢慰以浮词〔一〇〕,惟望体先人未了之心,尽人子善继之道。纵使杜回结草〔一一〕,事近荒唐;要知考叔遗羹〔一二〕,古称纯孝。世兄必有以处之矣。兹乘使便,薄具楮仪,伏乞代奠灵几〔一三〕,以当刍之献〔一四〕。

注释

〔一〕纪:即"纪纲",统领仆隶之人,后泛指仆人。
〔二〕骑鲸:亦作"骑京鱼"。出自扬雄《羽猎赋》:"乘巨鳞,骑京鱼。"后相传李白醉骑鲸鱼,溺死浔阳,后用以指称去世。
〔三〕朗度冲襟:形容人气度散朗,胸怀冲淡平和。
〔四〕松菊:用晋陶潜《归去来兮辞》"三径就荒,松菊犹存"句意,谓与松菊相伴。
〔五〕大年:谓年寿长。
〔六〕乍膺大故:猛然遭受父丧之大变故。大故,指父母丧。
〔七〕手泽:犹手汗。后多用以称先人或前辈的遗墨、遗物等。

〔八〕哀毁：谓居亲丧悲伤异常而毁损其身。后常作居丧尽礼之辞。
〔九〕幽明：死与生，阴间与阳间。
〔一〇〕浮词：敷衍、应酬之词。
〔一一〕杜回结草：见第一三三篇注〔二二〕。
〔一二〕考叔遗羹：见第九八篇注〔一九〕。
〔一三〕灵几：供奉神主的几筵。
〔一四〕束刍：见第八篇注〔九〕。

二〇四、贺祝方伯升云南藩台并谢惠袍套被褥

别后两奉手书，蒙阁下殷殷念旧，在远不遗，感泐何可言喻！以道途迢递〔一〕，邮羽难凭，既不能罄所欲言，徒以数语寒暄，上渎清听，又非阁下所望于致书之意。阙然久不报，职是之故，不尽嵇生懒慢也〔二〕。

春间阅邸抄，恭悉恩承枫陛〔三〕，秩晋薇垣〔四〕，阅时曾未两年，而隆隆直上，翼乎如鸿毛之遇顺风〔五〕。愉快私忱，有难举似。满拟榴花照眼时，驺从过保〔六〕，于以仰卿月之莹辉〔七〕，话停云之积愫。嗣知留办秋谳，于公治狱〔八〕，民以无冤。而握手迟迟，下怀弥殷翘盼。洎六月廿六日，梁纪赍到邮笺，获悉台旌由武昌奉命赴滇，行次起居安适。特以半年愿见之殷，翻增万里怀人之感，缅彼云树，能不依依！寄惠大呢袍套，撞锦被褥〔九〕，既拜嘉于安燠〔一〇〕，复被德于室家，登受之众，且感且谢。

滇南为古六诏之地〔一一〕，僰民接壤〔一二〕，抚戢为难〔一三〕。阁下嘘之以仁风，沛之以膏雨，想见下车敷理〔一四〕，徼外恬熙〔一五〕，以治绩之懋昭〔一六〕，知帝心之简在〔一七〕，碧幢翠

节〔一八〕，特指顾问耳。

湄风尘浪走，卅载于兹，今行年五十矣。先人未奠松楸，后嗣尚虚襁褓，茫茫前路，俯仰多亏。年来连置两姬，讵北人情性，迥非玉软香温〔一九〕，因已遣去其一，而留者亦非淑质，难为种玉之田。晚稼秋登〔二〇〕，尚须别营沃壤也。

接三令弟，簪笔清华〔二一〕，誉流芬洁。宜亭令弟，署乐亭数月，政声四播，足以继轨元方〔二二〕。大令嗣学力深醇，下科定看拾紫〔二三〕。十一令弟之变，殊出意外。去夏眷属过保阳时，值重门下钥，次早遣伻追送至泾阳驿〔二四〕，不遇而返，至今耿耿。闻已继二令郎为嗣，则教养有人，亦省阁下两地之念。

湄自前岁为方来青制府接延，极相投分，然新交之缱绻，何如旧雨之绸缪？屡蒙阁下盼睐有加，不以愚鄙见弃，追维息壤〔二五〕，湄亦何敢忘怀？惟望阁下开府东南〔二六〕，而湄得以重游政阁，仰赞鸿猷。此则驽马有心，所欲酬知于伯乐者也。

注释

〔一〕迢递：遥远。

〔二〕毵生懒慢：见第一八篇注〔一〕。

〔三〕枫陛：皇宫的台阶。汉时宫廷多植枫树，故称。

〔四〕薇垣：唐开元元年改称中书省为紫薇省。简称薇垣。元代称行中书省为薇垣。明洪武九年改元代行中书省为承宣布政司，亦沿称为薇省或薇垣。清初也称布政司曰薇垣或薇署。故明清时常以薇垣称相当于中书省的中枢机构或布政司。

〔五〕翼乎如鸿毛之遇顺风：语出西汉王褒《圣主得贤臣颂》，此处用以指高升得快。

〔六〕骖从：古时贵族骑马的侍从。

〔七〕卿月：语出《书·洪范》："王省惟岁，卿士惟月，师尹惟日。"孔传："卿士各有所掌，如月之有别。"后用以美称公卿贵官。

〔八〕于公：西汉于定国做廷尉，判狱公平，朝廷称赞曰："于定国为廷尉，民自无冤。"

〔九〕撞锦：即壮锦，壮族妇女用手工编织的锦，经线一般用原色棉纱，纬线用彩色丝绒；质地结实，花纹精美。

〔一〇〕安燠：舒适温暖。语本《诗·唐风·无衣》："不如子之衣，安且燠兮。"

〔一一〕六诏：唐初，分布在洱海地区的众多少数民族部落经过相互兼并，最后形成蒙巂诏、越析诏、浪穹诏、邆赕诏、施浪诏、蒙舍诏六个大的部落，称为"六诏"。后用以称云南一带。

〔一二〕僰（bó）民：古代居于西南云贵川一带的少数民族。

〔一三〕抚戢：安抚平定。

〔一四〕下车：指官员到任。敷理：指施展治理。

〔一五〕徼外：边外。徼，边界，边塞。

〔一六〕懋昭：大而显明。

〔一七〕帝心之简在：皇帝的简派、任命也会属意于你。

〔一八〕碧幢翠节：督抚的仪仗。

〔一九〕玉软香温：比喻温柔体贴的女子。

〔二〇〕秋登：秋季谷物成熟。此处指获得子嗣。

〔二一〕簪笔：古代皇帝近臣或史官，为方便书写，插笔于发髻之上，如同插簪，故称。此处用以指文士风度。

〔二二〕元方：见第一篇注〔一〕。

〔二三〕拾紫：即拾青紫，谓获取高官显位。青紫，本为古代高官服饰的颜色，借指官位。

〔二四〕伻（bēng）：仆人。

〔二五〕息壤：见第一五二篇注〔一二〕。

〔二六〕开府：古代指高级官员（如三公、将军、督抚等）成立府署，选置僚属。

二〇五、谢云南祝方伯惠飞鼠褂普儿茶

滇南去燕八千余里，德辉愈远，音问愈难。每于邸报中见所据以陈奏者，事事有条有理，无不报可。良由阁下明以烛物，勤

以应务，故能措施咸宜，上孚一德也〔一〕。

三月之望，广刺史过保，拜奉手书，伏稔起居曼福〔二〕，并蒙惠赐飞鼠褂一件、普儿茶八桶。服之无斁〔三〕，味之弥长。眷爱之情，有加靡已。惟是桃已再实，而琼未一投〔四〕，受之更增歉臆耳。

宜亭补雄县〔五〕，已拜疏逾月〔六〕，部覆在旦晚间〔七〕。彼不出以偏师，而堂堂布阵，未始非计，惜以清寒而处冲瘠，不无捉襟露肘之虞〔八〕。

令嗣春闱未第〔九〕，殊为扼腕。然六月之息，即看九万之抟〔一〇〕，鲲化鹏骞，要可操券俟之也。

沂斋自开州解馆后〔一一〕，侨寓天雄〔一二〕，潘岳闲居，已将半载，其妾弄瓦而不弄璋，或亦先花后实之兆。银函存俟觅便确交。

徐杏墅一得咨文，即可归里，官虽改教〔一三〕，似此洁身以去，亦绝无而仅有者矣。别谕已转告之。

至湄砚席如常，而老景渐逼，眼昏手强〔一四〕，息影无期〔一五〕。年来觅遍芳丛，仍乏一枝入手，是区区者而不予畀〔一六〕，又安望成阴子满时耶？敝庐已为业主转售，如别无营置，秋凉遣眷先回矣。

注释

〔一〕一德：君臣上下同心同德。

〔二〕曼福：绵绵福祉。

〔三〕无斁（yì）：不厌倦。《诗·周南·葛覃》："为𫄨为綌，服之无斁。"

〔四〕桃已再实，琼未一投：谓两次送给我东西，而我尚未有回报。见第一二五篇注〔一〕。

〔五〕雄县：清属直隶，今属河北保定。

〔六〕拜疏：上奏章。

〔七〕部覆：旧时中央各部的覆文。

〔八〕捉襟露肘：见第五三篇注〔六〕。

〔九〕春闱：唐宋礼部试士和明清京城会试，均在春季举行，故称春闱。犹春试。

〔一〇〕六月之息，即看九万之抟：谓待风起，即可扶摇直上。《庄子·逍遥游》："鹏之徙于南冥也，水击三千里，抟扶摇而上者九万里，去以六月息者也。"

〔一一〕开州：地名，清代属直隶。

〔一二〕天雄：即天雄军，唐代藩镇名，为笼络史朝义旧将所设，治所在河北大名县。

〔一三〕官虽改教：官职虽然改做了教谕。

〔一四〕手强：手强直不灵活。

〔一五〕息影：语本《庄子·渔父》："不知处阴以休影，处静以息迹，愚亦甚矣。"后因以"息影"谓归隐闲居。

〔一六〕畀（bì）：给予，付予。

二〇六、复候补京堂祝〔一〕

关头话别，忽忽经时〔二〕，衫影鞭丝，依然在念。前奉手翰，恭悉圣慈曲体，眷注弥隆，不禁于扼腕之余，转深愉快。阁下历官廿余载，素不以宦境之炎凉，分宦情之欣戚，而簿书纷扰，实不如清秩安闲〔三〕，冷眼观人，悠然自得，想一切等诸水流云在矣〔四〕。

闻瀛眷入都〔五〕，诸凡安妥，定卜起居嘉邕〔六〕，与时皆春，足慰下怀系念。

薇垣一席，接武者既形其不足〔七〕，更代者又过侈为有余，壁垒虽新，而躁释矜平〔八〕，未免李逊于郭。听舆人之论〔九〕，盖不歌来暮〔一〇〕，而转切去思矣〔一一〕。

家兄老与病兼，岂宜久客？因已资给秦关〔一二〕，于花朝后八日，买舟南下。惟湄后顾茫茫，尚尔飘泊，不知作何究竟耳〔一三〕。

注释

〔一〕京堂：清代对某些高级官员的称呼。如都察院、通政司、詹事府、国子监及大理、太常、太仆、光禄、鸿胪等寺的长官，概称京堂。在官文书中称京卿，一般为三品、四品官。后来成为一种虚衔。

〔二〕经时：经历较长时间。

〔三〕清秩：名义上地位高而没有多少实权的官。

〔四〕水流云在：语出唐杜甫《江亭》："水流心不竞，云在意俱迟。"谓江水滔滔，而我心平静；白云悠悠，和我的心意一样安闲。

〔五〕瀛眷：神仙眷属。美称对方的家眷。瀛指瀛洲，是神仙所居。

〔六〕起居嘉凫：日常起居安好。

〔七〕接武：后继，继承。武，足迹。

〔八〕躁释矜平：不急躁，不浮夸。

〔九〕舆人：众人。

〔一〇〕来暮：《后汉书·廉范传》："成都民物丰盛，邑宇逼侧，旧制禁民夜作，以防火灾，而更相隐蔽，烧者日属。范乃毁削先令，但严使储水而已。百姓为便，乃歌之曰：'廉叔度，来何暮？不禁火，民安作。平生无襦今五袴。'"叔度，廉范字。后遂以"来暮"为称颂地方官德政之辞。

〔一一〕去思：谓地方士民对离职官吏的怀念。语出《汉书·何武传》："欲除吏，先为科例以防请托，其所居亦无赫赫名，去后常见思。"

〔一二〕秦关：称数量，谓一百二十。语本《史记·高祖本纪》："秦，形胜之国，带河山之险，悬隔千里，持戟百万，秦得百二焉。"

〔一三〕究竟：结局，结果。

二〇七、谢永平太守秦招入幕

滥吹戟署〔一〕,忽忽十余年,平时仰企龙门,以迹嫌外交〔二〕,未敢一亲矩范〔三〕。乃蒙郡伯大人,不以迂拘见屏,猥贲琅函〔四〕,捧诵之余,益自咎其懒慢矣。

伏惟阁下以经术饬吏治,仁风惠露,润遍北平,德化所孚,久已民消雀角〔五〕。而恢恢游刃,立解全牛,此尤凤具之精能,无事仰赞于万一。何意俯垂青睐,征及菲材。长声价于卞门,惭非结绿;溯风流于俭府,愿切依红。惟湄年逾五旬,尚虚子嗣,瞬届姬人坐蓐〔六〕,寒家照应乏人,卢塞遥遥〔七〕,乍难远出。如可宽期适馆,当烦妥友代庖〔八〕,计河鼓宵明〔九〕,即是承颜奉教时矣。至于千金重币,愧无以当。忆祝与亭方伯任永时,湄曾谬承招致,事同而修亦千焉〔一〇〕,膳费月送廿金,不在其内。黄金市骏,定知企美前徽〔一一〕,顾以驽劣当之为负负耳〔一二〕。

注释

〔一〕滥吹:即"滥竽充数"。戟署:即官署。古代刺史官署门前立戟,故称。
〔二〕外交:交结外官。
〔三〕矩范:典范。此处为敬称对方。
〔四〕琅函:如珠玉般的书札。美称对方的来信。
〔五〕雀角:指狱讼,争吵。
〔六〕坐蓐:旧时妇女分娩时身下铺草,故称临产为"坐蓐"。
〔七〕卢塞:即卢龙,今河北卢龙县,古为边塞之地。
〔八〕代庖:即"越俎代庖",比喻代替别人办事。
〔九〕河鼓宵明:河鼓星夜间明亮,指代农历七月。河鼓,又称

"天鼓"，即牵牛星，与织女星隔银河相望。

〔一〇〕修亦千：束修也是一千。修，薪俸。

〔一一〕企美前徽：企慕前人美好的德行。意谓想同前人一样。

〔一二〕负负：惭愧，对不起。

二〇八、向深州刺史张索诗

听残腊鼓[一]，忽展瑶笺，公瑾醇醪，披函欲醉。惟佳章之见许，竟尺幅之未投，岂以尘俗鄙人，不解碧纱笼护耶[二]？省城一雪，了却春灯。绿瓮方酣[三]，红籀乍启，磨牛陈迹[四]，又将役此劳筋矣[五]。

注释

〔一〕腊鼓：古人于腊日或腊前一日击鼓驱疫，因有是名。

〔二〕碧纱笼护：见第九八篇注〔八〕。

〔三〕绿瓮方酣：酒宴正欢。绿瓮，盛酒的容器。

〔四〕磨牛陈迹：指如老牛磨磨般的老工作。苏轼《送芝上人游庐山》："团团如磨牛，步步踏陈迹。"

〔五〕劳筋：疲劳的筋骨。

二〇九、谢深州刺史张赠诗

朵云先贲，尺璧随颁[一]。洵一诺之不渝，知八义之凤擅[二]。诗真无敌，综庾新鲍逸之长[三]；字亦名家，极燕瘦环肥之致[四]。抛珠作唾，拭墨生香。胜拜赐于百朋[五]，实铭情于五内矣[六]。

注释

〔一〕尺璧：美称对方所赠之诗作。

〔二〕知八义之凤擅：指对方信守然诺。

〔三〕庾新鲍逸：杜甫《春日忆李白》："清新庾开府，俊逸鲍参军。"称赞李白诗作清新如庾信，俊逸如鲍照。庾信，南朝梁人，后仕北周，官至开府仪同三司。鲍照，南朝宋人，临海王刘子顼镇荆州时，任前军参军。

〔四〕燕瘦环肥：燕指汉成帝宠妃赵飞燕，身姿瘦弱；环指唐玄宗宠妃杨玉环，身姿丰艳。此处用以指字体的肥瘦。

〔五〕百朋：见第二〇一篇注〔一四〕。

〔六〕五内：五脏之内，指内心。

二一〇、谢张南奏惠帽檐

客春获亲芝宇，快挹兰芬〔一〕，正遂景企之私〔二〕，旋切离群之感。一声骊唱，彼此魂销，至今犹依依在抱也。嗣于十月间，猥承手翰遥颁，并以帽檐寄赠。披简则深情若诉，拜赐则搔首知温。即欲泐谢数行，因尊札有"坚辞归省"之语，恐文旆已去陇西，未敢浪投尺素。

今秋七月，由象可廖君寄到嗣音，始知三兄宾榻蝉联，莲祺邕适〔三〕。窃以那制府为今时柱石，阁下实当代名流，盛府元僚，难以为继，宜乎两贤相遇，咏白驹而维絷也。惟闻嫂夫人熊梦仍虚，尊宠亦兰徵未兆，是谁之过欤？抑为是寂寂耶？吾侪身处其境，当如兵法所云："虚者实之，实者虚之。"乃能调停于闺阃之间，而泯其猜嫌之迹。若不小施权术，则愢以河东〔四〕，隔花人远矣。

弟于壬午之春〔五〕，由节署出就首府发审，事虽繁重，而进出自如，譬之海鸟林猿，适足安其逸性。尤喜浴兰时序，姬人得举一丁。明知乳燕雏鸦，长成何日，而牵裾学步，对客呼名，颇解膝前岑寂。阁下努力为之，正不难一索而得也。

杨大兄、金四兄去直时，不以行期实告，走送都已后时。沈七兄由北平过保，更以潜度函关〔六〕，望尘莫及。晤时并道惓惓。

注释

〔一〕兰芬：兰花的香气。美称他人的话语。
〔二〕景企：仰慕。
〔三〕莲祺凯适：谓在幕府中很舒适。
〔四〕河东：见第二五篇注〔四〕。
〔五〕壬午：指道光二年（1822）。
〔六〕潜度函关：见第一三八篇注〔三〕。

二一一、与致仕太仆祝

自违矩范，裘葛屡更〔一〕。前者令嗣大世兄在都〔二〕，尚得鱼雁往还，略知梗概。洎癸未入夏以后〔三〕，音耗顿绝，慨想弥殷。伏惟阁下道履冲和，潭府安吉〔四〕，无听漏鸣珂之扰〔五〕，有抚松品菊之闲〔六〕，视彼逐逐市朝、进退维谷者〔七〕，相去奚止霄壤！惟大世兄隽才硕学，满拟衣钵相传，不图天不永年，可胜惋惜。犹幸二世兄英姿秀发，瞬见飞腾。想问礼问诗〔八〕，亲承庭训，自有日异月新之效。且闻小星耀彩，再获祥麟〔九〕，则二陆双丁〔一〇〕，亦足慰老年之怀抱矣。

燕中民疲官苦，更甚于前，良由积重使然，无可补救。库款屡次勾稽〔一一〕，已将大致报部核结，内有奉驳细款，登复即可完案。第经一次清查,愈形一次刻露〔一二〕,水穷山尽,上下皆难为继耳。

湄屡欲南归,辄被留阻,非不知砚田可润,其如老景日增,眼昏手颤,近年又得便红之症,愈觉精力难支。

本拟勉待春回,即便就道,奈小妾复经坐喜,恐脂车遄返,当在吴江枫落时矣〔一三〕。小儿结实灵动,名之曰狗,取其易长。明知韩卢宋鹊〔一四〕,非所敢期,不过如景升儿娱兹晚岁〔一五〕,亦饶有融融泄泄之乐〔一六〕。曩承关爱,拜赐多珍,路阻风稀,久未申谢,度挚好不以懒慢责之也。

注释

〔一〕裘葛屡更:裘为冬衣,葛为夏装。裘葛更换,指历经冬夏,过了一年。"屡更"则指过了几年。

〔二〕世兄:旧时称座师、房师的儿子为世兄。后用作对世交晚辈的称呼。此处用以称原幕主之子。

〔三〕癸未:指道光三年(1823)。

〔四〕潭府:唐韩愈《符读书城南》:"一为公与相,潭潭府中居。"潭潭,深邃貌。后因以尊称他人的居宅。

〔五〕听漏:即"待漏"。古代百官清晨入朝,以漏壶计时,等待朝见天子。鸣珂:古代显贵者车驾上有玉片装饰,行时叮叮有声。此处指往来纷扰喧闹之声。

〔六〕抚松品菊:形容悠闲之状。晋陶潜《归去来兮辞》:"抚孤松而盘桓。"《饮酒》:"采菊东篱下。"

〔七〕进退维谷:进退两难。《诗·大雅·桑柔》:"人亦有言,进退维谷。"

〔八〕问礼问诗:见第九篇注〔五〕。

〔九〕再获祥麟:指又得一子。

〔一〇〕二陆双丁:二陆,即西晋陆机、陆云兄弟。双丁,即三国魏丁仪、丁廙兄弟。俱有才名。

〔一一〕勾稽:查考核算。

〔一二〕刻露:完全露出。

〔一三〕吴江枫落:唐代崔信明有诗句"枫落吴江冷",枫叶落时在秋尽冬初,此处即用以指此时节。

〔一四〕韩卢宋鹊:韩卢,即韩子卢,战国时韩国矫健善驰的黑色猎犬。宋鹊,春秋时宋国良犬名。卢,黑色。鹊,白色。

〔一五〕景升儿:见一四四篇注〔一五〕。

〔一六〕融融泄泄:形容和乐舒畅。语出《左传·隐公元年》:"公入而赋:'大隧之中,其乐也融融。'姜出而赋:'大隧之外,其乐也泄泄。'"

久慕鸿才,今冒昧致书,以求教诲:早就仰慕你的大才,现在冒昧给你写信,希望得到你的教诲。

别来无恙,久不晤见,甚念贤劳:分别后还好吧,很久没有见面,非常想念你。

二一二、托沈孟养为婿谋事

燕南分手,弹指卅年,路阻鸿稀,未由通候,想屋梁月落时〔一〕,彼此同劳梦毂也。

二月间,接小婿沈桂森信,藉悉二兄安砚皖江〔二〕,履祺佳胜,并承俯推兰谊,许挹莲芬。欣慰之余,尤深铭佩。

向闻幕游之况,北逊于南,度频年馆谷所余,于以拓田园而完婚嫁,出则交孚水乳〔三〕,归则庭有芝兰,屈指朋侪,当以足下为独出矣。

弟馆盐山六载,于邓明府故后,接就沧州,旋赴永郡,并诣通永。至辛未秋间〔四〕,谬为节府所招,蝉联数任。始于壬午之春,出就首府发审。依人蓬转,虽幸片席未寒〔五〕,惟中间接眷北来，因内人所生子女，都付噩梦，不得已纳姬育子，今甫四龄。而比年手强眼花，日形衰惫，白头黄口[六]，久客非宜，勉待秋凉，或俟春暖，准当料理归去。明知难以坐食[七]，冀在本省觅得一枝，差胜天涯浪走耳。

小婿前在直省，历就府司幕席，今初入仕途，诸未谙练。且资斧缺少，需次维艰[八]，倘有可以汲引之处，务恳垂青关照。但得旅食无虞，即可安心自效，感叨云谊[九]，实无涯量[一〇]。

注释

〔一〕屋梁月落：怀人之辞。见第四九篇注〔三〕。
〔二〕皖江：长江安徽段。亦用以指安徽。
〔三〕交孚水乳：朋友如水乳交融一般关系紧密。
〔四〕辛未：指嘉庆十六年（1811）。
〔五〕片席未寒：指幕宾一席中间未曾间断。
〔六〕白头黄口：老人和小孩。黄口，本指雏鸟的嘴，借指儿童。
〔七〕坐食：指不劳而食。
〔八〕需次：即候补。旧时指官吏授职后，按照资历依次补缺。
〔九〕云谊：高厚的情谊。
〔一〇〕涯量：限度，限量。

二一三、谢山西方伯王招入幕

睽违矩范，几度蟾圆。依慕私忱，时劳梦觳。顷奉台翰，敬稔大人绩履崇膺，勋祺懋介[一]，溥郇膏于三晋[二]，渥帝眷于九重[三]。骧首薇垣[四]，良符慰颂。

湄识惭固陋，学愧迂疏，辱荷中丞知遇之深，并蒙大人吹嘘之力，加以居停怂劝，极思一遂登龙。惟湄卅载浪游[五]，刻以先人窀穸未营，思归綮切[六]。且晚年得子，尚在孩提[七]，舍之远行，未免呱呱在念，挈之同往，又觉处处担心。是以曩岁张兰渚中丞，致信蒋相国，再四相招，未克应命。去冬那绎堂大府，情殷求旧，亦恐因此羁绊，婉为之辞。恨相逢之已晚，非托故以辞徵。顾以驽劣而见赏孙阳〔八〕，惟有昂首长鸣，自呼负负耳。

注释

〔一〕绩履崇膺，勋祺懋介：意谓取得了巨大的政绩，建立了崇高的功勋。

〔二〕溥郇膏于三晋：恩泽普施于山西大地。郇膏，郇伯的恩泽。郇，古国名，周文王之子封于此，称郇伯。春秋时为晋国之地。

〔三〕渥帝眷于九重：沾润了九重之上的皇帝的眷顾。

〔四〕骧首：马首昂举，谓仰望。

〔五〕卌载：四十年。

〔六〕綦切：很迫切。

〔七〕孩提：幼小，幼年。

〔八〕孙阳：见第一八〇篇注〔一二〕。

二一四、复任问松到山西就馆

樽酒未寒，骊驹载道，念我良友，每饭不忘。昨承手翰先施，知十丈红蕖，已与一泓潞水〔一〕，交相辉映。而索居之感，亦复同之。追念畴曩，益增惘惘。弟以三生缘巧，适谐两姓之欢〔二〕。惟不唱《附舟》，而日演《水斗》〔三〕，觉从容顾曲周郎〔四〕，的是可人矣〔五〕。

注释

〔一〕潞水：见第一三篇注〔三〕。

〔二〕两姓之欢：指两姓联姻。
〔三〕《附舟》《水斗》：清代曲家方成培所作《雷峰塔》传奇，第六出名《舟遇》，演白娘子以附舟避雨为名，与许仙同船共渡，缔结良缘。第二十五出名《水斗》，演法海扣留许仙，白娘子过江寻夫，与法海斗法，水漫金山。此处用"不唱《附舟》"，喻求姬难遇佳人；用"日演《水斗》"，喻栖迟异乡，未返故园。
〔四〕顾曲：见第一八五篇注〔一三〕。
〔五〕可人：可爱、称人心意之人。

二一五、致在直同乡官友募捐资贴团拜经费

会馆之有团拜〔一〕，仿古乡饮以联梓谊也〔二〕。岁举董事六人〔三〕，各捐制钱十千经理之〔四〕。其或倦游归里，或远就出疆，则董事少而捐又多焉。行之既久，难以为继。今正吾乡之仕于斯者、家于斯、客于斯者咸集馆舍，湄与家芦塘谢信斋议醵资生息〔五〕，以垂久远，同人皆以为可。顾事必要于图成，力难期于齐一，既多多而益善，即少少其奚嫌。惟望量为慨捐，速行寄省，俾得早权子母〔六〕，以备岁需。从此取之不竭，永修春社之欢〔七〕；如其用之有余，益见宾筵之盛矣。〔八〕

注释

〔一〕会馆：旧时同省、同府、同县或同业的人在京城、省城或国内外大商埠设立的机构，主要以馆址的房屋供同乡、同业聚会或寄寓。团拜：旧时拜礼，遇有喜庆祝贺之事，众人相聚，围成圆圈，行拜礼。春节拜年多行此团拜，以连接乡谊。
〔二〕乡饮：即乡饮酒礼。《仪礼·乡饮酒礼》贾公彦疏引汉郑玄《三礼目录》："诸侯之乡大夫三年大比，献贤者、能者于其君，以礼宾之，与之饮酒。于五礼属嘉礼。"后历代沿用。亦指祭祀或庆典乡人相聚饮酒。梓谊：乡人之谊。

〔三〕董事：负责办理其事者。

〔四〕制钱：明清官局监制铸造的铜钱。因形式、分量、成色皆有定制，故名。

〔五〕醵（jù）资：集资。

〔六〕早权子母：早些使本钱生利钱。子，利钱。母，本钱。

〔七〕春社：土地之神为社神。古时于立春后第五个戊日祭祀土神，以祈丰收，谓之春社。

〔八〕宾筵：指幕宾席位。

二一六、复方秋槎

铃阁分携，燕鸿七度，每怀丰采，昕夕以之。前岁奉到惠函，即走晤蔡令亲，略知胜概〔一〕。以因人碌碌，裁答久稽，想不咎其疏节也。顷复远劳芳讯，益稔动定馨宜，载膺多福。以金张之门第〔二〕，擅王谢之才华〔三〕，下帷则拾紫可操〔四〕，筮仕则纡青尤易〔五〕。何去何从，知必卓有定见矣。

弟通方乏术〔六〕，守拙自安，蒙以卢厚山中丞幕次需才，谬为鄙人荐达，挚情念旧，感何可言！弟亦极愿依红，兼图良觌〔七〕，奈因晚年得子，尚在孩提，远道依人，遽难割爱。且客燕已久，亦觉异乡是故〔八〕，不便挈眷而行。曩岁张兰渚、福久亭两中丞，先后相招，弟即未敢应命。九方幸遇〔九〕，而伏枥自甘〔一〇〕，此意惟阁下为能鉴谅耳。

注释

〔一〕胜概：美好的境况。敬辞。

〔二〕金张：西汉金日䃅、张安世二人的并称。二氏子孙相继，七世荣显。后用为显赫门第的代称。

〔三〕王谢：以东晋王导、谢安所代表的琅琊王氏与陈郡谢氏，子孙多富功业与文采，成为绵延几代的世家大族。后用"王谢"代指望族。

〔四〕下帷：指闭门苦读。拾紫：见第二〇四篇注〔二三〕。可操：见第一二篇注〔八〕。

〔五〕筮仕：见第一〇五篇注〔四〕。纡青：衣青紫之袍，谓做官。

〔六〕通方：本指通晓道术。《汉书·韩安国传》："通方之士，不可以文乱。"颜师古注："方，道也。"此处为通达、灵活之意。

〔七〕良觌（dí）：良好的会面。觌，相见。

〔八〕并乡：即并州，古九州之一。其地约当今河北保定和山西太原、大同一带地区。

〔九〕九方：九方皋。秦穆公时人，善相马。此指善于识人的伯乐。

〔一〇〕伏枥：见第四六篇注〔六〕。

二一七、贺河南粮道李生子

相思结远道，相见忽忘言。而阁下每过金台，情文备至，觉余欢之恋恋，更惜别之匆匆。正以尊视萦怀，拟泐数行奉候，适居停白太守出示手翰，敬悉育麟大喜。此阁下所殷盼，亦知好所共期，遥瞩长庚，同深抃舞〔一〕！惟汤饼筵开〔二〕，不使殷羡老躬与其盛〔三〕，良以瓜绵椒实〔四〕，衍庆方长，补之欲俟异日耳。长日课闲，因时遣兴，零红剩绿，点也何如〔五〕？

注释

〔一〕抃舞：鼓掌欢跃，表示非常快乐。抃，拍手，鼓掌。

〔二〕汤饼筵：见第六九篇注〔二〕。

〔三〕殷羡老：殷羡，字洪乔。见第二六篇注〔四〕。此处指自己不能参加。

〔四〕瓜绵椒实：瓜绵，语出《诗·大雅·绵》："绵绵瓜瓞，民之初生。"比喻子孙绵绵不绝，繁荣昌盛。椒实，语出《诗·唐风·椒聊》："椒聊之实，蕃衍盈升。"同样是以植物之果实比喻人之子孙繁衍不绝。

〔五〕点也何如：你认为怎样？《论语·先进》孔子曾问曾皙曰："点，尔何如？"此处借指受信的对方。见第一九二篇注〔一六〕。

二一八、慰河南粮道李丧母

年前秋冬之间，承惠包瓜〔一〕，载颁大作，旋更岁龠〔二〕，复锡兼金。叨隆贶之有加，实铭情于无已。

新正恭值老大人宏开寿宇，方以一函将贺，即闻鹤讣惊传〔三〕，得耗之余，逾常错愕。犹忆前岁，迎来鸠杖〔四〕，无异神仙，喜接莲趺〔五〕，都称生佛〔六〕，何图日月未几，倏以香山之九〔七〕，上归瀛岛之三〔八〕。伏稔大人孝本性成，慕同孺切〔九〕，乍惊心于风木〔一〇〕，自痛恋夫春晖。顾老大人诰晋五花〔一一〕，寿跻八秩〔一二〕；而大人石渠望重〔一三〕，绣斧勋高〔一四〕。本庭训以大显扬，亦已备极恩荣，无少缺憾。尚祈俯循中制〔一五〕，勉抑哀思，以慰在天之望。

湄因封圻远隔，未获躬诣灵帏，一申叩奠，湘波渺渺，愧悼俱深。肃泐布唁，并候素履〔一六〕，统惟垂鉴，不尽所怀。

注释

〔一〕包瓜：一种酱菜，系以甜瓜腌制而成。
〔二〕岁龠（yuè）：犹岁月。龠，书写用的竹牌，用以计时。
〔三〕鹤讣：晋陶潜《搜神后记》卷一："丁令威本辽东人，学道于灵虚山，后化鹤归辽。"后用"化鹤"婉称死亡。鹤讣，即为死亡的消息。

〔四〕鸠杖：代指年届高寿。见第一四五篇注〔三〕。

〔五〕莲趺：如佛般盘腿而坐。以这种坐姿指代对方母亲。佛座作莲花形，趺，盘腿而坐。

〔六〕生佛：活佛。

〔七〕香山之九：用"香山九老"之故实。唐代白居易致仕后，隐居香山（今河南洛阳龙门山之东），与胡杲、吉旼、刘贞、郑据、卢贞、张浑及李元爽、禅僧如满八位耆老集结"九老会"，忘情山水之间。

〔八〕瀛岛之三：比喻升天成仙。瀛岛，即瀛洲，相传与蓬莱、方丈同为海外仙山。

〔九〕慕同孺切：思念父母之心如同幼儿。慕，小儿思念父母的啼哭声。孺，幼儿。

〔一〇〕风木：即"风树之悲"。见第八篇注〔八〕。

〔一一〕诰晋五花：明清对五品以上官员及其先代和妻室予以封典，称封诰。封赠的诏书，以五色金花绫纸制成。

〔一二〕八秩：即八十岁。秩，十年为一秩。

〔一三〕石渠：即石渠阁，西汉皇室藏书之所，在未央宫北。

〔一四〕绣斧：指皇帝特派而握有生杀之权的巡察官员。见第一九〇篇注〔二〕。

〔一五〕中制：合乎中庸之道的制度。此处指哀毁莫要过度。

〔一六〕素履：居丧时所穿的鞋子。此处代指居丧者。

二一九、贺方秋槎明府将得缺并复荐仆

停云在望，落月增怀。巧夕前潘纪赍到琅函，藉悉二兄鼎祉弥隆〔一〕，荣选在迩，绍名门之簪绂〔二〕，奋皇路以腾骧。即看一县花明〔三〕，春风先到；更卜九霄日近〔四〕，浓露重沾〔五〕。欣贺之私，有难笔述。

弟毡还依旧，席尚可温，惟是老大依人，息肩无日。而故乡风景,亦复今昔殊观,一片心旌,去留莫定,令人目送归鸿[六],羡彼自在矣。

笠山病痊引见,奉旨以同知选用,一阶顿阻,五马不前[七]。现尚裁减旧人,势难荐用新进,潘纪另容留意。

注释

〔一〕鼎祉:福祉。
〔二〕簪绂(fú):冠簪和缨带。古代官员冠饰。后以此代指显贵。
〔三〕一县花明:指做知县。见第六一篇注〔一〕。
〔四〕九霄:高空,比喻朝廷。
〔五〕浓露重沾:指深受帝王恩泽。
〔六〕目送归鸿:语出嵇康《赠秀才入军》:"目送归鸿,手挥五弦。"此指眼望归去的大雁,羡其可以返家。
〔七〕一阶顿阻,五马不前:在这一官阶上停滞下来,难以升上知府之位。

二二〇、复贺饶阳县查午节

久违芝范,时切葵惊[一]。际彩缕之初悬[二],适瑶笺之远贲。藉稔阁下政熙槐午[三],瑞集蒲辰[四],于移琴载鹤之余,饶沉李浮瓜之兴[五]。缅兹雅抱,曷胜颂私。

舍侄恬园,谬邀青及[六],欣遂红依,乃曳残韵于别枝[七],遽委香泥于旧巷[八],蝉联难卜[九],燕睇弥殷[一〇]。

弟碌碌因人,劳劳故我。猥承记注,重丹谨志先施[一一];敬璧扨谦[一二],尺素还嫌后至。

注释

〔一〕葵悰（cóng）：倾慕之心。悰，心情，心绪。向日葵总向着太阳，因而用以指称倾慕之意。

〔二〕彩缕：端午节佩戴的五色丝线。见第一六八篇注〔三〕。

〔三〕槐午：见第六一篇注〔六〕。

〔四〕蒲辰：即蒲节，端午节。

〔五〕沉李浮瓜：语出三国魏曹丕《与朝歌令吴质书》："浮甘瓜于清泉，沉朱李于寒水。"谓夏日以冷水浸瓜果以消暑解渴。后因以"沉李浮瓜"代指消夏乐事。

〔六〕青及：即青眼所及，谓看得起。

〔七〕曳残韵于别枝：比喻已谋了另外一个馆地。

〔八〕委香泥于旧巷：比喻放弃原来的幕宾职位。

〔九〕蝉联难卜：意谓他的栖止尚难以判断。

〔一〇〕燕睇弥殷：意谓我正密切地注视着他的行动。睇，视，望。

〔一一〕重丹谨志先施：我谨记着您先写信给我。

〔一二〕扐谦：谓施行谦德。泛指谦逊。扐，谦抑。

二二一、谢满城县陈惠鸭鸡酒笋

岁内承惠多仪，正初复劳枉顾〔一〕。凫知水暖，刚逢江上之春〔二〕，雉列山肴〔三〕，不作镜中之舞〔四〕。更喜青州从事〔五〕，挟以俱来。并参玉版禅师〔六〕，味之免俗。拜嘉志感，属餍铭心。只以日在冗场，未获抠衣趋谢〔七〕，叨在挚爱，定不以疏略责之也。

注释

〔一〕正初：正月初。

〔二〕凫知水暖，刚逢江上之春：苏轼《惠崇春江晚景》："春江水暖鸭先知。"此处指所送有鸭。

〔三〕雉（zhì）：山鸡。

〔四〕镜中之舞：南北朝刘敬叔《异苑》："山鸡爱其毛羽，映水则舞。魏武时，南方献之，帝欲其鸣舞而无由。公子苍舒令置大镜其前，鸡鉴形而舞不知止。"

〔五〕青州从事：见第一七五篇注〔四〕。

〔六〕玉版禅师：即竹笋。宋惠洪《冷斋夜话·东坡戏作偈语》："（苏轼）尝要刘器之同参玉版和尚。器之每倦山行，闻见玉版，欣然从之。至廉泉寺，烧笋而食，器之觉笋味胜，问此笋何名，东坡曰：'即玉版也。'"

〔七〕抠衣：见第一八六篇注〔六〕。

二二二、与章雨岩

饧箫风暖〔一〕，忽到清明，伏稔履候胜常，足慰鄙人遐企。省僚更代〔二〕，新政必多，因人成事者，又未识画眉深浅矣〔三〕。

吕大尹相得有素，安陵五十里〔四〕，而遽作荆州之请〔五〕，则弟之未能免俗也。幸为婉致〔六〕，使璧归而不失秦欢〔七〕，感何如之！

注释

〔一〕饧箫：卖饴糖人所吹的箫。语本《诗·周颂·有瞽》："箫管备举。"郑玄笺："箫，编小竹管，如今卖饧者所吹也。"古时卖饧多在春暖之时。

〔二〕省僚更代：省内大官更替。

〔三〕画眉深浅：唐朱庆余《闺意呈张水部》："画眉深浅入时无？"此处借以指称幕宾揣测自己是否合乎新上任官员的意旨。

〔四〕安陵五十里：比喻极小的东西。安陵，战国时一个很小的国家，属于魏国，方圆只有五十里。秦灭魏后，欲以五百里之地换取安陵，安陵君却不同意。

〔五〕荆州之请：比喻讨还东西。三国时，刘备向吴国借荆州暂居，后刘备得蜀，吴请还荆州，刘备不许。

〔六〕婉致：委婉地带话给他。

〔七〕不失秦欢：用"完璧归赵"典故。此处指不失朋友交情。

二二三、与税关司马邵

春云如粉，春雨如丝，久客乍归，兴当不浅。未识大弦嘈嘈，小弦切切〔一〕，能和其声而不犯否？

苏冶堂归自完县〔二〕，嘱将券据捡寄，子母并偿。过此则花事阑珊〔三〕，又将他适矣。

注释

〔一〕大弦嘈嘈，小弦切切：出自唐白居易《琵琶行》："大弦嘈嘈如急雨，小弦切切如私语。"此处借以形容妻妾间的争斗。

〔二〕完县：县名，今河北保定市顺平县。

〔三〕阑珊：凋残，零落。此处谓衰落。

二二四、谢满城县陈惠食物

槐绿成阴〔一〕，清浮芝简〔二〕；榴红似火，艳映筠笼〔三〕。豆岂能容〔四〕？风味无殊麟脯〔五〕；貂何须换〔六〕？色香倍胜鹅黄〔七〕。载烹天上之月团〔八〕，非梅渴止〔九〕；巧制人间之灵药〔一〇〕，与艾功侔〔一一〕。屡饮德于赠遗，益怀惭于报称〔一二〕。数行申谢，再拜铭心。

注释

〔一〕槐绿成阴：见第六一篇注〔六〕。谓对方官署绿树成荫。

〔二〕芝简：美称对方的来信。

〔三〕筠（yún）笼：盛东西的竹笼。筠，竹子。

〔四〕豆岂能容：豆，古代盛肉或其他食品的器皿，形状像高脚盘。这句是说对方馈赠的食物很多。

〔五〕麟脯：对肉类食物的美称。脯，干肉。

〔六〕貂何须换：晋阮咸之子阮孚，好饮酒，为黄门侍郎、散骑常侍，曾以金貂换酒。见《晋书·阮孚传》。金貂，皇帝左右侍臣的冠饰。汉始，侍中、中常侍之冠，上加黄金珰，以貂尾为饰。

〔七〕鹅黄：酒名，酒体呈鹅黄色，醇和甘爽。

〔八〕月团：一种团状茶，有龙团、风团、月团等。

〔九〕非梅渴止：用"望梅止渴"之典。南朝宋刘义庆《世说新语·假谲》："魏武行役，失汲道，军皆渴，乃令曰：'前有大梅林，饶子，甘酸可以解渴。'士卒闻之，口皆出水。乘此得及前源。"此句意为馈赠的香茶令人止渴，不一定非须梅子。

〔一〇〕灵药：仙药。

〔一一〕艾：指艾草，可入药。民间还认为艾草有驱毒辟邪之用，端午节有风俗悬挂艾草于门上。侔（móu）：相等，齐。

〔一二〕报称：犹报答。

二二五、辞谢冯璞山诸友拟刻信稿

远辱手翰，以仆平素笔札，有当英盼〔一〕，猥欲灾之梨枣〔二〕，既惭且感。顾仆幼而失学，壮而饥驱，佣食多年，文理荒秽，若以之问世，是写无盐之照〔三〕，而图螭魅之形〔四〕，岂不供人喷饭〔五〕？此举万万不可，幸为藏拙〔六〕，则诸君之爱我多矣。

注释

〔一〕英盼：美称对方的观览。盼，视。

〔二〕灾之梨枣：古代印书用梨木或枣木刻板，使梨木、枣木受到灾祸，即是刻书之意。

〔三〕写无盐之照：给丑女画像。无盐，即战国时齐宣王后钟离春。为人有德而貌丑，因是无盐人，故名。

〔四〕图螭魅之形：画出鬼怪的样子。螭魅，害人的山精水怪，泛指鬼怪。

〔五〕喷饭：忍不住大笑。

〔六〕藏拙：掩藏起拙劣之处。

二二六、辞冯二槐回里

庚寅春杪〔一〕，乘濮丈霞司马调赴粮台〔二〕，曾泐一函，托其由迪化州转寄〔三〕。嗣于十一月间，复奉手翰，知为壁都护奏调，前往叶尔羌〔四〕。未蒙提及前函，不知浮沉何处。今夏阅邸报，又知随赴喀城〔五〕，伏想起居健适。儒生读万卷书，立功万里外，此不遇而遇之时也。即日仰沐恩纶〔六〕，赐环复职〔七〕，当不负故人殷盼矣。

弟久离乡井，日切思归，年复一年，因循不果。兹以桑榆向晚〔八〕，精力渐衰，幼子病妻，滞留非计。且遇风吹别调〔九〕，亦不肯以霓裳旧谱〔一〇〕，翻作移宫换羽之音〔一一〕。因于六月间，固辞府席，准拟七月廿六日，买舟挈眷南下。自念生平一无所长，惟视公如家事，待友以实心，官幕两途，犹有余恋。客游四十四载，临去不落声名，到家可支饘粥〔一二〕，自慰以此，告慰亦以此。惟与阁下缔交最久，相得最深，往岁折柳赠行，已难为别，此日挂帆独去，愈觉伤离。"人生不相见，动如参与商。"〔一三〕殆为我两人咏之矣。附呈俚句〔一四〕，聊志别怀；数行藉问近安，客次诸维珍重，不既。

注释

〔一〕庚寅：指道光十年（1830）。
〔二〕粮台：清代所设经理军粮的机构。此指该机构的主官。
〔三〕迪化州：今新疆乌鲁木齐。
〔四〕叶尔羌：地名，在新疆地区。
〔五〕喀城：地名，今新疆喀什地区。
〔六〕恩纶：皇帝的恩诏。《礼·缁衣》："王言如丝，其出如纶；王言如纶，其出如綍。"后因称皇帝的诏令为"纶綍"。
〔七〕赐环：旧时放逐之臣，遇赦召还谓"赐环"。《荀子·大略》："绝人以玦，反绝以环。"杨倞注："古者臣有罪待放于境，三年不敢去，与之环则还，与之玦则绝，皆所以见意也。"环，与"还"音同。
〔八〕桑榆：比喻晚年。见第一八九篇注〔八〕。
〔九〕风吹别调：比喻旧官改调，新官上任。
〔一○〕霓裳旧谱：比喻自己一贯的做事风格。霓裳，即《霓裳羽衣曲》，唐玄宗时制。
〔一一〕移宫换羽：乐曲换调。"宫"、"羽"均为古代乐曲五音中之音调名。此处借以指随着改换自己的行事风格。
〔一二〕饘粥：稀饭。
〔一三〕人生不相见，动如参与商：见第五二篇注〔三〕。
〔一四〕俚句：鄙俚的诗句。自谦之辞。

日前曾奉一函，谅已先尘左右：几天前曾给你写过一封信，想必你已经看到了。
前此一函，想已达览：之前的一封信，想必你已经看到了。

二二七、谢丰润县欧送程仪

顷得报章,并颁雅什,情真语挚,意绪缠绵,奚啻《阳关三叠》〔一〕!而数十年名士宰官〔二〕,犹屈郎署〔三〕,更不禁为阁下增慨也。并荷绮情缱绻,远赐赆仪〔四〕,于郊寒岛瘦之时〔五〕,分饲鹤悬鱼之俸〔六〕,在与者不以为惠,而取者得毋伤廉耶?

弟去此而归,半因家事萦怀,半为世情异昔,得抛鸡肋,转觉心安,诚不欲以铮铮者作绕指柔也。从兹息影蓬庐〔七〕,不与世事,灯红课子〔八〕,瓮绿留宾〔九〕,于此亦少得佳趣。所难忘者,平日流连文宴〔一〇〕,征逐歌场,为不可复得耳。专泐复谢,并候升安,临楮依切。

注释

〔一〕《阳关三叠》:见第九三篇注〔一〕。

〔二〕宰官:泛指官吏。

〔三〕郎署:郎官的衙署。郎官多为皇帝的护卫、侍从,在六品以下。

〔四〕赆仪:送别时馈赠的财物。

〔五〕郊寒岛瘦:见第一六九篇注〔一〕。

〔六〕饲鹤悬鱼:指州县官微薄的俸禄。宋代赵抃为官清廉,赴任成都,孤身仅携一琴一鹤。汉代羊续为南阳太守,有府丞送了一条生鱼,他将鱼挂在庭中,后府丞又送鱼,羊续拿出前面所送之鱼来加以回绝。

〔七〕蓬庐:茅屋。谦称自己的居室。

〔八〕课子:督教儿子读书。

〔九〕瓮绿留宾:谓以酒款待宾客。瓮绿,见第二〇八篇注〔三〕。

〔一〇〕文宴:赋诗论文的宴会。

二二八、辞易州刺史陆费回里

翩翩者书耶？披简叨八行之赠[一]。青青者柳耶？题衿感三叠之遗[二]。承挚爱之殷拳，矢中藏而蕴结[三]。只以鸟飞已倦[四]，未免思归；兼之花样异时，尤宜藏拙。数声风笛[五]，行矣言旋[六]；半舫秋江，载将离恨。倘异日堂开绿野[七]，拟相寻陆氏之庄；知君家门对青山，更不惮许行之踵[八]。专泐布复，并候升安。

注释

〔一〕八行：古代信纸一页八行，故以之代书信。

〔二〕题衿：以诗文抒写胸怀。唐温庭筠、段成式，余知古常题诗唱和，有《汉上题襟集》十卷。后遂以"题襟"谓诗文唱和抒怀。

〔三〕矢中藏而蕴结：发誓藏于心中，积存难以忘怀。

〔四〕鸟飞已倦：化用晋陶潜《归去来兮辞》："鸟倦飞而知还。"

〔五〕风笛：风送来笛声。离别时常用此。

〔六〕言旋：回还。

〔七〕堂开绿野：谓归隐田园。绿野，唐代裴度的别墅名。裴度为唐宪宗时宰相，平定藩镇叛乱有功，晚年以宦官专权，辞官退居洛阳，筑绿野堂。

〔八〕不惮许行之踵：许行，战国时期思想家，农家的代表人物。许行曾带领门徒自楚国来到滕国，滕文公赐予其一块土地耕种。此处是用以借指自己不怕路途遥远。

二二九、示侄恬园

幕之有宾,即古长史参军〔一〕,如昌黎所云温生石生〔二〕,为乌大夫罗致者流〔三〕,虽系辟佐藩镇〔四〕,间亦通籍于朝。近则以值相招〔五〕,以力自食,等诸孟尝门客矣。然道以人重,事在人为,果使砥行植品〔六〕,积学多才,彼印累而绶若者〔七〕,未尝不礼貌加之,腹心倚之。若不检于行,不忠其事,骨肉尚难取信〔八〕,衾影亦觉怀惭〔九〕,无怪朝下榻而暮割席也〔一○〕。予游食四十余年〔一一〕,兢兢以此自勖〔一二〕。今将归去,因汝尚知自好〔一三〕,故走笔及之,尤望汝终身行之。

注释

〔一〕长史:官名。历代职掌不一,多为幕僚性质。参军:官名。"参谋军事"的省称,多为幕僚性质。

〔二〕昌黎:即唐代韩愈。字退之,自称"郡望昌黎",人称"韩昌黎"。昌黎,今河北省秦皇岛市下辖县。温生石生:韩愈《送温处士赴河阳军序》所言温生、石生,均为幕僚。

〔三〕乌大夫:即韩愈《送温处士赴河阳军序》所言之乌重胤,唐宪宗元和五年(810)任河阳军节度使、御史大夫。

〔四〕辟佐藩镇:受藩镇的征召做辅佐者。辟,征召。唐代设立了一些都督、节度使,后来权力逐渐扩大,掌握全部军政大权,形成了地方割据势力,是为藩镇。此处借指地方长官。

〔五〕值:指金钱。

〔六〕砥行植品:砥砺、培育良好的品行。

〔七〕印累而绶若者:指当权官员。《汉书·佞幸传》:"显(石显)与中书仆射牢、梁少府五鹿充宗结为党友,诸附倚者皆得宠位。民歌之曰:'牢邪,石邪,五鹿客邪,印何累累,绶若若邪!'"印绶指官印及系印的丝带,官员所佩戴。若若,长而下垂的样子。

〔八〕骨肉:指代至亲之人。

〔九〕衾影:被子和影子。都是紧随自身的东西,借指自己。

〔一〇〕下榻:指受聘为幕宾。见第一〇篇注〔三〕。割席:谓绝交。《世说新语·德行》:"管宁、华歆……尝同席读书,有乘轩冕过门者,宁读如故,歆废书出看。宁割席分坐曰:'子非吾友也。'"

〔一一〕游食:四方谋食。指四处飘泊谋生就食。

〔一二〕兢兢:勤勤恳恳。

〔一三〕自好:谓自爱。